Zoutelande

Linda van Rijn

Zoutelande

Kriminalroman

Aus dem Niederländischen von Andrea Meyer

Juli

1

KOMMISSARIN SUZANNE DE NOOIJER GING SCHNELLEN
Schrittes über den Strand. Das Meer hatte sich zurückgezogen, aber der Sand war noch feucht. Sie kam schnell voran.
Es war warm, die Sonne war schon vor Stunden aufgegan-
gen. Als Suzanne gegen fünf Uhr aufwachte, wurde es schon
hell. Sie war es gewohnt bei Tagesanbruch hellwach im Bett
zu liegen, egal zu welcher Zeit sie ins Bett ging. Wenig Schlaf
zu brauchen war Fluch und Segen zugleich. Inzwischen hatte
sie es einfach akzeptiert. Ihr Tag hatte somit mehr Stunden,
das war schön.

In den Stunden, in denen andere noch schliefen, hatte sie
schon viele Probleme gewälzt, besonders wenn sie an einem
komplizierten Fall arbeitete. Sobald sich die Rädchen in
ihrem Kopf zu drehen begannen, schien es, als würde jede
Faser in ihrem Körper aufwachen. Manchmal war es schön,

etwas Zeit zu haben, den Gedanken ungestört freien Lauf zu lassen, aber schon genauso oft hatte auch der kleinste Gedanke an einen Fall den letzten Schlummer vertrieben. Ihr jüngster Fall war erst vergangene Woche ziemlich abrupt gelöst worden, weil der Mann, den sie zuvor als wichtigen Zeugen angesehen hatte, einfach aus dem Nichts ein volles Geständnis ablegte. Suzanne wusste immer noch nicht, warum er das getan hatte, aber laut seinem Anwalt konnte er nicht mehr mit seinen Gewissenbissen leben. Auf jeden Fall hatte sie nach Monaten endlich eine Antwort auf die Frage, wer in Dortmund eine sechzigjährige Frau, in ihrem eigenen Garten, begraben und ihr kurz zuvor den Schädel mit einem Gegenstand eingeschlagen hatte. Der Gegenstand musste hart und schwer gewesen sein, man vermutete mit einem Baseballschläger, aber laut Täter, mit einem stumpfen Hammer. So einer, der jahrelang in einem Schuppen gelegen hatte und sich plötzlich von einem nutzlosen Werkzeug zu einer Mordwaffe wandelte. Das Motiv war noch völlig unklar, aber mit dem Geständnis war der Fall soweit geklärt, dass das Ermittlungsteam halbiert werden konnte. Suzanne gehörte zu den Ermittlern, die man vom Fall abgezogen hatte. In den vergangenen Wochen hatte sie sich mit kleineren Fällen beschäftigt – Einbrüchen, einem Fall von Stalking, der weder Hand noch Fuß hatte, zwei Autobränden. Ihr entschlossener Blick schweifte in die Ferne. Denn sie wusste mit Sicherheit, dass die kommenden Woche anders aussehen würden.

Etwas weiter hinten, auf der Höhe der Pfahlköpfe, hatte sich eine Gruppe von Kollegen versammelt. Etwa zwanzig Meter weiter in Richtung der Dünen, befand sich eine weitere, größere Gruppe von Leuten. Gaffer. Es waren bereits

Sichtschutzwände installiert worden, die im Wind klapperten. Rot-weißes Absperrband hielt die Leute auf Abstand, ein paar Kollegen wurden mit der Aufgabe betraut, die Schaulustigen fernzuhalten. Es war ein wunderschöner Samstagmorgen in der Hochsaison, die Gruppe der Gaffer wuchs rasant. Suzanne warf einen Blick auf das Meer. Die Wellen rollten gemächlich auf den Strand. Der rauschende Rhythmus war so fest in ihrem Kopf verankert, dass sie ihn kaum mehr wahrnahm. Es wehte eine leichte, salzige Brise, die sie auf ihren Lippen kostete.

Sie strich sich eine blonde Haarsträhne aus dem Gesicht, die sich aus ihrem Pferdeschwanz gelöst hatte. Sie klebte an ihrer Stirn. Als Kommissarin trug sie keine Uniform, nur ab und an eine Windjacke mit der Aufschrift „Polizei" auf dem Rücken. Das bedeutete jedoch nicht, dass sie es sich an so heißen Tagen wie diesen erlauben konnte, in kurzen Hosen zu erscheinen. Ihre Jeans fühlten sich warm um ihre Beine an und in ihre dunkelgrünen Turnschuhe lief der Sand.

In Gedanken machte sie sich bereits eine Vorstellung davon, was sie gleich zu sehen bekommen würde. Sie hielt in ihrem Schritt fast unmerklich inne. Sie brauchte eine Sekunde, vielleicht auch weniger, um sich darauf vorzubereiten. Bilder flitzten vor ihrem inneren Auge vorbei.

Sie konnte sich nie wirklich daran gewöhnen.

Wasserleichen waren nicht so ihr Fall. Und hier in Zeeland gab es ziemlich viele. Sie erinnerte sich an das erste Mal, als sie einen Körper gesehen hatte, der schon lange im Wasser lag. Sie war dreiundzwanzig und hatte gerade als Streifenpolizistin angefangen. Ein Spaziergänger hatte gemeldet, „etwas" in einem Wassergraben gesehen zu haben. Es war gegen Ende einer Nachtschicht, im späten Frühjahr. Das Gras an der Uferseite war nass vom Tau. Sie wäre fast ins Wasser gerutscht, was ihre Kollegin witzig fand. An der Stelle, an der der Spaziergänger etwas gesehen haben könnte, war alles zugewachsen. Hohes Schilf hatte ihnen die Sicht versperrt, und am Rand des Wassergrabens trieb ein Teppich aus Entengrütze, abgebrochenen Zweigen und Wasserpflanzen. Sie hatten über eine halbe Stunde lang alles durchgekämmt und wollten die Suchaktion gerade abbrechen, als Suzanne plötzlich in weiter Ferne einen Schuh liegen sah. Er musste bereits eine Weile dort gelegen haben, wahrscheinlich schon über einen Monat. Theoretisch wusste sie, dass Wasserleichen aufgedunsen waren, ihre Hautfarbe grau und sich im Verwesungsstadium befanden. Aber kein Lehrbuch der Welt hätte sie auf diesen Anblick vorbereiten können. Den Rest des Tages konnte sie ihr Zittern nicht unterdrücken, keinen Bissen hinunterbringen. Und die Tatsache, dass sie sich nicht hat übergeben müssen, hatte sie ihrer Kraft zur Selbstbeherrschung zu verdanken.

Sich daran gewöhnen würde ihr wahrscheinlich nie gelingen, aber inzwischen hatte sie genug Ertrinkungsfälle bearbeitet, um sich nicht mehr davor zu scheuen. Das heutige Opfer hatte nicht lange im Wasser gelegen, das vereinfachte die Sache. Die Identifizierung musste noch stattfinden, aber die Kollegen vor Ort wussten bereits, um wen es sich handelte, da ihr Foto erst vor knapp eineinhalb Stunden unter der Überschrift „Vermisste Personen" ins System hochgeladen worden war. Strahlendes Gesicht, breites Lächeln, gut aussehende Frau.

Sie hieß Hilde und kam aus Antwerpen, das hatte ihr ihr Kollege Jaap, der jetzt immer heftiger nach Luft schnappend neben ihr herging, vorher noch im Auto erzählt. Die

Vermisstenanzeige wurde von Hildes Ehemann aufgegeben, mit dem sie hier im Urlaub war. Sie ging frühmorgens joggen. Um halb sieben, das wusste der Ehemann, weil er noch schlief und seine Frau ihm um diese Uhrzeit eine Nachricht gesendet hatte, die er lesen würde, wenn er aufwachte. Damit er sich keine Sorgen um sie machen müsse, hieß es. Im Nachhinein betrachtet, eine ironische Aussage oder vielleicht besser gesagt, eine bittere?

Es dauerte anderthalb Stunden, bis sich der Ehemann dann doch Sorgen gemacht hatte, zwei Stunden, bis er sich auf die Suche nach ihr gemacht hatte und eine weitere halbe Stunde, bis er die Polizei gerufen hatte. Es war nie leicht, die Dringlichkeit einer solchen Meldung einzuschätzen. Es sei nicht ihr Ding, einfach wegzubleiben, hatte der Ehemann gesagt. Wenn Suzanne eine Schätzung machen müsste, würde sie sagen, dass es im Schnitt die Hälfte der vermissten Personen nicht deren Ding war, nicht zurückzukommen. Unfreiwillig verschwanden tatsächlich nur die Wenigsten.

Glücklicherweise war sie nicht verantwortlich für die Entscheidung, ob eine Fahndung eingeleitet wird oder nicht. Natürlich gab es Protokolle, aber wie so oft waren die in der Praxis wenig hilfreich. Das Protokoll sah vor, dass nach Kindern eine sofortige Fahndung einzuleiten sei und dass bei Erwachsenen noch etwas zugewartet werden könne, außer, es Läge ein Grund vor, der einen sofortigen Einsatz der Suchtruppen rechtfertigen würde. Dieses Protokoll hier sah für Suzanne so aus, als ließe es sich nach Belieben interpretieren. Im Falle der vermissten Hilde hatte der zuständige Inspektor in Absprache mit der Staatsanwaltschaft beschlossen, zunächst ein kleines Team darauf anzusetzen, das sich nach ihr umsehen sollte und nebenher Informationen über sie zu sammeln. Nachdem Hildes Ehemann Walter – das hat Suzanne gerade vernommen – vor zwanzig Minuten der Polizei telefonisch mitgeteilt hatte, er hätte ihre Kleider gefunden, wurde das Team durch einige weitere Ermittler verstärkt.

Ihr Joggingoutfit und ihre Schuhe lagen ganz am Rand des Strandes, ordentlich gefaltet und gestapelt. Ihre Unterwäsche war auch dabei. In Suzannes Gedanken tauchten Bilder von möglichen Tathergängen auf, die sie jedoch gleich wieder verwarf.

Noch etwa 30 Meter. Sie kniff die Augen zusammen. Trotz ihrer Sonnenbrille störte sie das helle Licht. Die Kollegen und die Pfähle versperrten ihr die Sicht auf das, was dort auf dem Boden liegen musste. „Ich verstehe nicht, dass du das kannst", hatte Ger, ihr bester Freund, kürzlich noch zu ihr gesagt. „Immer dieses Blut."

Aber das Blut war nicht schlimm. Das war etwas Technisches. Eine Menge, die man einschätzen konnte, ein Spritzmuster, das sich analysieren ließ. Die Ausbildungstage im Untersuchungslabor für forensische DNA-Analytik hatten ihr unheimlich Spaß gemacht. Die Analysen, die Erkenntnisse, die sich aus einem halben Millimeter menschlichem Material unter einem Fingernagel ergeben, oder wie ein abgebrochenes menschliches Haar oder die Form eines Blutstropfens der Schlüssel zur Lösung eines Falls beitragen können, das fand sie noch immer faszinierend. Dennoch hatte sie sich für eine andere Richtung entschieden. Und sie hatte es nie bereut, denn sie liebte ihren Job. Die Verhöre, die Suche nach den fehlenden Puzzleteilen, den Spuren, das anfängliche Tappen im Dunkeln, das der Sache auf den Grund gehen. Die Teamarbeit, intensiv, manchmal buchstäblich Tag und Nacht. Der Kick, wenn ein Fall gelöst wurde.

Übrigens war nicht jeder Fall blutig. Hier, wo Land und Meer ineinander übergingen, war das Wasser der gefährlichere Feind. Jedenfalls wenn man nicht vorsichtig genug war. In jeder Saison ertranken ein paar Badegäste, egal wie viele Warnkampagnen die Rettungsbrigade und die Polizei auch führten. Das Meer war nun mal kein Schwimmbecken. Suzanne machte sich manchmal darüber Sorgen, dass so viele Leute noch nie etwas von Prielen gehört hatten oder dass Touristen nicht wussten, wie gefährlich Pfahlköpfe sein konnten.

Sie war jetzt beinahe vor Ort. Zwei Kollegen stellen gerade eine Sichtschutzwand auf, die ihr den Blick auf den Tatort nahm. Sie nickte ihnen zu. Sie brauchte sich nicht auszuweisen, sie kannte beide Männer seit Jahren. Das Polizeikorps war nicht so groß.

Es handelte sich um einen vergleichsweise kleinen Tatort: eine Leiche, umgeben von wenigen Metern Strand. Die Frau lag auf dem Rücken, den Kopf zu den Dünen gerichtet, die Beine angewinkelt, das Gesicht nach links gedreht. Die Pfahlköpfe hatten der rechte Rumpfseite Schabwunden und Prellungen zugefügt. Ihr Gesicht wies auf derselben Seite blaue Flecken auf.

Suzanne schloss für einen Moment die Augen. Jeder hatte so seine Eigenarten. Da gab es zum Beispiel einen Kollegen bei der Kripo, der in zwanzig Jahren noch nie eine Leiche angefasst hatte, nicht einmal mit Handschuhen. Solange er niemanden anfassen musste, brachte ihn nichts aus der Fassung. Keinen Körperkontakt zu haben war für ihn die Voraussetzung dafür, die Sache psychisch loslassen zu können.

Und ihr wunder Punkt sind die Augen der Opfer. Zu Beginn hatte sie oft Albträume, in denen sie immer wieder diese starrenden Augen mit ihren leblosen Blicken sah. Sie hatte niemandem etwas davon erzählt, weil sie sich als Grünschnabel dachte, das sei halt Gewöhnungssache. Bis einem älteren Kollege aufgefallen war, dass sie sich jedes Mal unheimlich überwinden musste, bevor sie sich eine Leiche ansehen konnte. Danach hatte er sie gefragt, ob es ihr gut gehe, und diese Frage hatte ihr gereicht, um in Schluchzen auszubrechen. Sie war unheimlich erleichtert, als ihr der Kollege erzählt hatte, dass auch er – und mit ihm noch viele andere – am Anfang auch von diesen Ängsten geplagt worden seien. Dass dies normal sei, und sie ruhig mit anderen darüber sprechen könne.

„Wenn du ihnen nicht in die Augen schaust, ist es erträglicher", hatte ihr Kollege ihr beigebracht, und das hat ihr geholfen. Seitdem versuchte Suzanne immer, den Augenkontakt mit einer Leiche zu vermeiden.

In den neun Jahren, in denen sie jetzt als Kommissarin arbeitete, wusste sie sich stets besser zu helfen. Heutzutage lief alles fast routinemäßig ab. Nachher, wenn sie sich das Bild des Toten dann ansehen musste, ging ihr das nicht mehr so an die Nieren. Dann war die Distanz schon geschaffen, dann drang der Blick nicht mehr so tief in sie ein.

Die Frau hatte einen hellen Teint, war ziemlich jung, Anfang dreißig. Ihr blondes Haar war feucht und voller Sand, es lag um ihren Kopf drapiert. Suzannes Augen suchten unwillkürlich nach einem Haargummi. Welche Frau joggt den schon gerne mit flatterndem Haar?

Die Haut war fahl, auch bläulich. Eingerissene Lippen, die musste sie sich später noch genauer ansehen. Dem

Pathologen würde dies sicherlich auch nicht entgehen. Ihr Blick glitt über den nackten Körper. Sie war schlank, man könnte sagen mager. Kleine Brüste, lange Beine, rot lackierte Zehennägel. In ihrer Nähe hörte sie das Klicken einer Kamera. Bert, der Polizeifotograf, machte Bilder vom Fundort. Aufnahmen aus der Ferne, aus der Nähe, eingezoomt oder just die wenigen Meter neben der Leiche, und was sonst noch so dazugehört. Fotos, die in den nächsten Stunden – Tagen – ausgiebig untersucht werden. So wie die Leiche. Die würde bald in die Rechtsmedizin überführt werden, wo der Pathologe für die weiteren Untersuchungen zuständig ist. Die von bloßem Auge gut sichtbaren, seitlichen Verletzungen mussten eingehender untersucht werden, obwohl die Pfahlköpfe eine logische Erklärung dafür sein könnten. Suzanne betrachtete die doppelte Reihe von Holzpfählen, die von der Wasserlinie bis zur Mitte des Strandes und an einigen Stellen darüber hinaus, platziert waren. Die beiden parallelen Reihen waren etwa zehn Meter voneinander entfernt. Typisch für diese Gegend, ein beliebtes Fotomotiv. Zudem nützlich, weil sie platziert wurden, um der Erosion entgegenzuwirken. Sie schwächen die Gezeitenströmungen ab, wodurch weniger Sand in Bewegung kommt. Aber sie sind auch gefährlicher, als man denkt. Bei Flut verschwinden die Reihen unter Wasser, unsichtbar für ahnungslose Schwimmer, die sich manchmal schmerzhaft daran verletzten. Die Strömung um die Pfähle herum ist unvorhersehbar, auch etwas, auf das man achten sollte. Suzanne sah sich die Verletzungen noch einmal genauer an, vor allem Schürfwunden und Blutergüsse. Wahrscheinlich lässt sich einfach feststellen, ob ein Zusammenprall mit den Pfahlköpfen tatsächlich die Ursache war und ob dies vor oder nach Todeseintritt geschehen war. Vorher, vermutete sie, wegen der blauen Flecken. Die Verletzungen an sich sahen übel aus, aber gaben nicht den geringsten Anlass zur Annahme, dass sie zum Tod der jungen Frau geführt hatten.

„Ich bin fertig, hab alles im Kasten", sagte Bert und scrollte durch die Fotos auf seiner Kamera. Suzanne trat einen Schritt zurück. Mitglieder des technischen Untersuchungsteams gingen umher und hoben gelegentlich etwas auf, aber jeder wusste, dass die Wahrscheinlichkeit noch Spuren im Sand zu finden, gleich Null war. Das Wasser hatte längst alles fortgeschwemmt.

„Sollen wir?", fragte Jaap, der wieder hinter ihr auftauchte. Soeben, in der Teambesprechung, hatte der Inspektor die Paare aneinandergekoppelt und die Aufgaben verteilt. Sie und Jaap waren verantwortlich für das Finden und Anhören von Zeugen. Suzanne nickte. Ein Mann und eine Frau gingen mit einer Bahre und einem schwarzen Leichensack um die Sichtschutzwand herum in Richtung Leiche.

Suzanne ging bis zu dem Punkt, an dem die Sichtschutzwand ihren Blick auf die Dünen nicht mehr verstellte. Dieser Strandabschnitt war sicherlich nicht der am meisten besuchte und die Chance, Zeugen zu finden, die bereits um halb sieben über den Fußgängerweg durch die Düne gejoggt waren, war nicht besonders groß. Sie blickte auf den Beach Club, der sich etwa 100 Meter weiter links befand. Bis zehn Uhr geschlossen.

„Lass uns mal dort anfangen", sagte Jaap und nickte zu der mittlerweile recht großen Gruppe neugieriger Leute. Suzanne folgte ihm. Sie bemerkte die Aufregung in der Gruppe, als sie sich ihr näherten. Es war eine seltsame Art von Aufregung: Sensationslust vermischt mit so etwas wie

Abscheu. Trotz der Sichtschutzwände wusste das Publikum schon lange, was los war.

„Ist es diese Joggerin?", fragte jemand. In den sozialen Medien war bereits eine hastig dahingeschriebene Suchnachricht verbreitet worden, Suzanne nahm an, dass der Ehemann sie ins Netz gestellt hatte.

Sie antwortete nicht. Wie selbstverständlich und ohne viele Worte vorab machten Jaap und sie ihren Job. Suzanne hielt ihre Informationen kurz und sachlich und überließ das Sprechen den anderen. Aber so gerne auch jeder etwas zur Lösung des Falles beitragen wollte, so wenig gab es zu berichten. Keiner hatte etwas gewusst, keiner hatte etwas gesehen, keiner hatte die Frau gekannt. Aus den Augenwinkeln heraus sah sie einen schwarzen Pick-up auf die Sichtschutzwände zufahren. In Gedanken sah sie den Leichensack vor sich, den letzten Teil des Reißverschlusses, der zugezogen wurde.

Sie würde sich wohl nie daran gewöhnen.

September

2

IHRE STIMME KLANG HEISER. KEIN WUNDER, NACHDEM SIE über eine Stunde lang, laut und ausgelassen mit dem Radio mitgesungen hatte, notgedrungen bei heruntergelassenen Scheiben, weil sie die Klimaanlage noch immer nicht hatte reparieren lassen. Was soll's, so bekommt man wenigstens mit, was sich da draußen abspielt, dachte Eline van As nonchalant, obwohl sie jetzt in einen Stau geraten war und sowohl das Tempo als auch die Lautstärke der Musik drosselte. Es mochte zwar schon Ende September sein, Spätsommer, aber dennoch glänzte der Asphalt im Sonnenlicht, dessen Strahlen noch kaum an Kraft verloren hatten. Was für ein Glück, dachte sie, als das Auto völlig stillstand und sie das Gesicht zum offenen Fenster drehte. Auf diese Weise konnte sie sich schon sonnen, bevor sie überhaupt am Strand war.

Nicht, dass sie es nötig gehabt hätte, etwas an ihrem Teint zu tun. „Du siehst aus, als hättest du vier Monate lang an der Costa gelegen, van As", hatte Joost, ihr Vorgesetzter, letzte Woche wieder einmal als subtile Bemerkung fallen lassen. Eline musste herzlich darüber lachen. Sie konnte nichts daran ändern, dass sie immer so schnell gebräunt war, ganz egal, wie oft sie sich mit Faktor 30 oder noch höher eincremt. Es lag auch an den Haaren, die im Sommer noch blonder wurden als sonst. Dann wirkte ihr Teint sowieso gleich dunkler. Und dass sie am Wochenende ihre Freizeit so oft wie möglich in der Natur verbrachte, hatte natürlich auch seinen Effekt.

Die Autos vor ihr kamen langsam wieder in Bewegung. Eline richtete den Blick wieder auf die Straße und trat sanft aufs Gaspedal. Es war Freitagnachmittag, kurz nach fünf. Laut Navi war es eine zweistündige Fahrt von ihrer Wohnung in Amsterdam nach Zeeland, aber sie rechnete mit mindestens einer halben Stunde Verspätung. Aber das war ihr egal. Etwas, woran sie doch nichts ändern konnte, wie zum Beispiel das Verkehrsaufkommen, konnte ihre gute Stimmung nicht trüben. Sie hatte sich auf die kommende Woche gefreut, auf die gemeinsame Zeit mit ihren Freundinnen, auf stundenlanges Plaudern, Schwimmen, Wein trinken am Strand. Dank der Sommerferien in ihrer Jugend ist Zeeland für sie noch immer das Symbol für Entspannung. Nur schon der Gedanke daran machte sie glücklich.

Eline trat etwas fester aufs Gaspedal. Es war immer noch viel los auf der Straße, aber die Tachonadel zeigte jetzt schon fast auf neunzig Kilometer pro Stunde. Im Radio lief noch immer die Top 40. Unwillkürlich schweiften ihre Gedanken zu ihren Freundinnen.

Wie lange kannte sie Lydia und Sascha eigentlich schon? 25 Jahre? Nein, das musste länger sein. Da gab es ein Bild der drei am Strand von Zoutelande, aufgenommen in dem Jahr, in dem sich ihre Eltern kennengelernt hatten. Die kleinen Mädchen auf dem Schwarzweißbild waren alle drei Jahre alt. Das ist neunundzwanzig Jahre her, und seitdem hatten sie sich jedes Jahr gesehen, manchmal sogar mehrmals. Ohne Ausnahme.

In den ersten Jahren lief alles wie von selbst. Die Eltern von Lydia hatten ein Gästehaus, in dem Elines Eltern und die von Sascha jedes Jahr eine Wohnung mieteten. Zwei oder drei Wochen in den Sommerferien, manchmal vier, wenn die Geschäfte ihres Vaters gut gelaufen waren. Sascha war immer für fünf Wochen mit ihren Eltern da, ihr alljährliches Sommerhighlight, weit weg von der Rotterdamer Wohnung ohne Balkon. Eline selbst ist in Amstelveen aufgewachsen, unweit des riesigen Amsterdamer Bos, einer Parkanlage am Rande der Großstadt. Aber dennoch war der Strand von Zeeland für sie ein Symbol für ihre schönsten Kindheitserinnerungen. Sie fragte sich nie wirklich, warum sie jedes Jahr an denselben Ort fuhren, auch nicht, als es für die Klassenkameraden immer normaler wurde, in Ländern wie Griechenland oder Spanien Urlaub zu machen. Es hatte sie nie in die Ferne gezogen, ebenso wenig wie ihre Eltern. Sie waren, als Eline und ihr Bruder bereits erwachsen waren, noch jahrelang jeden Sommer nach Zeeland gereist, obwohl es das Gästehaus von Lydias Eltern inzwischen schon lange nicht mehr gab.

Sie fühlte einen Stich in der Magengegend, den inzwischen vertrauten Schmerz, wenn sie an ihren Vater dachte. Er hatte gerade noch miterlebt, wie Lydia und Gert im vergangenen Herbst den Beach Club gekauft hatten, und er hatte sich bereits auf den Moment gefreut, in dem er und ihre Mutter dort Urlaub machen konnten.

„Jetzt ist eine neue Generation dran", hatte er verkündet. Der in seiner Stimme mitschwingende Stolz war unverkennbar, denn er liebte diese Art von Symbolik.

Leider würde er den Moment nicht mehr erleben, dass das oberste Stockwerk des Beach Clubs im folgenden Jahr als Wohnung vermietet werden würde. Ein seltsamer Husten, mit dem er letzten Herbst nach ungefähr einer Woche doch noch zum Arzt ging, erwies sich als Vorbote einer niederschmetternden Nachricht. Eline konnte sich noch an jede Kleinigkeit an diesem einen Tag erinnern, an dem sie und ihre Eltern ins Krankenhaus gegangen waren, um sich die Ergebnisse der Untersuchungen anzuhören. Irgendwie hatte sie schon die ganze Zeit ein ungutes Gefühl. Ihr Vater war nie krank und jetzt plötzlich dieser seltsame Husten, der einfach nicht vorüberging. Er hatte auch abgenommen, nach eigenem Sagen, weil er nicht schlafen konnte und ihn deshalb alles viel mehr an den Kräften zehrte als sonst. Was natürlich eine unsinnige Diagnose war, aber da Eline an keine anderen Gründe dafür denken wollte, hatte sie ihm geglaubt. Bis ihre Mutter ihn gezwungen hatte, zum Arzt zu gehen, der ihn dann gleich zum Lungenarzt verwiesen hatte. Zehn Tage nach dem Besuch beim Hausarzt hatten sich Eline und ihre Eltern den Befund des Lungenarztes mit offenem Mund angehört. Metastasierter Lungenkrebs, unbehandelbar, noch sechs Monate zu leben.

In sich zusammengesunken, genau so sah sie in diesem Moment ihren Vater. Vom großen, immer fröhlichen Mann, den sie kannte, war nichts mehr übrig. Er saß niedergeschlagen auf seinem Stuhl, die zusammengefalteten Hände auf dem Schoß, die Augen auf die Wand hinter dem Arzt gerichtet, auf der es nichts gab als Leere.

„Es tut mir leid", hatte der Arzt gesagt und es schien ihm wirklich nahe zu gehen. Das Gespräch, das darauf folgte, war teilweise an ihrem Vater vorbeigegangen. Eline hingegen hatte in kämpferischer Haltung und voller Fragen, aufrecht auf der Stuhlkante gesessen. „Wie stehen die Prognosen bei einer Chemotherapie? Wie bei einer Operation? Wie bei einer experimentellen Behandlung? Es kann doch nicht sein, dass es da keine Möglichkeiten mehr gibt?" Der Arzt hatte ihre Fragen geduldig der Reihe nach beantwortet. Eine Operation war jetzt nutzlos, da der Krebs an so vielen Orten gewachsen war. Die Chemotherapie konnte höchstens eine lebensverlängernde Wirkung haben, von Wochen, nicht von Monaten. Und angesichts der krankmachenden Nebenwirkungen der Chemotherapie musste man sich die Frage nach der Lebensqualität stellen. „Wochen ist viel", hatte Eline gesagt und sich an einen Strohhalm geklammert, der, wenn sie ehrlich zu sich selbst war, viel zu klein und zu dünn war.

Jetzt kam der Moment, in dem ihr Vater das Wort ergriffen hatte. „Nein", hatte er mit Entschlossenheit gesagt. „Keine Chemo. Ich möchte meine letzten Monate so gesund wie möglich verbringen, nicht krank durch Medikamente."

Das war ihr Vater wie er leibt und lebt. Egal, wie groß der Schicksalsschlag auch war, egal, wie niedergeschlagen er sich fühlte, er wusste, was er wollte. Und was er nicht wollte.

Mit einem Berg Flugblätter über Palliativversorgung, Hauskrankenpflege, Sterbebegleitung und auf Wunsch ihres Vaters, Sterbehilfe, hatten sie das Krankenhaus verlassen. Ihr Vater hatte Remco selbst angerufen, ihren Bruder, der sich sofort ins Auto setzte. An diesem Abend hatten sie als Familie zusammengesessen und sich stundenlang über die Vergangenheit und das Jetzt unterhalten und wie es nun weitergehen müsse. Es wurde geweint und gelacht und jedes Mal, wenn Eline sich an diese Stunden erinnerte, wurde sie von einem warmen Gefühl überwältigt.

Während sie wieder auf die Bremse treten musste, weil sie in einen Stau kam, dachte sie daran, wie besonders es war, dass dieses warme Gefühl, das sie in der letzten Lebensphase ihres Vaters erfahren durfte, nicht verschwunden war. Als ob alles nichtig und klein wird, wenn man sich darüber im Klaren ist, worauf es im Leben wirklich ankommt. Was wirklich zählte, war die Liebe. Nicht nur für ihren Vater, oder beide Eltern, sondern auch zum Leben. Denn wenn es etwas gab, was ihr Vater ihr beigebracht hatte, dann war es das.

„Hör nicht auf, das Leben zu genießen", hatte er ihr in den letzten Wochen so oft gesagt. „Erst wenn du das tust, dann bin ich wirklich tot."

Das war leichter gesagt als getan. Aus den versprochenen sechs Monaten wurden nur sechs Wochen. Er starb Ende Oktober, und mit seinem Tod hielt auch gleich der Herbst Einzug. Wochenlang prasselte der Regen gegen die Fensterscheiben, als würde die ganze Welt mitweinen. Eline konnte dieses Wetter sowieso schon kaum ertragen und hatte oft Mühe gehabt, einen Grund zu finden, für den es sich lohnte, aus den Federn zu kriechen. Sie war immer schon ein Papakind gewesen. Und es war, als wäre mit ihrem Vater ein Teil ihrer selbst gestorben.

Es waren seine eigenen Worte gewesen, die ihr durch dieses anfängliche, tiefe Tränental geholfen hatten. Genieße das Leben. Sie hatte sich dazu gezwungen, jeden Tag etwas zu tun, das sie glücklich machte. Guter Kaffee an einem angesagten Ort, ein Spaziergang durch den Wald, ausgiebige Telefongespräche mit Freundinnen, oft auch mit Sascha und Lydia, die ihren Vater auch schon so lange gekannt hatten. Kurz bei ihrer Mutter vorbeischauen. Ihre Mutter, die ihr vorgelebt hatte, wie man gleichzeitig traurig sein und dennoch Freude am Leben haben konnte. Sie vermisste ihn, natürlich vermisste sie ihn. Aber das hinderte sie nicht daran, jeden neuen Tag zu umarmen, das Leben so zu nehmen, wie es kam, und sich an den schönen Dingen erfreuen, wie Eline es auch tat. Das letzte Jahr war für Eline unsäglich schwer gewesen, aber dennoch hatte sie es geschafft, dieser schmerzhaften Zeit etwas positives abzugewinnen. Elines Bewunderung für ihre Mutter war enorm gewachsen und die beiden Frauen standen sich näher denn je. Sie unternahmen jetzt manchmal auch etwas gemeinsam. Kürzlich verbrachten sie ein gemeinsames Wochenende in Antwerpen. Als ihr Vater noch lebte, waren sie nicht auf eine solche Idee gekommen. Aber auch Remco und Eline waren sich nähergekommen. Zwar gab es zwischen ihnen schon immer diese geschwisterliche Verbundenheit, aber jeder hatte sein eigenes Leben geführt, in dem der andere nicht wirklich eine bedeutende Rolle spielte. Das aber hatte sich jetzt grundlegend geändert. Sie hatte ihren Bruder immer öfter angerufen, und durch die vielen guten Gespräche wurden sie zu Freunden. Ohne es jemals auszusprechen, hatten beide eingesehen, wie wertvoll und verletzlich die Familie war.

All dies änderte natürlich nichts an der Tatsache, dass sie ihren Vater schrecklich vermisste. In diesem Sommer, als ihre Mutter doch wieder nach Zoutelande gefahren war, aber jetzt allein, hatte Eline bei jedem Bild geweint, das ihre Mutter ihr gesendet hatte. Und als sie kürzlich in ihrem Handy nach einer Nachricht von jemandem gesucht hatte, war sie auf die WhatsApp-Nachrichten von ihrem Vater gestoßen. Sie las, was sie sich gegenseitig geschrieben hatten, und wurde dabei von einer stets höher werdenden Trauerwelle erfasst. „Ich liebe dich", das hatte er ihr oft geschrieben. „Bin stolz auf dich." Auch das. Der Schmerz in ihrem Herzen war die Kehrseite dieser glänzenden Medaille, dessen war sie sich nur allzu bewusst. Er war der Preis dafür, dass sie solch einen wunderbaren Vater gehabt hatte, von dem andere nur träumen konnten.

Der Gedanke daran schnürte ihr die Kehle zu. Hier, im Auto, hatte sie einfach zu viel Zeit zum Nachdenken. Und erst jetzt wurde ihr bewusst, dass sie in den vergangenen Wochen neben ihrer Urlaubsvorfreude auch eine gewisse Traurigkeit verspürt hatte.

Sie holte tief Luft, strich sich mit der Hand über die Augen, um sich eine entwichene Träne fortzuwischen, und schluckte ein paar Mal. Es gab Momente, in denen sie den Schmerz spüren wollte, in denen er sich so angestaut hatte, dass er auf einmal aus ihr rausplatzen musste. Dann ließ sie es einfach geschehen. Aber nicht jetzt, jetzt wollte sie sich darauf konzentrieren, was vor ihr lag und worauf sie sich gefreut hatte. In dieser Woche würde es genug Momente geben, in denen sie den Verlust schmerzhafter verspüren würde als sonst. Ganz Zoutelande war voller Erinnerungen an ihren Vater.

Sie zwang sich, ihre Gedanken in eine andere Richtung zu lenken. Zum Beispiel zum Beach Club von Gert und Lydia, wofür die beiden so hart gearbeitet hatten. Erst kam der Umbau und dann die vielen Sommergäste. Eline wusste, wie oft Lydia von Zweifeln geplagt worden war, wie viele schlaflose Nächte ihr diese riesige Investition besorgt hatte, für die Lydia und Gert bei der Bank einen Kredit hatten aufnehmen müssen.

„Und wenn es ein Reinfall wird?", hatte sie oft gesagt.

„Dann kommt keiner, weil jeder unsere Idee doof findet."

Eline hatte keinen Moment an einen Reinfall geglaubt. Und ganz abgesehen davon, dass der Beach Club supertoll umgebaut war und dass beide, Gert und Lydia, ein Gespür dafür hatten, was den Wünschen ihrer Gäste entsprach, befand sich die Wirtschaft wieder im Aufschwung. Zeeland wurde immer angesagter, nicht nur bei den Deutschen und Belgiern, sondern jetzt auch bei den Niederländern. Die Hochsaison dauerte ungefähr von April bis Oktober, mit einer absoluten Spitze in den Sommerferien. Der Beach Club befand sich gerade außerhalb der Dorfgrenze und war von fast allen Pensionen, Hotels und Apartments aus gut zu Fuß erreichbar. Und dann kamen da noch die Urlauber aus Domburg oder Vlissingen, die oft Tagesausflüge nach Zoutelande unternahmen.

Lydias Sorgen erwiesen sich dann auch als unbegründet. Der Beach Club hatte eine tolle erste Saison hinter sich. Es gab so viel zu tun, dass Eline kaum mit ihrer Freundin gesprochen hatte. Sie hatte sie oft angerufen, aber ihre Anrufe waren immer unbeantwortet geblieben. Meistens sprach ihr Lydia erst nach Stunden oder sogar erst nach einem Tag eine Nachricht auf die Mailbox, dass sie total beschäftigt sei, sie aber bald zurückrufen würde. Eline machte ihr deswegen keine Vorwürfe, auch nicht, dass sie ihre Versprechen oft nicht gehalten hatte. Besser so, als wenn Lydia mitten im Sommer alle Zeit der Welt gehabt hätte, um stundenlang mit ihren Freundinnen zu quatschen, weil keine Gäste kamen. Während sich das Tempo der Autos vor ihr ziemlich abrupt verlangsamte und die elektronischen Verkehrsschilder über der Straße mahnten, die Geschwindigkeit zu drosseln, dachte Eline an ihre Freundin. Sie hatte Lydia immer als jemanden gesehen, der im Gesundheitswesen arbeiten würde. Lieb, sanft, bescheiden, immer besorgt um das Wohl anderer. Lydia hatte eine Weile wirklich sehr unter der Schattenseite dieser Eigenschaften gelitten. Ihre eigenen Bedürfnisse stellte sie immer hinten an, gerade so, als fühlte sie sich durch ihr Dasein schuldig. Schuldig dafür, dass jemand auf sie Rücksicht nehmen oder sie ansehen musste. Alles aus Unsicherheit, natürlich. Es war sicher auch nicht gerade einfach, als jüngstes von sechs Kindern aufzuwachsen. Da gab es immer jemanden in der Familie, der etwas besser, früher oder schneller konnte. Und es war für Lydia auch nicht gerade hilfreich, dass sich ihr Vater bei Nacht und Nebel aus dem Staub gemacht hatte, als sie gerade mal sechs Jahre alt war.

Von diesem Moment an hatte Lydias Mutter die Pension alleine geführt und Eline hat großen Respekt davor, wie sie das alles geschafft hat. Sie hatte alles am Laufen gehalten: Die Pension, ihre Familie. Es musste sehr schwer für sie gewesen sein. Eline erinnerte sich noch daran, dass Lydias Mutter seit dem Verschwinden ihres Mannes immer mit Sorgen herumlief, die sie so gut wie möglich zu verbergen suchte. Sie war immer herzlich, immer aufgeweckt, aber man konnte ihr ansehen, dass sie es nicht leicht hatte. Es war natürlich auch schrecklich, was ihr da passiert war. Mit sechs Kindern im Stich gelassen, eingetauscht gegen eine jüngere Frau – ein größeres Klischee konnte man sich kaum vorstellen. Eline fand es immer noch unglaublich, dass Lydias Vater sich danach nie mehr wirklich um seine Kinder gekümmert hatte. In ihrer Jugend hatte Lydia ihn vielleicht einmal pro Monat gesehen, wenn überhaupt. Mit achtzehn hatte sie den Kontakt völlig abgebrochen. Sie sprach nicht oft darüber, aber Eline wusste, dass der Verlust ihres Vaters ihre Kindheit geprägt hatte. Dass ihre Mutter dann die wenige Zeit, die sie neben ihrer Arbeit in der Pension – die von April bis Oktober mehr als nur eine Vollzeitbeschäftigung war – übrig hatte, auf sechs Kinder verteilen musste. Automatisch wurde das Kind am wenigsten beachtet, das die geringste Aufmerksamkeit forderte.

Eline fand es großartig, wie sich Lydia in den letzten Jahren entwickelt hatte. Wie sie mit der Unsicherheit aus ihrer Kindheit umgegangen war, wie sie an sich und ihrem Selbstvertrauen gearbeitet hatte. Wie sie Kilos abgespeckt hatte, nicht weil sie dachte, dass sie so besser aussehen würde, sondern ganz allein, weil sie es so wollte. Sie fühle sich besser dabei, hatte sie gesagt, selbstbewusster. Von den Jungs, die immer nur ihre Gutmütigkeit ausgenutzt hatten, hatte sie ebenfalls die Nase gestrichen voll. Vor drei Jahren musste ihr noch keiner zu nahe kommen. Eline dachte mit einem Lächeln an den Moment zurück, als Lydia erklärt hatte, dass sie lieber alleine für sich lebt, weil sie sich selber ihre beste Gesellschaft ist. Sie, Lydia und Sascha hatten ihren inzwischen traditionellen einwöchigen Urlaub in der Spätsaison in einem gemieteten Strandhaus zwischen Zoutelande und

Domburg verbracht. Und es verging kein Tag, an dem Lydia nicht wiederholte: „ Ich brauche keine Männer mehr." Fünf Wochen später war sie mit Gert zusammen.

Eline krümmte sich vor Lachen, als sie dies gehört hatte. „Gert van Grinsven", wiederholte sie, weil sie es einfach nicht glauben konnte, als Lydia es ihr am Telefon erzählt hatte. „Kennst du ihn denn?", hatte Lydia gefragt. Natürlich kannte ihn Eline, jeder kannte ihn. Gert war der Typ Mann, der auffiel, ohne sich auffällig zu benehmen. Extrovertiert, nicht zu übersehen, charmant. Er hatte immer einen flotten Spruch drauf, eine Eigenschaft, die ihn leicht zu einem unseriösen Gesprächspartner hätte machen können, aber er war unglaublich nett.

Jetzt, drei Jahre später, war es ganz normal, dass Lydia und Gert zusammengehörten. Sie hatten sich in diesem Frühjahr sogar das Jawort gegeben, ohne großes Tamtam, da eine einfache standesamtliche Trauung wegen der Arbeiten am Beach Club besser in ihren Zeitplan passte. „Wir werden später noch ein rauschendes Fest feiern", hatte Gert angekündigt, und Eline zweifelte nicht daran, dass es eine tolle Party werden würde.

Gert und Lydia waren totale Gegensätze, aber dennoch führten sie eine harmonische Beziehung. Er war immer noch extravertiert genug, um Lydia aus der Reserve zu locken und sie noch immer ruhig und selbstsicher genug, um Gert im Zaum zu halten. Zusammen hatten sie ein Gleichgewicht gefunden. Das Strandzelt war ein gemeinsamer Wunsch, in dem sie sich beide verwirklichen konnten. Das machte Eline glücklich. Sie war noch nie zuvor einem Mann begegnet, mit dem sie sich an so ein Unterfangen herangewagt hatte.

Aber es gab sowieso nicht viel in ihrem Liebesleben, worüber sie sich den Kopf zerbrechen musste.

Nächsten Monat wurde sie dreiunddreißig, eine Tatsache, die sie lieber verdrängte. Denn irgendwie schien das Leben an ihr vorbeizurauschen. Sie ging sicher einmal pro Monat auf Babybesuch, wo sie dann oft gefragt wurde, ob sie denn selber keine Kinder wolle. Wollte sie das? Sie hatte sich immer als Mutter gesehen, aber jetzt, in ihrer heutigen Situation, wollte sie diese Frage lieber nicht beantworten.

Sascha war in der gleichen Situation, das war irgendwie beruhigend. In ihrem täglichen Leben hatte sie stets weniger Freundinnen, auf die das zutraf. Sie gönnte ihnen alles Glück der Welt, aber sie bekam immer mehr das Gefühl, als einzige übrigzubleiben.

„Lass uns fröhlich zusammen ins Altenheim umziehen", hatte Sascha kürzlich am Telefon gescherzt. „Macht doch auch Spaß, oder?"

Sie mussten beide darüber lachen. Ein Lächeln spielte um Elines Lippen, als sie daran dachte. Es wäre schön, wenn Sascha etwas näher bei ihr wohnen würde, aber ihr Traumjob – etwas Kompliziertes, das mit Saschas großem Talent für Chemie zu tun hatte – hatte Sascha gezwungen, in den Norden Limburgs zu ziehen. Wenn das nicht der Fall gewesen wäre, wäre Sascha wahrscheinlich in Middelburg geblieben, wo sie aufgewachsen war. Und selbst dann hätte sie nicht nebenan gewohnt. Sie kommunizierten telefonisch oder per WhatsApp miteinander, gelegentlich besuchten sie sich auch außerhalb der gemeinsamen Urlaubswoche. Dazu war es im letzten Jahr leider nicht gekommen, abgesehen von der Bestattung von Elines Vater. Sascha sagt, dass sie jetzt hundert Stunden pro Woche arbeite. Und Eline, die gerade ihren Job gewechselt hat, hat auch noch kaum Freizeit. Sechsunddreißig Stunden stand in der Stellenanzeige, aber in Wirklichkeit sind es fünf volle Tage. Sie war schon froh, wenn sie am Wochenende einfach mal Luftholen und Auftanken konnte.

Ja, der Job war toll. Produktmanagerin von Software für Webshops, ein Job, bei dem alles zusammen kam. Ihre Vorliebe für IT sowie für Vertrieb und Marketing und, wie ihre Mutter scherzhaft gesagt hatte: „Dein außergewöhnliches Talent für Online-Shopping." Sie arbeitete jetzt seit vier Monaten dort und es machte ihr enorm Spaß.

Nur schon, weil sie jetzt nicht mehr täglich Roelof begegnen musste. „Fang niemals etwas mit einem Arbeitskollegen an", davor hatten ihre Freundinnen sie gewarnt. Und natürlich war das eine schlechte Idee. Wenn Roelof nur nicht so attraktiv gewesen wäre, und, nachdem sie sich – wie klischeehaft – bei einem After-Work-Drink geküsst hatten, waren alle Hemmungen und Zweifel verflogen. Ja, sie kannte seinen Ruf. Ja, sie wusste, dass er normalerweise nach ein paar Monaten von einer Frau genug hatte. Und ja, sie hatte sich verboten, sich in ihn zu verlieben, was natürlich trotzdem geschehen war. Und als er sie nach vier Monaten – das war für ihn schon lange – absERVIert hatte, war ihr Herz endgültig gebrochen, denn sie trauerte auch noch um ihren Vater. Oder vielleicht hatte ihr das Beziehungsaus den Rest gegeben, das wäre auch noch möglich. Daraufhin stürzte sie sich mit voller Vehemenz ins Nachtleben, aber auch diese Idee war nicht gerade genial gewesen. Zum Glück kam sie schnell wieder in die Spur.

Sie drehte die Lautstärke des Radios auf und sang einen spanischen Sommerhit mit, dessen Text sie nur phonetisch kannte. Auf diesen Song folgte ein weiterer, der ihr sofort Lust auf Strand und Meer machte. Ihre Stimme nahm gerade einen Anlauf zu den höchsten Tönen, die so falsch klangen, dass sie froh war, dass keiner sie hören konnte, als die Radioverbindung einem Anruf wich.

„Hey Sas", sagte sie, als sie antwortete. „Wie weit bist du schon?"

Die Stimme ihrer Freundin klang fröhlich. „Fast in Zeeland, du?"

„In Rotterdam. Ich steh im Stau."

„Mist", sagte Sascha. „Ich freue mich echt total auf unseren Urlaub."

Eline spürte ein Kribbeln im Bauch, wie damals als Achtjährige, als sie auf Klassenfahrt ging. „Ich auch, ich habe euch vermisst."

„Bist du auch so neugierig auf den Beach Club? Ich glaube, dass es ganz toll geworden ist."

Eline nickte. Während des Umbaus hatte Lydia regelmäßig Fotos in den WhatsApp-Gruppen-Chat gestellt, auf denen der Fortschritt deutlich sichtbar war. Dem verstaubten Interieur wurde mit großen Hämmern zu Leibe gerückt, und langsam aber sicher erwuchs daraus etwas, das hip und trendy war, aber dennoch diese typische Strandlokalatmosphäre ausstrahlte. „Ich freue mich für die beiden, dass sie eine so gute erste Saison hatten", sagte sie. „Sie haben sich dafür ja auch mächtig ins Zeug gelegt."

„Das kann man wohl sagen! Wir haben übrigens Glück mit dem Wetter."

Eline nickte. Obwohl es Ende September war, schien sich der Sommer dieses Jahr noch nicht verabschieden zu wollen. Für die kommenden Tage wurden Temperaturen von bis zu 25 Grad vorhergesagt, und laut Lydia war die Temperatur des Meerwassers immer noch herrlich. Aber das war eigentlich nicht sehr aussagekräftig, denn Lydia schwamm immer von Mitte März bis Ende Oktober im Meer.

„Du hast ganz einfach Salzwasser im Blut", sagte Eline manchmal, mit einem Augenzwinkern. Auch sie schwamm gerne im Meer, aber nur, wenn das Wasser wirklich warm genug war. Aber eigentlich waren ihr die Wassertemperaturen egal. Sie konnte den ganzen Tag am Strand liegen, ohne sich auch nur im Geringsten der Brandung zu nähern, und hatte trotzdem einen top Tag.

„Ich hoffe doch, dass Lydia Zeit hat, sich ein wenig zu entspannen", sagte Sascha nachdenklich. Sie simste zwar, dass noch viel los sei, aber dass Gert und das Personal sich nächste Woche um das Lokal kümmern werden.

„Ich hoffe vor allem, dass sie sich etwas Ruhe gönnt", sagte Eline. „Du weißt, wie sie ist, sie fühlt sich natürlich mega verantwortlich dafür, dass alles rund läuft."

Sascha seufzte leise. „Das kannst du wohl sagen. Ich glaube, dass es ihr nicht leichtfallen wird, loszulassen."

Eline nickt. „Wir werden ihr schon dabei helfen. Ich schlage vor, dass wir uns täglich zum Mittagessen mindestens einen Mojito genehmigen, der dann wohl seine Wirkung zeigen wird."

Sascha kichert. „Das trägt jedenfalls positiv zu meinem Urlaubsgefühl bei. Wenn's nur nicht zu viel wird, aber das kennt ihr ja."

Eline musste auch lachen. Wenn es jemanden gab, der nicht zu viel Alkohol trinken konnte, dann war das Sascha. Glücklicherweise war ihrer Freundin das auch bewusst und so konnte sie sich zurückhalten.

„Aber ich hoffe wirklich, dass Lydia ein wenig Freizeit hat", sagte Eline ernst. „In letzter Zeit klang sie am Telefon so gestresst, egal ob sie ein Gespräch annahm oder zurückrief. Und sogar ihre Apps waren Stress pur."

„Wir werden es schon sehn", sagte Sascha „Die Saison geht zu Ende, das wirkt sich sicher günstig auf sie aus."

An diese Worte musste Eline denken, als sie über eine Stunde später am Ortsschild mit der Aufschrift ZOUTE-LANDE vorbeifuhr. Der Kalender konnte wohl behaupten, dass der Höhepunkt der Saison bereits vorüber war, aber das Gewusel auf den Straßen ergab ein völlig anderes Bild. Es war nicht einfach, das Auto durch die ohnehin engen Gassen in diesem Dorf in Zeeland zu manövrieren. Viele Autos waren am Straßenrand geparkt – leider nicht alle in Reih und Glied – und zu dieser Tageszeit waren auch noch ziemlich viele Fußgänger unterwegs, die entweder nach einem langen Tag am Strand in ihre Wohnung oder ihr Gästehaus zurückkehrten oder auf dem Weg zu einem Restaurant waren. Während Eline in ihrer Heimatstadt Amsterdam schnell die Geduld verlor, wenn sie nicht durchfahren konnte, lehnte sie sich hier entspannt zurück. Sie schaltete das Radio aus und öffnete das Fenster vollständig. Ihr Ellbogen hing lässig aus dem Fenster während sie geduldig darauf wartete, bis eine Gruppe älterer Touristen etwas beiseite ging. Für den Beginn des Abends war es noch warm, und die leichte Brise brachte den Geruch von Meerwasser und den der Malzeiten aus den Restaurantküchen der dahinterliegenden Straßen mit sich. Sie bemerkte, dass sie Hunger hatte. Glücklicherweise hatte ihr Lydia gerade ein Bild von einer großen Schüssel Tapas und einer Flasche kühlen Weißwein gesimst.

Als sie sich dem Dorfrand näherte, hatte das Gedränge etwas nachgelassen. Sie fuhr an einem Paar auf einem Tandem und einem Reiter vorbei, der sein Pferd am Straßenrand im Grünstreifen traben ließ, und erreichte dann den Parkplatz. Sie stieg aus und straffte Rücken und Schultern, die sich während der langen Fahrt verkrampft hatten. Anschließend holte sie ihre Wochenendtasche aus dem Kofferraum und machte sich durch die Dünen auf, zum Beach Club. Als sie auf dem Gipfel der Düne angekommen war, blieb sie stehen.

Die Aussicht war atemberaubend. Der Meeresspiegel war jetzt am höchsten, aber der Strand war an dieser Stelle so breit, dass noch ein großer Sandstreifen übrig war. Späte Badegäste packten ihre Sachen zusammen.

Hier oben auf der Düne wehte ihr der Wind ins Gesicht. Sie schmeckte das Salz auf ihren Lippen. Der Anblick des Meeres erfüllte sie wie immer mit dem Gefühl des Nachhausekommens, obwohl ihre Wurzeln in keiner Weise hier liegen. Die in ihr aufkommende Melancholie konnte sie vorläufig noch verdrängen. Sie atmet tief durch die Nase ein und spürte nun auch dort das Prickeln des Salzes.

Eine Gruppe deutscher Touristen kam auf sie zu und diskutierte lautstark über ein Thema, das Eline entging. Sie löste ihren Blick vom Strand und ging auf den Beach Club zu. Die späte Nachmittagssonne wärmte trotz des Windes ihr Gesicht. Noch einmal atmete sie die Meeresluft bis tief in die Lungen.

Ein paar Minuten später stieg sie die Treppe hinauf, die zum Eingang des Beach Clubs führte. Ihre Slipper klapperten auf dem Holz, sie fühlte den Sand zwischen den Zehen.

Es sah fantastisch aus. Eline wusste nicht, was sie sah, als sie zur Tür hereinkam. Für einen Moment hielt sie inne, um alles in sich aufzunehmen. Vor zwei Jahren hatte sie dieses Lokal zum letzten Mal besucht, als es noch den vorherigen Besitzern gehörte. Ein Unterschied wie Tag und Nacht! Nichts erinnerte noch an das alte Restaurant. Das gesamte dunkle Eichenholz, das nie wirklich zur Strandatmosphäre gepasst hatte, war verschwunden und durch Holz in allerlei verschiedenen hellen Farbtönen ersetzt worden. Gerüstbohlen, weiße Elemente, alles passte perfekt zusammen. Der Hingucker inmitten des Restaurants waren große Surfbretter, die so aussahen, als hätte sie jemand rein zufällig dort aufgehängt, was nicht der Fall war, denn Eline wusste, dass diese Komposition gut durchdacht war. Die Surfbretter hatten grelle Farben und bildeten somit einen ausgewogenen Kontrast zum Weiß ihrer Umgebung. Lydia hatte sich tagelang darüber den Kopf zerbrochen, daran konnte Eline sich noch gut erinnern.

Was ihr besonders ins Auge fiel war die Großzügigkeit der Räume. Das alte Restaurant wirkte immer klein und etwas stickig. Aber in der neuen Version sah der Beach Club viel größer aus, als man auf den ersten Blick erwarten würde. Wenn sie über den Daumen gepeilt schätzen müsste, wie viele Tische es gab, dann käme sie auf ungefähr vierzig im Lokal plus noch etwa fünfzig draußen, auf der geräumigen Terrasse. Durch die offen stehenden Schiebetüren – die Wände konnten an drei Seiten verschoben werden – flogen Spatzen ein und aus. Auf einem der Surfbretter hatten sich gleich fünf fröhlich in einer Reihe niedergelassen.

Hier war es still, alle saßen draußen. Eline ging weiter, an der Bar vorbei, wo ein 25-jähriger junger Mann ihr zunickte.

„Kann ich was für dich tun?", fragte er, aber in diesem Moment fiel ihr Blick auf Lydia und Sascha auf der Terrasse. Sie schüttelte den Kopf, lächelte und ging weiter.

Lydia war die erste, die sie sah. „Eline!", rief sie entzückt und sprang auf. Im nächsten Moment folgte eine innige Umarmung. Dann betrachtete Eline ihre Freundin auf eine Armlänge Abstand. „Wie gut du aussiehst", sagte sie wohlmeinend. Lydia trug Jeans-Shorts und ein ärmelloses Oberteil, die ihre gebräunten Arme und Beine noch besser zur Geltung brachten und bewiesen, dass nicht nur ihr Teint durch den häufigen Aufenthalt an der frischen Luft eine gesunde Hautfarbe bekommen hatte. Ihre hellbraunen Augen waren klar und neugierig und in ihrem haselnussfarbenen Haar schimmerten dank der Sonne wunderschöne Highlights. Wenn Eline nicht gewusst hätte, dass Lydia in letzter Zeit viel Stress gehabt hatte, hätte sie es ihr nicht angesehen.

„Und du, schau dich selbst an", sagte Lydia.

„Wie schön, dass du hier bist." Sie umarmten einander nochmals und dann wiederholte Eline dasselbe mit Sascha. „Fantastisch euch zu sehen", sagte sie, als sie sich setzte. Ihr Blick wanderte von einer zur anderen.

Kaum zu glauben, dass sie seit der Beerdigung ihres Vaters vor beinahe einem Jahr ihre Freundinnen nicht mehr gesehen hatte. Es schien wie gestern. Nicht nur Lydia, sondern auch Sascha hatte sich kaum verändert. Ihr Gesicht war mit Sommersprossen übersät, und in ihren blauen Augen lag diese Sanftheit, die zu Sascha passte. Um ihren Mund legte sich ein endloses Lächeln. Die Lebensfreude stand ihr ins Gesicht geschrieben. Das gefiel Eline an Sascha, sie konnte nie verbergen, wie sie sich fühlte, man konnte es ihr immer am Gesicht ablesen.

„Ich habe euch so vermisst", sagte Sascha jetzt, währenddem sie sich mit der Hand durch die blonden Haare strich und von einer zur anderen blickte. „Dasselbe gilt auch für mich", sagte Eline, die ihre Sonnenbrille von den Haaren zur Nase verschob.

„Ich sorge für den Wein." Lydia stand auf und kam kurz danach mit genau der Flasche zurück, die Eline vorher auf dem Bild gesehen hatte. Lydia füllte die Gläser und stellte die Flasche in einem Weinkühler auf den Tisch. Eline nahm ein Stück Käse vom Tapasbrett und steckte es genüsslich in den Mund.

„Es ist fantastisch geworden", sagte sie, als ihr Mund wieder leer war. „Noch viel schöner als auf den Bildern."

„Ja, gefällt es dir?", sagte Lydia mit stolzem Blick. „Wir sind total glücklich damit."

„Lydia hat gerade erzählt, dass sie im Sommer eineinhalb Mal mehr Umsatz gemacht hatten, als erwartet", sagte Sascha. „Nicht normal, oder?"

„Wie gut", sagte Eline. „Glückwunsch."

„Ach ja." Lydia nickte und lächelte. „Wir hatten auch nicht zu hoch gepokert, so konnten wir nur gewinnen."

„Ah, da ist sie ja wieder, diese Bescheidenheit", sagte Eline lachend.

„Du darfst ruhig sagen, dass es eine Glanzleistung war. Darauf kann man nur stolz sein." Sie blickte um sich. „Wo ist denn eigentlich dein Gert?"

„Nur schnell in den Großhandel. Sie hatten einen Teil der Bestellung vergessen zu liefern."

Aber wenn man vom Teufel spricht, dann kommt er, denn gerade in dem Moment lief Gert van Grinsven auf die Terrasse. „Na hallo, da sind sie ja", rief er mit einem breiten Lächeln, woraufhin er zuerst Eline und dann Sascha begrüßte. Eline wollte ihm drei Küsse geben, aber stattdessen gab er ihr einen Begrüßungskuss und umarmte sie fest, was sie kurz aus der Fassung brachte. „Schön euch zu sehen", sagte er fröhlich, ohne den kurzen Moment des Unbehagens zu bemerken. „Willkommen in unserem kleinen Paradies."

„Das kannst du wohl sagen", meinte Eline, als sie sich wieder setzte. „Es ist hier wirklich toll geworden."

„Ja, wirklich?" sagte Gert und strahlte vor Stolz. „Wir bekommen so viele positive Reaktionen, das ist großartig. Habt ihr schon was zu trinken?" Er zeigte auf ihre vollen Gläser. „Ah, ich sehe schon. Dann mach ich mich mal wieder an die Arbeit."

Lydia war dabei, aufzustehen. „Brauchst du vielleicht meine Hilfe..."

„Nein, mein Schatz", lachte Gert entspannt und legte seine Hand auf ihre Schulter. „Du hast heute deinen freien Tag, erinnerst du dich?"

Nach diesen Worten ging er wieder zurück in den Beach Club. Eline schaute sich die Speisekarte an, die auf dem Tisch lag. Darauf stand in Großbuchstaben HET ZOUT, der Name, den Gert und Lydia dem Beach Club gegeben hatten, weil sie den alten Namen „Restaurant Jannes" nicht gerade attraktiv fanden. Eline warf einen flüchtigen Blick auf das Angebot der Speisen, die eine Kombination aus östlichen Einflüssen und einigen traditionelleren Gerichten darstellten.

„Wir haben endlich den richtigen Chefkoch gefunden", sagte Lydia, die ihrem Blick folgte. „Der vorherige Koch war schon nach zwei Monaten wieder weg. Ein sehr talentierter junger Mann, der mit seinen Kochkünsten unsere Gäste kulinarisch überforderte." Sie kicherte. „Letztendlich sollte man in einem Beach Club keine allzu verrückten Kreationen anbieten. Als er irgendwann nur noch komplizierte japanische Suppen und keine Tomatensuppe mehr auf die Speisekarte stellen wollte, mussten wir uns leider von ihm trennen."

Eline lachte. „Erinnerst du dich noch daran, dass wir am ersten Abend jahrelang im selben Restaurant gegessen und dort dasselbe bestellt haben?"

„Hühner-Satay und Dame Blanche", sagten Lydia und Sascha im Chor.

Eline lächelte. Da war wieder dieser Hauch von Melancholie, der ihr einen Stich ins Herzen gab. Lydia spürte dies. Sie neigte den Kopf zu ihr.

„Wie geht es dir?", fragte sie und Eline wusste sofort, worauf sie mit dieser Frage abzielte. Sie nickte leicht. „Gut", sagte sie dann. „Ich vermisse ihn sehr, aber es geht mir gut."

Lydia nickte verständnisvoll. „Du bist seit seinem Tod nicht mehr hier gewesen, stimmts?"

„Nein." Eline schüttelte den Kopf. „Meine Mutter schon. Sie sagte, es hätte ihr gutgetan, wieder hierhergekommen zu sein."

„Sie war hier im Beach Club", sagte Lydia. „Es war schön sie zu sehen. Wir haben uns den ganzen Abend miteinander unterhalten. „Eline erinnerte sich daran, dass ihre Mutter ihr das erzählt hatte und dass Lydia sich alle Zeit für sie genommen hatte. „Das war lieb von dir", sagte sie. „Meine Mutter hat das sehr geschätzt."

Lydia lächelte. „Ich fand es toll, dass sie da war. Wir sind zusammen auch noch einen Tag nach Middelburg gefahren."

„Das können wir aber auch machen", sagte Sascha. „Einen Tagesausflug nach Middelburg."

Lydia nickte. „Und nach Domburg, weil dort ein neues Restaurant eröffnet wurde, das sehr gut zu sein scheint. Ich war noch nicht dort."

„Gute Idee", sagte Eline. „Am besten gleich morgen. Obwohl ich es doch sehr reizvoll finde, zuerst am Strand zu liegen. Jetzt ist das Wetter noch schön und in den Niederlanden weiß man nie, wie lange das so bleibt." Sascha streckte die Beine aus und wandte den Kopf der späten Sonne zu. Sie schloss die Augen und genoss den Moment. „Urlaub, herrlich!"

Eline stimmte ihr entspannt zu und warf einen Blick zu Lydia, die nichts sagte.

„Meiner Meinung nach würde auch dir eine Woche Urlaub guttun."

Ihre Freundin sah sie an und zuckte leicht mit den Schultern, obwohl Eline an ihren Augen sah, dass sie müde war. „Das ist nun einmal dein Los, wenn du dich selbständig machen willst", sagte Lydia, aber die Gelassenheit in ihrer Stimme wirkte etwas künstlich. „Dann sagst du dem Leben tschüss und was bleibt ist die Arbeit."

Lydia musste lachen. „Versprochen", sagte sie und während sie einen weiteren Schluck Wein nahm, wandte sie den Blick dem Meer zu. Eline nahm ihr Glas, führte es aber nicht an den Mund. Stattdessen betrachtete sie Lydia und hoffte, dass sie es wirklich schaffen würde, sich in dieser Woche zu entspannen, denn sie sah sehr erschöpft aus.

3

ELINE WURDE VON EINEM EISKALTEN TROPFEN GEWECKT, der gleich neben ihrem Nabel auf der sonnenwarmen Haut gelandet war. Noch bevor sie die Augen öffnen konnte, war bereits ein weiterer daneben gelandet, und dann noch einer. „Hey", sagte sie und schlug die Augen auf, um direkt in Gerts lächelndes Gesicht zu schauen. Er hielt ein Tablett in der einen und ein Glas in der anderen Hand und sah sie nun fragend an. „Mojito, gnädige Frau?"

„Lecker", sagte Eline, und setzte gleich danach einen bedenklichen Blick auf.

„Wie spät ist es eigentlich?"

„Drei Uhr." Gert stellte das Getränk auf ein Tischchen, das plötzlich neben ihrem Strandkorb stand. Eline wischte sich die Tropfen – scheinbar Kondenswasser, das vom Glas heruntergetropft war – mit der Hand vom Bauch. Gert sah ihr dabei zu und grinste. „Sorry, aber ich musste dich irgendwie wecken."

„Na so ein Zufall, für einen Mojito kannst du mich jederzeit aufwecken."

„Virgin Mojito", korrigierte er. „Ein richtiger schien mir zu dieser Tageszeit etwas zu hochprozentig. Den hast du aber von mir noch zugut."

„Ich werde dich daran erinnern", sagte Eline lachend. „Sag mal, bekommen wir auch etwas?" Das war Lydia, die am Ende der Reihe der drei Liegestühlen lag. Sascha hatte es sich in der Mitte bequem gemacht, aber war wie Eline, eingeschlafen.

„Natürlich, Ma'am." Gert brachte den beiden anderen Damen ebenfalls Getränke und ging dann zurück zum Beach Club, wo die Terrasse ziemlich voll war. Sie bemerkte, dass Lydia das auch sah.

„Der schafft das schon", sagte Eline, die sah, dass sich ihre Freundin Sorgen machte. Lydia nickte, aber ihr Blick blieb auf das Restaurant gerichtet. „Prost, Mädels", sagte Sascha, die jetzt auch wieder wach war und nun das Glas mit dem Mojito hob. „Auf einen herrlichen Tag am Strand."

Sie erhoben die Gläser und stießen an. Eline nahm einen Schluck vom Getränk, das angenehm kühl und erfrischend war. Sie starrte ins Weite. Ein paar Kinder spielten in der Brandung. Ein Vater tat so, als wäre er ein Hai, sehr zum Vergnügen seiner beiden Knirpse. Am Horizont fuhr ein Frachtschiff vorbei. Sie fragte sich, wie lange sie geschlafen hatte. Nachdem sie in Het Zout zu Mittag gegessen hatten, nahm sie ein Bad im Meer und legte sich dann mit einem Buch auf ihre Liege. Sie musste sehr schnell eingeschlafen sein. Vielleicht war das ja auch das Beste am Urlaub, dass nicht jede Minute des Tages verplant war und dass sie sich nicht schuldig fühlen musste, wenn sie sich mitten am Tag für eine Stunde aufs Ohr legte. Nicht, dass sie letzte Nacht nicht gut geschlafen hätte.

Lydia hatte sich dreimal dafür entschuldigt, dass die Zimmer im obersten Stock des Beach Clubs noch nicht fertig waren, aber als sie endlich nach oben gingen, hatte Eline keine Ahnung, wovon sie sprach. Das Zimmer, das sie bekommen hatte, war geräumig und hell und bereit, Gäste zu beherbergen. Sie hatte sogar ein eigenes Badezimmer.

„Wir müssen sowieso noch andere Betten kaufen", sagte Lydia. „Und eigentlich finde ich, dass ein neuer Laminatboden verlegt werden muss." Eline hatte keine Ahnung, was mit dem jetzigen Laminatboden nicht in Ordnung war, aber das hatte sie nicht gesagt. Stattdessen hatte sie Lydia versichert, dass sie sich keine Sorgen machen muss, da die Zimmer wunderschön sind und es sowieso toll war, dass sie eine Woche im Beach Club verbringen konnten. Nachdem sie ihre Sachen nach oben gebracht und sich eingerichtet hatte, öffnete sie das Fenster und schaute eine Weile nach draußen. Die Dämmerung war bereits angebrochen und mit dem Aufkommen der Dunkelheit war das Meer noch schöner geworden. Die Schaumköpfe der Wellen lagen wie Lichtstreifen auf dem dunklen Wasser. Als sie sich schlafen legte, hatte sie das Fenster offen gelassen. Sie war beim Rauschen der Wellen eingeschlafen. Dieses beruhigenden Geräusch und die Meeresluft sorgten dafür, dass sie tief und fest geschlafen hatte. Sie wurde erst um halb neun, mit dem Gefühl mindestens ein Jahr geschlafen zu haben, wach.

Gert hatte das Frühstück zubereitet und wurde von Sascha

und Eline überredet, sich dazuzusetzen. Als er wieder arbeiten musste, hatten die drei noch Kaffee auf der Terrasse getrunken, bevor sie zu den Liegen gingen, die Gert schon für sie bereitgestellt hatte. Um ein Uhr hatte er für sie ein Mittagessen am Strand vorbereitet. „Praktisch, so ein Mann in der Bedienung", hatte Sascha gescherzt. „Vielleicht sollte ich mich in dieser Woche ins Zeug legen, um mir einen Kellner zu angeln. Kennst du nicht zufällig einen?"

„Nun, wenn du auf Zwanzigjährige stehst", hatte Lydia mit einem Schmunzeln gesagt. „Sonst muss ich dich leider enttäuschen."

„Sollen wir einen Strandspaziergang machen?" Eline blickte zur Seite. Sascha war fertig mit ihrem Drink und war aufgestanden. Unruhig sah sie sich um. „Ich habe lange genug auf dieser Liege verbracht."

Eline kniff die Augen zusammen. Sie konnte noch stundenlang liegenbeleiben, aber setzte sich schließlich doch auf. „Okay, ich komme mit", sagte sie, während sie die Beine über den Rand der Liege schwang und den letzten Schluck von ihrem Mojito trank. „Ein bisschen Bewegung kann nicht schaden."

„Zuerst gehen wir schwimmen," das sagte Lydia, die auch aufgestanden war. „Nichts ist erquickender als Meerwasser." „Wer zuerst drin ist, der hat gewonnen!" rief Sascha, als wären sie plötzlich wieder fünf. Sie spurtete zum Meer und sofort begannen Eline und Lydia ihr hinterherzurennen. Sie erreichten gleichzeitig die Brandung und Eline ließ sich vornüber in die Wellen fallen. Obwohl der Sommer offiziell vorbei war, hatte die Sonne monatelang ihr Bestes gegeben und das Wasser war immer noch angenehm warm. Mit ein paar kräftigen Armzügen schwamm sie an der Brandung vorbei und tauchte dann unter Wasser. Das Salz brannte ihr in den Augen, als sie wieder auftauchte.

Etwas später spazierten sie parallel zur Wasserlinie in Richtung Vlissingen. Sie ließen Zoutelande hinter sich zurück und es wurde allmählich ruhiger am Strand. Eline ließ das Wasser bei jedem Schritt über die Füße rinnen. Mit halbem Ohr hörte sie der Unterhaltung zwischen Lydia und Sascha zu, die vor ihr her gingen.

Nach einer Weile kam Lydia an ihre Seite. Zuerst gingen sie schweigend nebeneinander her, dann begann Lydia das Gespräch. „Wie gefällt dir dein neuer Job?", fragte sie.

Schon seltsam, wie die Arbeit und ihr ganzes Leben in Amsterdam in dem Moment für sie in weiter Ferne lagen. „Großartig", antwortete Eline ehrlich und erzählte begeistert von der Firma, den Kollegen und der Arbeit, die viel, aber auch herausfordernd war. Erst als sie einen Moment innehielt, bemerkte sie, dass Lydia die ganze Zeit kein Wort gesagt hatte. Sie blickte zur Seite.

„Und du?", fragte sie. „Bist du glücklich, mit dem was du tust?"

Lydia schaute verwundert, als ob die Frage an sich überraschend wäre. „Ja, sehr glücklich. Wir hatten uns schon so lange darauf gefreut."

„Wirklich toll, dass die erste Saison auf Anhieb so gut gelaufen ist."

„Weißt du, wer letzte Woche bei uns gegessen hat?" sagte Lydia und fing dabei sofort an zu kichern. „Leon Zuidbroek", antwortete sie selbst, weil Eline es wahrscheinlich doch nicht erraten würde.

„Wer?" Eline runzelte die Stirn und ließ den Namen durch

ihren Kopf gehen, aber sie hatte keinen blassen Schimmer. „Kenne ich ihn?"

„Aber sicher." Lydia nickte ein paar Mal. „Bloß als du ihn kanntest, war er sechzehn und ein bisschen schlaksig. Jetzt ist er fünfunddreißig und Vater von drei Kindern." „Oh, ich weiß wer er ist!", rief Sascha, die vor ihnen herging und erst jetzt stehenblieb. „Mit dem hast du rumgeknutscht, Elien. Auf einer Strandparty der Surfschule, ich glaube, wir waren damals 15 Jahre alt."

„Ja, auf dieser Strandparty." Lydia nickte. „Ich hatte an diesem Abend zum ersten Mal Alkohol getrunken und fand es scheußlich. Mein Vater war wütend, als er dahinter kam." „Oh Gott, jetzt erinnere ich mich wieder an ihn", sagte Eline. Vor ihrem geistigen Auge erschien das Bild eines großen Jungen, tatsächlich schlaksig, wie Lydia ihn beschrieb, mit dem sie geplaudert und getanzt hatte und der sie am Ende des Abends verlegen geküsst hatte. Sie war den Rest des Urlaubs in ihn verliebt gewesen, aber sie hatte ihn nur noch ein einziges Mal gesehen und sich in dem Augenblick nicht getraut, noch mit ihm zu sprechen, weil seine Freunde auch dabei waren.

„Wohnt er noch hier?", fragte Eline.

Lydia schüttelte den Kopf. „Nein, ich glaube er ist nach Rotterdam gezogen. Die meisten Leute aus unserer Jugend sind weggezogen."

Sascha nickte. „Manchmal finde ich es schade, dass ich wegen meiner Arbeit nicht mehr in Zeeland leben kann. Ich vermisse den Strand und die Ruhe."

Lydia nickte. „Ich wünschte mir, dass mehr meiner alten Freunde hiergeblieben wären, aber wenn man studieren und Karriere machen will, ist man oft auf die großen Städte angewiesen."

„Wenn ich eine Wette hätte eingehen müssen, dann hätte ich behauptet, dass Gert auch wegziehen würde", sagte Eline nachdenklich. „Er hatte immer viele Pläne. Um die Welt reisen, im Ausland arbeiten."

Lydia nickte. „Ehrlich gesagt hatte ich mir das auch gedacht. Er wollte auch schon einige Male seine Sachen packen, aber schlussendlich kann er doch nicht ohne Zeeland leben. Es ist immer noch zu sehr ein Teil seiner selbst."

„Wahrscheinlich kam der Beach Club gerade zum richtigen Zeitpunkt", sagte Sascha, die schon immer die spirituellere der drei war. „Es musste einfach so sein, dass ihr euch begegnet und dies zusammen aufbaut."

Lydia lächelte. „Vielleicht schon. Aber wenn das mit dem Schicksal so funktioniert, was hat es dann für dich vorgesehen, Sas?"

Sascha seufzte. „Sehr viel Arbeit, denke ich?"

„Kein netter Mann?"

„Leider ist er mir noch nicht über den Weg gelaufen", sagte Sascha. „Aber das gilt natürlich auch für Eline."

„Wo du ihn auf keinen Fall findest, ist auf Tinder", sagte sie wiederum.

Lydia sah zur Seite. „Bist du auf Tinder?", fragte sie mit ungläubigem Tonfall. „Also ich finde, das ist absolut nichts für dich!"

Eline kicherte. „Das fand ich auch, aber dann habe ich mir gedacht: Warum eigentlich nicht, es ist einen Versuch wert. Vorerst ohne Ergebnis, weil ich dahintergekommen bin, dass dicke, kahle Fünfziger auf der Suche nach einer Affäre doch nicht ganz so mein Ding sind. Vor allem nicht, wenn sie ein Profilbild einstellen, das mindestens zwanzig Jahre alt ist."

Lydia prustete vor Lachen. „Ich nehme an, du warst auf diesem Date?"

„Ja." Eline fühlte immer noch ein gewisses Unbehagen, wenn sie an diesen Abend dachte, obwohl sie im Nachhinein genauso laut darüber lachen konnte wie die Leute, denen sie die Geschichte erzählte. „Ich traute meinen Augen nicht, als er hereinkam. Zudem fehlte ihm jegliches Feingefühl, das ihn darauf aufmerksam hätte machen können, dass ich die ganze Zeit nur darauf hinarbeitete, so schnell wie möglich das Weite zu suchen. Das Problem war nicht, dass er so viel älter war und ganz anders aussah, sondern dass er so anders war als auf Tinder. Als würde mir so etwas nicht auffallen." Sie zuckte leicht mit den Schultern. „Aber in der Welt des Internet-Datings ist es anscheinend naiv zu glauben, dass die Leute das sind, wofür sie sich ausgeben."

„Ist es so schlimm?", fragte Lydia.

Eline zuckte die Achseln. „Ich kenne Leute, die im Internet die Liebe ihres Lebens gefunden haben, aber ich habe das Gefühl, nach einer Stecknadel im Heuhaufen zu suchen. Ich hoffe immer noch, dass ich ihn eines Tages einfach in einer Kneipe treffen werde." Sie kicherte kurz. „Obwohl ich dafür wahrscheinlich öfter in die Kneipe gehen müsste, aber seit ich diesen neuen Job habe, bin ich dafür zu müde."

„Wer weiß, vielleicht triffst du diese Woche einen netten Mann", sagte Sascha.

„Oder du." Eline lachte. „Wir kommen schon so lange hierher und Lydia hat sich ja schließlich auch mit jemandem eingelassen, den sie seit Jahren kannte."

„Das macht mir Mut", sagte Sascha so fröhlich, dass es nicht danach aussah, als hätte sie bereits das Handtuch geworfen.

„Sollen wir durch die Dünen zurückgehen?"

Eline und Lydia nickten und gingen in Richtung Strandeingang. Sie hatten nicht bemerkt, dass sie eine ganz schöne Strecke zurückgelegt hatten, was Eline auffiel, als sie sich umdrehte und der Beach Club fast nicht mehr zu sehen war.

Sie gingen den Aufgang zum Strand hoch und entschieden sich dann für den Weg durch die Dünen. Eine Weile folgte sie ihren Freundinnen, die miteinander redeten. Ihre Gedanken schweiften ab in die Vergangenheit, in die Zeit, in der sie oft mit ihrem Vater durch die Dünen spaziert war. „Alle lieben den Strand, aber so richtig schön sind die Dünen", sagte er oft. „Man muss nur ein Auge dafür haben. Die sind visuell anspruchsvoller als der Strand." Er fand es immer toll, sie auf kleine Tiere oder besondere Pflanzen aufmerksam zu machen, von denen sie versuchte, sich die Namen einzuprägen. Als sie am nächsten Tag oder in der folgenden Woche wieder zusammen spazieren gingen, wiederholte sie stolz die Namen. Dann drückte der Vater ihre Schulter und sie fühlte sich mit ihm verbunden, als würden sie ein großes Geheimnis miteinander teilen.

Ihr Blick fiel auf ein paar Felsbrocken, die etwa einen Meter neben dem Pfad in den Dünen aufgetürmt waren. In einem Topf standen Blumen, und zwischen den Felsblöcken befand sich ein verwittertes Plastikmäppchen mit einem Bild darin. Eline blieb stehen und beugte sich zu dem hin, was aussah wie eine Gedenkstätte. „Was ist das?", fragte sie neugierig. Lydia folgte ihrem Blick. „Eine Gedenkstätte für eine Frau, die letzten Sommer hier ertrunken ist", sagte sie. „Ihre Familie hat das hingelegt."

Eline beugte sich etwas weiter darüber und betrachtete das Bild. „Eine noch so junge Frau."

„Ja", Lydia räusperte sich. „Ungefähr dreißig Jahre alt, glaube ich. Sehr traurige Geschichte."

„Ich habe es in der Zeitung gelesen", sagte Eline. „Sie war morgens losgelaufen und dann ertrunken?" Es schauderte sie. „Ich fand das so beängstigend. Man kann sich nicht vorstellen, dass so etwas geschehen kann."

Lydia schüttelte den Kopf. „Im Dorf kursierten die wildesten Gerüchte, aber die Polizei hatte Ermittlungen durchgeführt und kam zum Schluss, dass es sich dabei um einen Unfall handelt."

„War sie schwimmen?", fragte Sascha.

„Davon geht die Polizei aus." Lydia zuckte die Achseln. „Es gab keine Anzeichen für ein Verbrechen."

„Oder jemand hat dieses Verbrechen sehr gut durchdacht", sagte Eline. „Der perfekte Mord."

„Ist das nicht der Titel eines Buches?", fragte Sascha.

„Eines Films, dachte ich. Schon sehr traurig, so eine junge Frau. War sie hier im Urlaub?"

Lydia nickte, als sie weitergingen. „Ja, mit ihrem Freund. Sie ging früh am Morgen joggen und danach anscheinend schwimmen und ertrank."

„Aber warum ist sie schwimmen gegangen?", fragte Sascha.

Lydia zuckte die Achseln. „Ich weiß es nicht. Vielleicht war ihr beim Laufen warm geworden und sie wollte sich abkühlen."

Eline runzelte die Stirn. „Ist es das, was die Polizei denkt?"

„Sie hatte alle ihre Kleider ausgezogen." Lydia verzog den Mund. „Sie dachten, das wäre ein wichtiger Hinweis darauf, dass sie nicht versehentlich im Wasser lag. Oder von jemandem ins Wasser geschleppt wurde."

„Man hört oft, dass die Leute unterschätzen, wie gefährlich das Meer ist", sagte Sascha. Ich kann mich noch daran erinnern, dass meine Eltern Todesängste ausstanden, dass mir und meinen Schwestern etwas passieren würde, wenn wir nur schon bis zu den Knien im Wasser standen. Und dann sind wir hier noch aufgewachsen und wussten genau, wie gefährlich es im Wasser sein konnte."

„Das Meer ist auch gefährlich, wenn man es nicht kennt", sagte Lydia. Viele Leute denken, dass es nur eine Art Schwimmbecken ist oder dass es immer Rettungsschwimmer gibt, die jeden im Auge behalten. Oder die Leute gehen bei Flut schwimmen und sehen dann die Pfahlköpfe nicht mehr. Ehe du dich versiehst, wirst du von der Strömung mitgerissen und knallst mit voller Wucht gegen diese Pfähle."

„Man sollte meinen, dass dies inzwischen jeder weiß", sagte Eline. „Pfahlköpfe sind doch ein bekanntes Phänomen."

„Manche Leute denken wirklich nicht nach. Überall stehen auch Warnschilder, die auf Priele aufmerksam machen und sogar dann gehen die Leute noch dort schwimmen, wo eine rote Flagge gehisst wurde."

„Ich weiß noch, dass mein Vater uns immer davor warnte, gegen den Strom zu schwimmen. Ich höre ihn immer noch sagen: ‚Lass dich mittreiben und schwimm dann raus.'" Eline lächelte. „Im Stillen hoffte ich sogar, dass ich einmal in eine Strömung geraten würde, weil es mir so aufregend erschien."

„Wir haben ab und zu nach Prielen Ausschau gehalten", sagte Lydia. Meine beiden älteren Brüder machten das mit Freunden und dann durfte ich mit ihnen mit. Nur gut, dass meine Eltern das nicht wussten."

„Erinnerst du dich noch an das eine Mal, als ein kleiner Junge in der Nähe des Strandes, an dem wir an diesem Tag waren, ertrunken ist", sagte Sascha. „Das hat mir doch einen großen Schrecken eingejagt. Ich habe mich während diesen Ferien kaum mehr ins Meer getraut."

Eline runzelte die Stirn. „War Gert nicht eine Weile bei der Rettungsbrigade?"

„Stimmt." Lydia nickte. „Aber dafür hat er jetzt keine Zeit mehr. Es ist für mich ein beruhigender Gedanke, dass ich nicht so schnell ertrinken werde, wenn wir zusammen schwimmen gehen." Sie kicherte. „Obwohl er immer sagt, ich sei eine bessere Schwimmerin, weil ich jeden Tag trainiere."

„Machst du das immer noch?", fragte Eline, während sie für eine Gruppe Frauen mit zwei Kinderwagen zur Seite gingen. Ein alter Jack Russell hoppelte hinter ihnen her, die Zunge hing ihm aus dem Mund.

„Jeden Tag", sagte Lydia. „Mein Tag ist nicht komplett, wenn ich nicht zuerst im Meer schwimme. Bis Ende Oktober, danach wird es meist zu kalt dafür."

Sascha pfeift vor Bewunderung. „Ich bin schon stolz auf mich, wenn ich einmal pro Woche ins Fitnessstudio gehe. Normalerweise bin ich der Hauptsponsor des Clubs, ohne jemals dorthin zu gehen."

„Wie die meisten Mitglieder", sagte Eline kichernd. „Ich gehöre auch zu denen."

„Wenn ihr hier wohnen würdet, würdet ihr auch jeden Tag schwimmen gehen", sagte Lydia aus vollster Überzeugung. „Es ist viel mehr als nur ein Workout und zudem der beste Weg, den Kopf frei zu bekommen." Sie kicherte. „Da brauchst du gleich keinen Psychologen mehr."

Eline schaute zur Seite. „Sonst schon?"

Lydia schüttelte den Kopf. „Jetzt nicht mehr, obwohl ich

natürlich jahrelang zum Psychologen gegangen bin. Aber den brauche ich jetzt nicht mehr."

Schweigend gingen sie Seite an Seite auf dem nun menschenleeren Dünenweg nebeneinander her.

„Ich brauche ihn schon", sagte Sascha dann.

Es dauerte ein paar Sekunden, bis Eline verstand, was sie meinte. „Du gehst zu einem Psychologen?"

„Ja." Sascha nickte ein paar Mal und öffnete den Mund, schloss ihn dann aber wieder. „Nichts Besonderes, weißt du. Einfach nur um mein Herz auszuschütten und mich selbst besser kennenzulernen." Sie kicherte, aber das schien eher aus Unbehagen als aus Freude zu sein. „Ich habe es eigentlich niemandem erzählt."

„Fällt dir das schwer?", fragte Lydia.

Sascha zuckte die Achseln. „Ich weiß es nicht. Die Leute denken dann schnell, man hätte ne Schraube locker."

„Das glaube ich nicht", sagte Eline. „Es ist doch viel eher ein Zeichen von Stärke als von Schwäche, wenn man zugibt, dass man seine Probleme nicht selbst lösen kann."

„Warum schaffst du das nicht alleine?", fragte Lydia.

Wiederum zuckte Sascha kurz die Schultern. „Es gibt nicht einen konkreten Punkt, um den ich mir Sorgen mache. Das Problem ist, dass ich so schnell an mir zweifle, und das hemmt mich. Meine Arbeit wird geschätzt, aber beim kleinsten Ding das schiefläuft, denke ich sofort: Siehst du, du kannst nichts. Wenn ein Mann nichts von mir wissen will, denke ich: Ich bin es scheinbar nicht wert, beachtet zu werden. Von niemandem. Ich beziehe immer alles auf mich und betrachte dann alles nur noch von der negativen Seite."

Während Sascha sprach, hatte Lydia die ganze Zeit genickt.

„Das kenne ich. Diese ständige Unsicherheit, davon habe ich mich so lange leiten lassen."

„Ich will das nicht mehr", sagte Sascha. Das hemmt mich. Ich glaube, ich erlaube mir nicht einmal unbewusst nach einem netten Mann zu suchen, denn ich bin im vornherein schon davon überzeugt, dass die Beziehung doch scheitern wird."

Eline sah ihre Freundin an, aber Sascha starrte unablässig auf den Weg. Sie berührte flüchtig ihren Arm. „Ich finde es gut, dass du dich traust, dich dieser Sache zu stellen", sagte sie. „Dazu braucht es Mut."

„Ja." Sascha nickte. Von ihrer lockeren Art von eben war nicht mehr viel übrig. „Es fällt mir oft nicht leicht, aber ich denke, es ist gut, dass ich begonnen habe, an mir zu arbeiten."

„Ist er ein guter Psychologe?", fragte Lydia. „Glaubst du, er versteht dein Problem?"

„Sie", verbesserte Sascha. „Es ist eine Frau. Und ich habe das Gefühl, dass sie weiß, was sie tut. Wenigstens ist es nicht eine von denen, die aus Bequemlichkeit alles auf meine Kindheit zurückführt, denn die war ganz in Ordnung."

„Woher kommt dann diese Unsicherheit?", fragte Eline.

Sascha verzog den Mund. „Charakter, wahrscheinlich. Es ist eigentlich egal, woher das kommt, es geht darum zu lernen, wie ich damit umgehen muss."

„Das ist genau das, was mein Psychologe immer zu mir gesagt hat", sagte Lydia.

„Hast du jetzt alles im Griff?", fragte Eline.

„Ja, eigentlich schon." Lydia lächelte. „Ich kann jetzt viel besser damit umgehen. Ich weiß nun, dass es nicht rational ist, zu denken, dass Gert mich plötzlich verlässt, oder dass alle Gäste dem Beach Club fernbleiben, oder dass ich morgen auf einmal nicht mehr gut bin für meinen Job. Solange ich weiterhin mein Bestes gebe, gibt es keinen Grund anzunehmen, dass sich alles, was ich habe, einfach so in Luft auflöst."

„Aber auch damit muss man vorsichtig sein", sagte Sascha. „Denn bald bist du nur noch damit beschäftigt, dein Bestes zu geben, weil du Angst hast, dass sonst alles wie ein Kartenhaus zusammenfällt."

Lydia nickte bedächtig. „Es besteht immer das Risiko, es auf die Spitze zu treiben, aber ich habe keine Angst davor, dass mir das passiert."

„Und ansonsten hast du immer noch Gert", sagte Eline. „Ich denke, dass man in dieser Hinsicht viel von seiner Lebenseinstellung lernen kann."

„Du meinst, immer alles auf die leichte Schulter zu nehmen?"

Eline sah ihre Freundin an. Die Worte kamen wahrscheinlich krasser rüber, als Lydia beabsichtigt hatte. „Na ja", sagte sie vorsichtig, „ich wollte damit sagen, dass er das Leben nicht so schwer nimmt. Macht ihn das nicht zu einem guten Gegenpol?"

„Ja." Lydia runzelte die Stirn, als ob sie über diese Frage nachdenken wollte. „Das stimmt schon."

Eline wollte noch etwas sagen, aber sie waren am Strandaufgang angekommen, wo der Beach Club stand. Sie gingen hintereinander nach unten und danach die Treppe hoch zur Terrasse. Gert kam gerade raus. „Ha, da seid ihr ja. Ich wollte euch ein paar Bitterballen bringen, aber eure Strandliegen waren leer."

„Du verwöhnst uns ganz schön", kicherte Eline. „Wenn ich hier weggehe, bin ich sechs Kilo schwerer."

„Ach ja?" Gert schaute sie im Vorbeigehen an. Als er nahe

bei ihr stand, blickte er ihr für einen Moment tief in die Augen. Als er seinen Mund öffnete, fühlte sie seinen Atem über ihre Wange hauchen. „Das macht dich nicht weniger schön."

Genauso schnell wie dieser Moment kam, war er auch wieder verflogen. Es fühlte sich an wie etwas, in dem versehentlich mehr mitschwang als beabsichtigt. Eline schaute ihm nach, als er weiterging und bemerkte, dass Lydia und Sascha bereits hineingegangen waren. Schnell lief sie hinter ihnen her.

4

ERST BEIM DRITTEN BECHER AUTOMATENKAFFEE HATTE
Suzanne de Nooijer das Gefühl, wieder unter den Lebenden
zu sein. Die Schlaflosigkeit hatte sie seit drei Uhr Nachts im
Griff gehabt, was sogar für sie reichlich früh war. Jetzt war es
halb zehn und sie hatte bereits einen halben Arbeitstag hinter sich. Sie war um fünf Uhr aufgestanden, um zu joggen –
lange, menschenleere Kilometer über den Deich. Der Herbst
brachte eine frische Morgenluft mit sich.

Und sie dachte daran, dass sie sich eigentlich einen Hund
zulegen müsste, den sie mit solchen frühen Spaziergängen
sicher glücklich machen würde. Aber danach müsste der
Hund den Rest des Tages alleine verbringen, es sei denn, sie
könnte ihre Eltern dazu überreden, sich um ihn zu kümmern – aber sie glaubte nicht, dass sie ihre Eltern dazu überreden konnte. Auf dem Rückweg hatte sie einen frühen

Radfahrer und zwei Jogger getroffen, und das noch alles vor halb sieben. Zu Hause, in ihrem kleinen Haus gleich hinter dem Deich, hatte sie geduscht und festgestellt, dass sie sich trotz der kurzen Nacht auffallend fit fühlte. Ein kurzfristiges Hoch, denn als sie um halb acht auf dem Polizeirevier eintraf, fühlte sie sich müde und abgespannt. Sogar nachdem sie im Netz einmal nach Schlaftipps gesucht hatte und demzufolge zu Beginn des Abends ihr Telefon ausschaltete und alle ihre Mails und Nachrichten unbeantwortet ließ, drehte sich ihr Gedanken-Karussell unaufhörlich weiter. Sie war immer auf der Suche nach Zusammenhängen, vergessenen Details, jenem einen unauffälligen Satz in einem Verhör, mit dem man einen Durchbruch erzielen konnte. Aber sie war dagegen machtlos, die Gedanken nahmen ihren eigenen Lauf. Das plagte sie schon früher in der Mittelschule. Nachts im Bett ging ihr der Unterrichtsstoff durch den Kopf, besonders wenn sie etwas nicht begriffen hatte. Dann musste sie versuchen, das Problem zu lösen, und erst dann konnte sie schlafen. Das war ein Teil ihrer selbst, und sie wusste eigentlich auch nicht wirklich, was sie dagegen tun konnte. Schlaftabletten, ja, aber sobald man damit anfängt, hat man Mühe, sie sich wieder abzugewöhnen.

Unbewusst schüttelte sie den Kopf. Kaffee half auch, und überhaupt war es besser, nicht allzu viel darüber nachdenken. „Eines Tages wirst du genug Zeit zum Schlafen haben", sagte ihr Vater ab und an zu ihr. „Zwischen ein paar Brettern." Dann kicherte Suzanne immer und sagte, auf die könne sie noch lange verzichten.

„Guten Morgen."

Suzanne schaute auf, als Arend hereinkam, der älteste und erfahrenste Ermittler im Team und ihr inoffizieller Mentor.

Als sie gerade mit der Ausbildung angefangen hatte, nahm er sie unter seine Fittiche und teilte viel von seinen Erfahrungen mit ihr. Nun schaute er sie an und nickte kurz, bevor er sich an seinen Schreibtisch setzte und in fast ein und derselben Bewegung seine Kaffeetasse hinstellte und auf die Einschalttaste seines Computers drückte.

„Guten Morgen", antwortete sie und bemerkte, dass sie schon so lange vor sich hinstarrte, dass ihr Computer in den Ruhezustand übergegangen war. Sie tippte die Maus an, um das Ding wieder zum Leben zu erwecken. Es war Zeit, sich zu konzentrieren, es gab sechs Anzeigen von Einbrüchen im selben Viertel, die alle innerhalb von zwei Wochen begangen wurden. Die Anwohner zeigten mit dem Finger auf eine Familie, die kürzlich zugezogen war, aber es gab keinerlei Beweise. Im Gegenteil, Suzanne hatte mit dem Vater und dem ältesten Sohn gesprochen, und beide Männer machten einen äußerst vernünftigen Eindruck auf sie. Sie hatte keine Ahnung, warum die Bewohner dieser Straße sie so sehr hassten, aber wenn sie etwas gelernt hatte, dann, dass eine solche kollektive Meinung sehr schnell an Popularität gewinnen konnte und sehr schwer auszurotten war. In dieser Hinsicht war ein Nachbarschafts-Gruppen-Chat oder eine Facebook-Gruppe eines Viertels oder einer Straße sicherlich kein Segen.

Sie öffnete Summ-IT, das Programm, in dem die Polizei alle ihre Fälle aufbewahrt. Anzeigen, Verhöre, Zeugenaussagen, Beweismaterial, Aufzeichnungen aller Beteiligten, alles steht da drin. Sie suchte den Ordner, in dem die Anzeigen gespeichert waren und las den letzten Bericht, der gestern hinzugefügt wurde. Heute wollte sie diese Leute besuchen, in der Hoffnung, dass sie ihr neue Informationen liefern konnten. Bis jetzt war die Methode der Einbrecher überall die gleiche: Bei den Hintertür-Schlössern wurde der ganze Zylinder herausgezogen, wonach es nur ein Kinderspiel war, die Tür zu öffnen. Diese Methode war bei Diebesbanden aus Osteuropa schon seit einiger Zeit beliebt, aber inzwischen hatte sie sich weitgehend durchgesetzt. Die Lösung war einfach: Die Schlösser durch neuere Exemplare ersetzen, bei denen dies nicht mehr möglich war. Aber die neuen Zylinderschlösser waren teuer und nicht jeder konnte sie sich leisten. In einigen Monaten würde die Polizei eine weitere Kampagne starten, um die Leute an die Vorteile neuerer Schlösser zu erinnern, was hoffentlich die Zahl der Einbrüche reduzieren würde. Die Diebe suchten für gewöhnlich nach einem Weg, um möglichst schnell Beute zu machen. Wenn sie mehr als drei Minuten brauchten, um irgendwo reinzukommen, war für sie der Fall erledigt. Dann war das Risiko, erwischt zu werden, zu hoch.

Gerade als sie die letzte Anzeige geöffnet hatte und zu lesen begann, klingelte das Telefon auf ihrem Schreibtisch. Mit Blick auf den Bildschirm griff sie nach dem Hörer.

„De Nooijer."

„Hier Angelique", erklang die Stimme der Beamtin die unten am Empfang saß. „Hier ist ein Besucher für Sie."

„Besucher?" Suzanne runzelte die Stirn und warf einen flüchtigen Blick in ihren Kalender. „Ich glaube, ich habe keine Termine vereinbart."

„Er hat keinen Termin, aber er würde gerne mit Ihnen sprechen. Es ist Walter Mertens, der Freund von Hilde Claes."

„Ich komme", sagte Suzanne sofort und legte auf. Sie schnappte sich ihren Zugangsausweis und verließ das Büro über die Treppe ins untere Stockwerk.

Sie konnte nicht sagen, dass er gut aussah. In den mehr als zwei Monaten, in denen sie den Mann nicht mehr gesehen hatte, schien er zwanzig Jahre älter geworden zu sein. Sie schüttelte seine Hand, die sich drahtig anfühlte. Er hielt ihre noch ein wenig länger fest und sah sie an. Suzanne öffnete ihren Mund, um etwas zu sagen, aber nickte ihm dann nur zu.

„Ich hoffe, ich störe nicht", sagte er schließlich. „Ich bin für ein paar Tage in Zoutelande, und ich...," Er hob seine Hand. „Nun, ich hatte gehofft, wir könnten kurz miteinander sprechen."

„Ja, ja, bitte treten Sie ein." Suzanne hielt ihren Zugangsausweis an den Scanner und ging vor ihm in die Wache. Sie betrat ein Sprechzimmer und gestikulierte, dass er auf einem der beiden Stühle vor dem Schreibtisch platznehmen könne. Der Stuhl, auf dem niemand saß, sah plötzlich sehr leer aus.

Walter schenkte dem keine Beachtung. Er nickte, als sie ihn fragte, ob er Kaffee möchte, und sie ging zum Automaten auf dem Flur. Als sie mit zwei Tassen in der Hand zurückkam, saß Walter immer noch genauso da, wie sie ihn zurückgelassen hatte. Er folgte ihr mit seinem Blick, als sie sich setzte.

Suzanne faltete die Hände vor sich auf dem Schreibtisch und neigte sich vornüber. „Wie geht's?", fragte sie und merkte, dass das eine komplizierte Frage war.

Walter zuckte kurz die Achseln. „Tja", sagte er, woraufhin es still wurde. Suzanne wartete geduldig darauf, dass er weitersprechen würde. Als er das schließlich tat, starrte er dabei auf seine Hände. „Es fängt jetzt erst an, zu mir durchzudringen, obwohl man meinen könnte, dass ich nach zwei Monaten wissen müsste, dass sie wirklich nicht mehr zurückkommen wird. Aber manchmal, wenn ich morgens aufwache, gibt es da ab und an diese Momente, in denen ich das Gefühl habe, dass sie neben mir liegt. Und dann wird mir wieder alles bewusst. Das tut so schrecklich weh." Sein belgischer Akzent ließ seine Stimme irgendwie sanft klingen.

Suzanne nickte und schaute ihn mitleidig an. „Es ist noch nicht lange her. Zwei Monate sind eine kurze Zeit."

„Nein, aber man merkt, dass das Leben um einen herum weitergeht. Freunde, sogar Familie, jeder nimmt den Faden wieder auf. Aber mein Faden wird nie mehr derselbe sein. Nie wieder unversehrt sein. Jetzt, wo immer weniger geregelt werden muss, kommt es mir vor, als ob die Trauer mehr Platz einnimmt."

Suzanne erinnerte sich dran, dass sie Walter seinerzeit geraten hatte, Hilfe bei der Trauerarbeit zu suchen. Als sie ihn fragte, ob er das getan habe, nickte er zuerst, schüttelte dann aber den Kopf. Ich ging zweimal zu einem Therapeuten, aber danach war ich noch unglücklicher. Deshalb rief ich ihn an und teilte ihm mit, dass ich seine Hilfe nicht mehr benötige. Er lächelte schwach. „Es ist besser für mich, wenn ich das selbst verarbeite. Mir ist klar geworden, dass dies der einzige Weg ist: Ich muss da durch, den Schmerz spüren und hoffen, dass dessen scharfe Kanten eines Tages etwas abschleifen."

„Man sagt, dass es so funktioniert. Dass die Trauer nicht verschwindet, aber man lernt, besser damit umzugehen."

„Ja." Walter verzog den Mund und nickte. Dann dachte er für einen Moment nach und sagte: „Weißt du, was die Sache so schwierig macht? Ich kann einfach immer noch nicht glauben, dass es ein Unfall war. Deshalb bin ich hier.

Ich kann diesen Gedanken nicht loslassen, will die Wahrheit wissen. Es ist total unwahrscheinlich, dass Hilde die Idee hatte, zu einer so komischen Zeit schwimmen zu gehen. Sie joggte oft. Danach kam sie nach Hause und ging unter die Dusche. So hat sie das immer gemacht."

Suzanne rutschte auf ihrem Stuhl herum. Sie hatten dies ausgiebig im Team diskutiert. Sie konnte die Worte von Walter sehr gut begreifen. Das Fazit damals, dass es sich um einen Unfall handelt, wurde relativ schnell gezogen. Das hatte Suzanne damals doch auch etwas überrascht. Aber sie war nicht über alle Details der Ermittlungen informiert. Als Familien-Ermittlerin war es ihre Aufgabe gewesen, den Kontakt zu den Eltern von Walter und Hilde aufrechtzuerhalten und sich nicht in alle Beweise, Aussagen und Schlussfolgerungen der Ermittlungen zu vertiefen. Sie kannte sie in groben Zügen und vertraute darauf, dass der Inspektor in Absprache mit der Staatsanwaltschaft die richtigen Schlüsse gezogen hatte.

Anscheinend war ihr leichtes Zögern nicht unbemerkt geblieben. Walter neigte den Kopf. „Sie wusste sehr gut, dass das Meer gefährlich sein kann", sagte er. „Sie war immer sehr vorsichtig. Als wir hierher fuhren, erzählte sie mir von Strömungen und Pfahlköpfen. Kein Wunder, denn sie war in den Ferien oft genug hier gewesen."

Suzanne nickte kurz. „Ich verstehe, dass es schwer zu verdauen ist..."

„Warte", sagte Walter, und er hob seine Hand, bevor sie das „aber" aussprechen konnte, das sie hinzufügen wollte. „Ich habe etwas gefunden." Er griff in die Innentasche seiner Jacke und zog ein zusammengefaltetes Stück Papier heraus. Er strich es glatt und legte es zwischen ihnen auf den

Schreibtisch. Suzanne schaute ihn neugierig an, konnte aber nicht sehen, was darauf war, weil Walter seine Hand darauf liegen ließ.

„Das habe ich in der Tasche von Hildes Rock gefunden", sagte er. „Zuhause stellte ich ihren Koffer einfach in einen Schrank, ich hatte nicht die Kraft, ihn auszupacken. Aber letzte Woche habe ich mich dazu überwunden und dabei das hier gefunden."

Suzanne runzelte die Stirn, als er ihr das Stück Papier über den Schreibtisch hinschob. Sie sah, dass es ein Flyer war. Sie erkannte das Logo eines Beach Clubs in Zoutelande. Sie nahm den Flyer und drehte ihn um, aber ihr fiel dabei nichts Besonderes auf.

„Sieh dir das mal an", sagte Walter. Er zeigte auf das, was unten auf dem Flyer stand, neben der Adresse des Beach Clubs. Die Nummer des Lokals war vorgedruckt, aber daneben stand eine weitere Nummer. Eine 06er-Nummer, eine Handynummer.

„Aber sie funktioniert nicht", sagte Walter und schüttelte dabei den Kopf. „Diese Nummer. Ich habe es schon versucht, sie anzurufen."

Suzanne nickte. „Was glaubst du, was das bedeutet?", fragte sie, weil sie nicht wusste, was Walter damit meinte. Diese Flyer lagen im ganzen Dorf in Prospektständern voller Informationen für Touristen. Dass Hilde einen in der Tasche hatte, überraschte Suzanne nicht gleich.

„Diese Nummer ist nicht mehr aktiv", sagte Walter. Ich habe im Beach Club angerufen, aber sie sagten mir, dass sie keine andere Telefonnummer als die ihres eigenen Festnetzanschlusses benutzen. Es ist also keine Korrektur ihrer eigenen Nummer."

Suzanne spitzte die Lippen, sagte aber nichts.

„Sie stammt nicht vom Besitzer des Beach Clubs, das habe ich nachgeprüft. Ich habe den Vermieter unserer Wohnung angerufen, weil ich dachte, es könnte seine sein, aber er kennt die Nummer auch nicht."

Suzanne nickte langsam. Sie stellte sich verschiedene Szenarien vor. Ein Restaurant, das Hilde besuchen wollte, die Nummer einer Surfschule, Fahrradverleih, Reitschule. Sie könnte noch eine Weile so weitermachen.

Aber das hat sie nicht gesagt. Stattdessen legte sie eine Redepause ein, während dieser Walter sie erwartungsvoll ansah. Er war es, der endlich das Schweigen durchbrach.

„Da muss doch etwas zu finden sein", sagte er mit einer Stimme, aus der hervorging, dass er sich weigerte zu glauben, dass es wirklich ein Unfall war, vielleicht wider besseres Wissen. „Es kann auf keinen Fall ein Unfall gewesen sein. Keine Faser meines Herzens glaubt daran."

Suzanne blinzelte einige Male. Sie legte ihre Hand auf das Papier vor sich auf den Tisch. „Ich nehme das mit und bespreche es mit dem Inspektor."

Walter sah sie an. Sie hatte Mühe, ihren Blick von ihm abzuwenden, denn der Schmerz in seinen Augen berührte sie. „Ich kann einfach nicht damit leben, dass es vielleicht jemanden gibt, der das auf dem Gewissen hat, aber damit wegkommt. Hilde zu verlieren war das Schlimmste, was mir im Leben zustoßen konnte, und der Gedanke daran, dass da jemand frei herumläuft, der das auf dem Gewissen hat, macht mir das Leben doppelt so schwer."

Suzanne nickte langsam. Der Wunsch nach Genugtuung war sehr verständlich, und im Falle eines schweren Verbrechens den Hinterbliebenen nicht zu verübeln. Einen geliebten Menschen bekommt man zwar nicht zurück, doch der Gedanke daran, dass die für deren Tod verantwortliche Person der Strafe nicht entkommen ist, könnte ein kleines Pflaster auf einer immensen seelischen Wunde sein. Sie begriff sehr gut – als Kripobeamtin, aber sicherlich auch als Mensch –, dass Walter nach etwas suchte, das seinen Schmerz lindert, jemanden auf den er wütend sein konnte. Sie war mit ihm einer Meinung, dass man einen Unfall nicht gleich als bewiesen abtun konnte. Da war kein Wagen, der sich um einen Baum gewickelt hatte, kein zusammengebrochenes Gerüst, keine Zeugen, die einen Lkw aus dem Nichts auftauchen sahen, alles Situationen, in denen keiner an einem Unfall zweifelt. Theoretisch wäre es möglich, dass Hilde nicht ertrunken war, weil sie sich selbst zum Schwimmen entschlossen hatte, sondern weil jemand sie dazu gezwungen hatte. Doch das Problem war, dass diese Theorie auf nichts anderem basierte als auf einer Idee, einer reinen Vermutung, ohne jeden Beweis. „Nicht einmal ein Prozent Beweismaterial", hatte der Inspektor gesagt, und die Ermittler hatten wirklich gründliche Arbeit geleistet. Hildes Alltag hatte man gründlich unter die Lupe genommen, ihre Kontakte, ihre Arbeit, ihre Ex-Freunde aus der Zeit vor Walter – vor mehr als neun Jahren. Denn ihr Verhalten war einwandfrei. Nichts gab Anlass zu weiteren Untersuchungen. Eine absolut weiße Weste hatte niemand, diese Lektion hatte Suzanne bereits bei ihrer Arbeit gelernt. Aber Hildes Verhalten war so tadellos, dass man ruhig davon ausgehen konnte, dass ihr niemand etwas antun wollte. Die einzige andere Möglichkeit war die zufällige Begegnung. Falscher Zeitpunkt, falscher Ort. Das konnte vorkommen, obwohl diese Möglichkeit in Filmen und Serien öfter zum Tragen kam, als es in Wirklichkeit der Fall war. Der durchgeknallte Irre, der alles und jeden umbringt, der ihm in die Quere kommt, war nicht die naheliegendste Variante, konnte aber nicht ausgeschlossen werden. Das einzige Problem war, dass es auch dafür keine Anzeichen gab.

„Nehmen wir an", hatte der Inspektor damals gesagt, „dass sie einem Verrückten begegnet ist, der ihr etwas antun wollte. Dann musste es wohl ein sehr sanftmütiger Irrer gewesen sein. Keinerlei Hinweise auf Kampfspuren, keine Anzeichen von sexuellen Übergriffen."

Hilde war groß, einen Meter achtzig. Sie war sehr sportlich und stark genug, um einem Angreifer zumindest etwas Widerstand bieten zu können. Dann wäre es plausibel gewesen, dass ein Kampf stattgefunden hat, bei dem sie Prellungen erlitten hätte. Aber alle ihre Verletzungen stammten von den Pfahlköpfen, hatte der Pathologe festgestellt.

Es könnte jemand gewesen sein, den sie kannte und mit dem sie aus freien Stücken baden gegangen war, in diese Richtung wurde auch noch ermittelt. Eine Möglichkeit, die ernsthaft geprüft worden war, für die aber letztlich keinerlei Beweise gefunden wurde. Hilde war mit Walter im Urlaub gewesen, sie hatte keine Bekanntschaften in der Gegend. Walter war in dieser Hinsicht sehr entschieden. Und auch die Möglichkeit, dass Hilde jemanden gekannt, aber Walter nichts davon gesagt hatte, war untersucht worden. Ergebnislos. Wobei es doch ein Manko war, dass ihr Handy nicht gefunden wurde. Man vermutete, dass es die Wellen fortgetragen hatten.

„Okay", sagte Walter mit leiser Stimme. „Ich werde dann mal gehen." Er versuchte aufzustehen, stockte jedoch und verharrte in einer Position, die eher unbequem aussah. Er sah Suzanne an. „Würdest du es mich wissen lassen?", fragte er. „Was der Inspektor sagt? Auch wenn er den Fall für aussichtlos hält."

Suzanne nickte. „Natürlich tue ich das."

Sie verabschiedete sich mit einem Händedruck, den sie länger festhielt als sonst. Sie wollte noch etwas sagen, aber ihr fiel eigentlich nichts mehr dazu ein. Alles war schon einmal gesagt worden, alle möglichen klischeehaften Floskeln. Kraft, Ruhe – leere Worte, leicht dahingesagt. Stattdessen wollte sie ihm etwas sagen, das ihm helfen würde. Aber was? Das Letzte, was sie wollte, war ihm falsche Hoffnungen auf eine neue Wendung zu machen.

Sie begleitete ihn zum Ausgang. Sie wünschte ihm trotzdem viel Kraft, da ihr in der Zwischenzeit nichts Besseres eingefallen war. Als er durch die automatischen Schiebetüren verschwand, sah sie ihm gedankenversunken nach.

Als sie an ihren eigenen Schreibtisch zurückging, dachte Suzanne über den Teil der Untersuchung nach, über den sie nicht mit Walter gesprochen hatte. Damals nicht und auch heute nicht.

Der Teil, in dem er selbst im Mittelpunkt stand. Nicht selten war es der Ehemann oder die Ehefrau. Der Bruder, die Schwester, die Mutter oder der Vater. Der beste Freund. Egal, wie bitter es war, in einer Mordermittlung galten geliebte Menschen oft als Verdächtige, gegen die auf jeden Fall ermittelt werden musste. Sollte Suzanne in ihrer Zeit bei der Polizei etwas gelernt haben, so war es, dass nichts so war, wie es schien. Die für jeden Außenstehenden scheinbar beste Ehe konnte eine wahre Hölle der Gewalt sein. Wobei Rang, Stand und Klasse viel weniger aussagten, als man dachte. Reichtum und Kultivierung gingen sicherlich nicht Hand in Hand, noch konnte man allgemeine Schluss-folgerungen über die unteren Schichten ziehen. Wenn man ihrer Umgebung glauben könnte, dann waren Walter und Hilde glücklich gewesen. Wenn man Walter glauben konnte. Aber genau das war immer schon die Frage: Wem konnte man glauben?

Doch auch in diese Richtung wurde letztlich ergebnis-los ermittelt. Das fehlende Alibi war dabei kein Hindernis gewesen, es gab keinen plausiblen Grund, warum Walter sei-ner Frau etwas angetan haben sollte. Und obwohl niemand bestätigen konnte, dass Walter die ganze Zeit in der Miet-wohnung gewesen war – zu dem Zeitpunkt des Tages nicht unlogisch – gab es auch keine Zeugen, die ihn irgendwo anders gesehen hätten. Was immer auch davon zu halten war, Suzanne konnte eigentlich auch nicht glauben, dass Walter etwas damit zu tun hatte. Obwohl ein solches Gefühl natürlich in keiner Weise Teil der Ermittlungen war.

„Etwas Wichtiges?"

Erst als Arend sie aus ihren Gedanken riss, bemerkte Suzanne, dass sie erneut eine Weile auf einen schwarzen Bildschirm gestarrt hatte.

„Hm?", fragte sie, kurz desorientiert.

„Dein Besuch."

„Oh, der." Sie schüttelte den Kopf, überlegte es sich aber anders und nickte ein wenig undeutlich. „Erinnerst du dich noch an den Fall mit der ertrunkenen Frau?"

„Hilde Claes."

„Ja. Das war ihr Freund, er ist für ein paar Tage im Dorf."

„Ah", Arend nickte. Er selbst war zum Zeitpunkt von Hil-des Tod im Urlaub gewesen, aber natürlich hatte er danach von diesem Fall gehört. „Was wollte er?"

„Reden. Er kann den Gedanken, dass es ein Unfall gewesen sein soll, nur schwer ertragen."

Arend lächelte leicht. „Verständlich."

Suzanne griff in ihre Tasche und zog den Flyer heraus, den Walter ihr gegeben hatte. „Er fand das in ihren Sachen und dachte, es könnte vielleicht ein Hinweis sein. Es ist ein Flyer von einem Beach Club mit einer 06-Nummer drauf."

Arend verzog die Mundwinkel und drückte damit aus, was Suzanne dachte: Es könnte alles bedeuten. Oder gar nichts.

„Ich werde ihn Haanstra geben", sagte Suzanne. „Das habe ich Walter auch versprochen. Um ehrlich zu sein, glaube ich nicht gleich, dass es etwas zu bedeuten hat, aber das muss natürlich der Inspektor entscheiden."

Arend nickte langsam. „Eine traurige Sache, weißt du."

„Das ist sicher." Suzanne nickte ein paar Mal. „Jemand, der so jung ist."

Suzanne blinzelte. Der Schlafmangel lässt sie nicht effizienter arbeiten, das war klar. Sie zwang sich, ihre Gedanken auf den Fall zu lenken, an dem sie gerade arbeitete. Sobald der Inspektor aus seiner Besprechung kommt, würde sie zu ihm gehen und ihm den Flyer überreichen. Nun musste sie sich mit den Einbrüchen befassen, die sich nicht von selbst lösten. Sie bewegte ihre Maus, um den Computer aus dem Ruhezustand zu holen und konzentrierte sich auf ihren Bildschirm. Aber egal, wie sehr sie es auch versuchte, sie war mit ihren Gedanken nicht bei der Sache.

5

„STIJN." SASCHA SPRACH DEN NAMEN SO DRAMATISCH AUS, dass Eline unweigerlich lachen musste. Ihre Freundin ignorierte sie und starrte verträumt in die Ferne. „Stijn Stevens. Ich versuche schon seit zwei Tagen, wieder auf seinen Namen zu kommen. Nebenbei gesagt, ich habe ihn nach diesem einen Sommer nie wieder gesehen."

„Er kam aus Breda", erinnerte sich Eline, während vor ihrem geistigen Auge ein Junge mit Sommersprossen und rotem Haar erschien, „und er hatte zwei Brüder, die ihm glichen wie ein Ei dem anderen."

Sascha nickte. „Ich erinnere mich noch daran, dass du mich ausgelacht hast, weil ich in ihn verliebt war, aber ich fand ihn sehr attraktiv. Und er konnte wirklich toll küssen."

Eline kicherte. „In diesem Alter fand ich, dass alle gut

küssen konnten. Wahrscheinlich hatte ich zu wenig Vergleichsmaterial."

Sie zog ihre Jacke ein wenig enger um die Schultern. Obwohl das Wetter tagsüber schön war, wurde es nach Sonnenuntergang schnell frischer. Man fühlte, dass der Herbst vor der Tür stand, auch wenn es unter dem Heizstrahler auf der Terrasse noch ganz angenehm war. Sie hatten in einem kleinen Restaurant in der Hauptstraße von Zoutelande gegessen. Lydia hatte vorgeschlagen, im Beach Club zu bleiben, aber Eline wollte nicht, dass sie und Gert sich die ganze Zeit um sie kümmern mussten. Deshalb hatten Sascha und sie den Beschluss gefasst, Lydia zum Essen einzuladen.

„Ihr wart immer schon weiter als ich", sagte Lydia nun mit einem Stirnrunzeln. „Ich habe mit 16 zum ersten Mal rumgeknutscht."

„Ich mit zwölf", nickte Sascha. „Und ich war so stolz drauf."

Sie kicherte. „Kannst du dich noch daran erinnern, dass ich einmal mit Remco rumgeknutscht habe?"

Eline musste lachen. „Wirklich? Das wusste ich gar nicht."

Sascha blickte gedankenverloren in die Ferne. „Er war wirklich gut. Ich glaube, da wusste er bereits, dass er auf Jungs steht."

Eline nickte. „Meine Mutter sagt, sie hätte es schon gewusst, als er drei war. Als er fünfzehn war und sich outete, waren meine Eltern überhaupt nicht überrascht."

„Ich glaube, ich bin das letzte Mädchen, das er geküsst hat." Sascha lächelte. „Wäre das eine Ehre?"

„Ich habe es nicht wirklich vermisst, bis ich es tat", sagte Lydia. „Und beim Sex war ich, glaube ich, auch das Schlusslicht."

„Ich war auch nicht so schnell", sagte Sascha. „Mit dem Küssen hatte ich es eilig, aber ich war bis zu meinem 19. Lebensjahr Jungfrau. Im Nachhinein bereue ich das nicht."

„Du warst vielleicht nicht die Schnellste von uns, aber du hast uns inzwischen eingeholt", sagte Eline lachend zu Lydia. „Du bist die Einzige in einer ernsthaften Beziehung und ich würde darauf wetten, dass du die Erste sein wirst, die ein Kind bekommt."

Lydia starrte sie an, als ob Eline ihr eine schreckliche Wahrheit erzählt hätte. Nur für einen kurzen Moment, danach fasste sie sich wieder.

„Ja", sagte sie, „vielleicht schon."

Es trat eine Stille ein, von der Eline nicht genau sagen konnte, ob sie unangenehm war. Sie schaute Sascha an, aber sie schien es nicht bemerkt zu haben. Sie hatte ihren Blick auf die vorbeigehenden Fußgänger gerichtet. Eline tat dasselbe und fragte sich, ob sie etwas Falsches gesagt hatte.

„Ich ähm...", sagte sie schließlich, um das Schweigen zu durchbrechen. Sie sah ihre Freundin von der Seite an. Lydia hatte ein schönes Profil, mit ihrer klaren Kieferlinie und geraden Nase. Sommersprossen waren übers ganze Gesicht verstreut. Eline sah, dass sich hin und wieder ein Muskel in ihrer Wange verzog. Lydia fuhr sich mit der Hand durchs Haar, aber weit kam sie nicht, da sie in ihrem hohen Pferdeschwanz steckenblieb.

Eline überlegte sich viele Themen, die sie nutzen konnte, um über diesen Moment des Schweigens hinweg zu plaudern, aber etwas hielt sie davon ab. Vielleicht war es das Gefühl, das in ihr hochkroch, als sie Lydia ansah. Bedrückung, das kam dem am nächsten. An dem Ort, wo man erwartet, dass Lydia die Erfüllung ihrer Träume lebte und trotz des Trubels glücklich ist, schien sie weiter davon entfernt zu sein denn je.

Eline biss sich auf die Lippe. Sie entschied sich dafür, ihr die Frage direkt zu stellen. „Habe ich etwas Falsches gesagt?"

Lydia starrte auf ihre Finger, die sie ineinander verschlungen hatte. Es dauerte ein paar Sekunden, bis sie die Augen von ihren Händen löste und Eline ansah. „Nein", sagte sie, so gekünstelt, dass Eline unweigerlich einen zynischen Gesichtsausdruck annahm.

„Ich bin nur etwas müde", sagte Lydia schnell. Sie zuckte entschuldigend die Achseln. „Tut mir leid Mädels, ich bin heute wohl nicht die beste Gesellschaft."

„Du bist nicht bloß ein bisschen müde", sagte Eline. Es war sonnenklar, dass ihre Freundin log und sie fragte sich warum Lydia das tat. „Du musst uns nicht erzählen, was mit dir los ist, wenn du nicht willst. Aber wir sehen alle, dass du etwas auf dem Herzen hast."

Lydia presste die Lippen zusammen. Sie wandte ihren Blick ab und tat so, als interessiere sie sich für ein älteres Ehepaar, das einen Moment zögernd am Eingang zur Terrasse stehenblieb, dann aber weiterging.

„Es ist mir auch aufgefallen", sagte Sascha leise. „Ich wollte das Thema bloß nicht zur Sprache bringen, aber vielleicht ist es gut, doch darüber zu reden. Wir sind deine Freundinnen, wir sind auch in schlechten Zeiten für dich da."

Für einen Moment drohte erneut wieder diese Stille, als Eline eine Träne bemerkte, die seitlich an Lydias Nase herunterkullerte. Sie erhob sich von ihrem Stuhl und setzte sich neben ihre Freundin auf das Sofa. „Hey", sagte sie leise. „Was ist los mit dir?"

„Ich weiß es einfach nicht", sagte Lydia, schluchzte leise und zuckte die Schultern. „Es ist alles so..."

„So was?"

„So anders, als ich es mir vorgestellt hatte."

Eline runzelte kurz die Stirn, während sie diese Worte auf sich wirken ließ. „Mit dem Beach Club, meinst du?"

„Mit...", Lydia schluckte ein paar Mal und versuchte, ihr Schluchzen unter Kontrolle zu bekommen, was nur teilweise gelang. Sie brauchte einen Moment, um wieder zu Atem zu kommen und wischte sich die Tränen aus den Augen. „Ich sollte glücklich sein, aber ich fühle es einfach nicht. Hier ist immer nur Stress, und Gert..."

Sie blinzelte ein paar Mal, öffnete den Mund, um den Satz zu beenden, fing dann aber wieder an zu schluchzen.

„Was ist mit Gert?", fragte Eline. Sie fühlte, dass sie es endlich schaffte, zu Lydia durchzudringen, dass Lydia zum ersten Mal seit Beginn des Urlaubs etwas mehr von sich preisgab.

Lydia brauchte etwas Zeit, um ihre Atmung wieder unter Kontrolle zu bekommen. Sie seufzte einige Male tief, aber es schien ihr zu viel Mühe zu bereiten, ihr Schluchzen zu unterdrücken. Sie richtete ihren Blick auf einen Punkt hinter Eline, es war unklar, was es dort genau zu sehen gab.

Eline konnte nichts dafür, dass ihre Gedanken automatisch die Stille füllten. Was ist mit Gert? Hatten sie Beziehungsprobleme? Wollte Gert den Beach Club verkaufen? Sie schüttelte unwillkürlich den Kopf. Letzteres erschien ihr sehr unwahrscheinlich. Gert wollte genauso sein eigenes Geschäft haben wie Lydia, und er machte nicht den Eindruck, dass das Unternehmertum zu viel für ihn wäre.

„Ich bin immer diejenige, an der alles hängenbleibt", sagte

Lydia jetzt, während ihre Stimme leicht bebte. „Ich hatte mir vorgestellt, dass dies wirklich ein gemeinsames Projekt wird. Aber stattdessen scheint Gert lieber mit anderen Frauen herumzuschäkern."

Eline runzelte die Stirn. „Wie, was, wie meinst du das genau?"

Lydia zuckte kurz die Schultern. „Er plaudert den lieben langen Tag mit jedem, er flirtet mit anderen Frauen und alle sind verrückt nach ihm. Währenddem ich schufte wie ein Pferd."

„Aber so ist Gert nun einmal, nicht wahr?", fragte Sascha. „Um ehrlich zu sein, ich kenne ihn nicht anders, er schwatzte immer schon mit Gott und der Welt."

Eline nickte. „Daran kann ich mich erinnern, ja. Das hat er schon immer gemacht."

Lydia entkam ein tiefer Seufzer. „Ich weiß ich auch, aber manchmal verunsichert es mich. Sogar das, worüber wir gerade gesprochen haben. Küssen, Sex, Gert hat so viel mehr Erfahrung als ich, so viel mehr erlebt als ich."

Eline verstand nicht ganz, was Lydia damit meinte. „Warum ist das jetzt noch wichtig? Ihr seid jetzt doch ein Paar, oder?"

„Manchmal habe ich Angst, dass er auf einmal genug von mir hat."

„Früher war er genau wie ich", sagte Sascha. „Früher habe ich auch geflirtet und geküsst was das Zeug hält. Das hat nichts zu bedeuten, das weiß ich aus Erfahrung. Und es wird schnell langweilig. Wenn man in unserem Alter ist, möchte man das nicht mehr." Sie dachte einen Moment nach und kicherte. „Wenn ich jetzt so darüber nachdenke, haben Gert und ich sogar einmal miteinander rumgeknutscht."

Lydia sah sie an. „Was sagst du da?"

„Genauso, wie ich es sage. Ich glaube, ich war sechzehn oder siebzehn."

„Hast du mit Gert..." Zum ersten Mal seit langem musste Lydia spontan lachen. „Das habe ich gar nicht gewusst."

Eline fiel auf, dass ihr einen Moment lang der Atem stockte. Sascha hatte sich nicht den günstigsten Moment ausgesucht, um dies Lydia zu erzählen, aber glücklicherweise kam es nicht negativ bei ihr an.

„Natürlich steckte da nichts weiter dahinter", sagte Sascha. „Ich glaube, er erinnert sich nicht einmal mehr daran."

Lydia nahm einen tiefen Atemzug. „Ihr habt recht. Ich weiß, dass er gesellig ist und gerne plaudert. Und flirtet. Aber in letzter Zeit..." Sie zuckte die Schultern und schüttelte den Kopf. „Ich schufte mich im Beach Club zu Tode und er ist hauptsächlich damit beschäftigt, unsere Gäste zu verführen."

Eline blinzelte einige Male. „Bist du nicht einfach nur sehr müde? Es war eine unglaublich anstrengende Saison und..."

„Nein." Lydia schüttelte vehement den Kopf. „Ich weiß schon, was ihr jetzt denkt, aber so ist es nicht, es liegt nicht an mir."

„Das denke ich auch überhaupt nicht", sagte Eline, hauptsächlich um Lydia nicht auf die Füße zu treten. Wenn sie ehrlich war, dachte sie sehr wohl, dass ihre Freundin unnötigerweise überreagierte. Es stimmte, was Sascha sagte: Gert war schon immer extrovertiert gewesen und sehr sozial. Und Flirten konnte er immer schon wie ein Weltmeister. Lydia kannte ihn doch schon so lange, das konnte doch keine Überraschung mehr für sie sein.

„Hast du mit ihm darüber gesprochen?", fragte Sascha.

Für einen Moment hatte man den Eindruck, als hätte Lydia die Frage nicht gehört.

Dann hob sie die Augenbrauen, sperrte die Augen weit auf und schaute nachdenklich drein. Eine Haarlocke hinter ihrem Ohr hatte sich gelöst und glitt nach vorne. Diese Bestimmtheit, die sie gerade noch ausstrahlte, schien sich in Luft aufzulösen. „Doch", sagte sie schließlich und schob die Haarlocke zurück. „Aber er hat kein Verständnis dafür. Er versteht mein Problem nicht. Und er lässt es dabei."

In gewisser Weise verstand Eline, dass Gert nicht einsah, was er falsch machte, denn er war schon immer so gewesen. Auch wenn es schon schroff war, dass er Lydias Worte nicht ernst nahm.

Sascha setzte sich. „Vielleicht solltet ihr euch einfach eine Auszeit gönnen. Noch ungefähr zwei bis drei Wochen und die Saison ist vorbei, oder? Könnt ihr nicht zusammen in Urlaub fahren?"

Lydia sah sie an. „In Urlaub?"

„Ja, um eurer Beziehung neues Leben einzuhauchen. Wenn man so hart arbeitet, ist es natürlich kein Wunder, dass man sich ein wenig auseinanderlebt und... keine Zeit zum Reden hat. Vielleicht findet er das ja auch schade."

Lydia sah sie stirnrunzelnd an. „Sagt er das?"

„Keine Ahnung, ich habe nicht wirklich mit ihm gesprochen. Aber es wäre doch möglich? Vielleicht möchte er ja auch gerne einmal mit dir woanders hin, einfach weg, nur zu zweit."

„Ja." Lydia holte tief Luft. Auf ihrem Gesicht erschien plötzlich so etwas wie ein Lächeln. „Vielleicht schon."

Eline hatte ihren Arm immer noch um ihre Freundin geschlungen, nahm ihn jetzt aber wieder weg. „Alles wird gut", sagte sie tröstend. „Natürlich ist es nicht einfach, ein eigenes Unternehmen zu gründen, mit all dem Stress, der damit verbunden ist."

Lydia rutschte auf ihrem Stuhl hin und her. Als sie zu reden begann, schaute sie Eline und Sascha nicht an. „Ihr habt schon recht, und als wir damit anfingen, war mir bewusst, dass es nicht einfach sein würde. Es ist nur... Wir sprachen gerade über das Gefühl der Verunsicherung; und das ist, was mich aus der Bahn wirft. Ich weiß, dass Gert keine Hintergedanken hat, aber manchmal ist es nicht einfach mitansehen zu müssen, wie er sich amüsiert, währenddessen ich manchmal das Gefühl habe, dass mir die Arbeit über den Kopf wächst."

„Warum stellt ihr nicht mehr Personal ein?", fragte Eline, als Lydia kurz nichts sagte. „Wenn du die Arbeit nicht mehr stemmen kannst, dann ist das doch keine schlechte Idee?"

„Im Prinzip schon, aber im ersten Jahr wollen wir die Ausgaben unter Kontrolle halten. Gert hat es ausgerechnet und ein zusätzlicher Mitarbeiter würde unser Budget wirklich übersteigen."

Eline wollte antworten, dass eine überarbeitete Lydia auch ein großer Kostenposten wäre, sagte aber nichts.

„Meiner Meinung nach wäre es gut, wenn du dir vor Augen hältst, dass Gert diesen Beach Club nicht umsonst mit dir begonnen hat", sagte sie stattdessen. „Ganz egal, wie viel er mit anderen redet oder vielleicht auch flirtet, er sieht seine Zukunft zusammen mit dir."

„Gert ist nun einmal so", sagte Sascha und nickte. „Ich glaube, nicht dass er sich viel dabei denkt."

„Ja." Lydia lächelte nachsichtig. Dann blickte sie zuerst zu Eline und dann zu Sascha. „Ich danke euch. Aufmunternde

Worte von meinen Freundinnen habe ich schon lange nicht mehr gehört. Und wenn ich müde bin, kann ich sowieso nichts mehr relativieren."

„Apropos müde", sagte Eline, „wollt ihr noch was unternehmen?"

„Wollt ihr zurück in den Beach Club und euch aufs Ohr legen, oder hat noch jemand Lust auf einen Drink?"

Sie schaute ihre Freundinnen an, sah aber sofort, dass sie die einzige war, die sich für den letzten Vorschlag begeistern konnte. „Okay." Sie lächelte nachsichtig, bevor jemand sagen konnte: „Lasst uns zurückgehen."

„Wir können auch noch einen Drink im Beach Club nehmen", sagte Sascha.

Eline nickte. „Oder wir hüpfen in die Federn, auch das ist keine schlechte Idee. Es war übrigens schon elf Uhr."

Sascha winkte dem Kellner und nachdem sie bezahlt hatten, gingen sie die Terrasse hinunter, in die Hauptstraße. Links und rechts klang gemütliches Gemurmel aus den Restaurants und von den Terrassen, die fast alle im Licht der orangefarbenen Heizstrahler standen. Eline liebte Amsterdam, die Größe der Stadt, die hippen Lokale, die lebhafte Atmosphäre und das Gefühl, nie etwas zu verpassen, weil sie dort lebt, wo so viel läuft. Aber diese heimelige, diese gemütliche Atmosphäre sorgte bei ihr automatisch für Entspannung. Eine Terrasse, gute Freundinnen, ein gutes Gespräch – das war manchmal alles, was man im Leben brauchte.

Während Sascha und Lydia über ein neues Restaurant in Middelburg sprachen, das von einem Bekannten von Lydia eröffnet wurde, dachte Eline über das Gespräch nach, das sie auf der Terrasse geführt hatten. Sie war froh, dass Lydia ehrlich gewesen war, dass sie endlich ihren Freundinnen gesagt hatte, was sie dachte, obwohl Eline immer noch nicht genau wusste, was sie davon halten sollte. Ehrlich gesagt hatte sie sich immer schon darüber gewundert, dass Gert und Lydia ein Paar waren, denn eigentlich passten sie überhaupt nicht zusammen. Als Lydia damals erzählt hatte, dass sie und Gert ein Paar sind, hatte Eline den Eindruck, dass es sich dabei um eine vorübergehende Laune Lydias handelte, um eine Schwärmerei ohne Ewigkeitswert. Gerade weil Gert so war, wie er eben war, hatte Eline gedacht, dass die Beziehung schon viel früher und gerade an diesem Punkt scheitern würde. Sie war überrascht, dass Lydia sein Wesen so lange hat hinnehmen können. Eline wollte nicht die Amateur-Psychologin spielen, aber Lydias Kindheit war geprägt durch die Untreue ihres Vaters. Und ausgerechnet sie hatte sich einen Mann ausgesucht, der nicht abgeneigt war, mit anderen Frauen zu flirten. Sie mochte Gert wirklich. Er war nett, ein guter Begleiter, wenn man für einen Abend nette Gesellschaft beim Essen und Trinken haben wollte, jemanden, mit dem man lachen konnte, der etwas zu erzählen hatte. Aber sie würde sich niemals mit einem Mann einlassen, der einen solchen Hauch von Zügellosigkeit verströmt. Tief in ihrem Inneren war sie eigentlich davon überzeugt gewesen, dass dies auch für Lydia galt, obwohl sie im Lauf der Jahre gesehen hatte, dass sie und Gert die Kraft haben, sich gegenseitig auszugleichen und zu ergänzen.

War ihnen diese Kraft abhandengekommen? Eline hoffte von ganzem Herzen, dass dies nicht der Fall war. Der Beach Club war Lydias Lebenstraum, dessen war sie sich sicher. Aber Het Zout gehörte sowohl ihr, als auch Gert, und es wäre sehr schwierig, diese Konstruktion aufzubrechen.

Ohne es zu bemerken, hatten sie das Dorf verlassen. Sie

waren jetzt an dem Pfad angelangt, der durch die Dünen zum Strandeingang führte. Es hab hier keine Häuser mehr, Eline fröstelte, sie zog ihre Jacke enger um ihren Körper. Der Pfad verlief nach oben und vom höchsten Punkt aus konnte man in der Ferne Het Zout sehen. Dort brannte Licht, vielleicht waren noch Gäste da.

Das ist auch Knochenarbeit, ein eigenes Geschäft. Eline fand schon ihren eigenen Arbeitsdruck ziemlich hoch, aber am Ende des Nachmittags – oder manchmal auch am Abend – konnte sie die Tür des Büros hinter sich ins Schloss fallen lassen, und das wars dann. Oft beantwortete sie zuhause noch Mails, aber das störte sie nicht weiter in ihrem Tun. Gewiss, auch sie spürte den Arbeitsdruck, der auf ihr lastete, aber wenn es darauf ankam, wusste sie auch, dass die Kollegen sie nicht im Stich lassen würden. Oder dass sie ihrem Chef offen sagen könnte, dass ihr der Arbeitsdruck zu hoch wurde. Aber natürlich funktioniert das nicht, wenn man sein eigener Chef ist. Dann bist du derjenige, der immer weitermacht, der am wenigsten Freizeit von allen hat. Derjenige, der eine Lösung suchen muss, wenn das Personal überfordert ist, der sich aber selbst nirgendwo über den Arbeitsdruck beklagen kann. Ja, höchstens bei deinem Teilhaber. Möglicherweise war es gar nicht so unverständlich, dass Het Zout die Beziehung zwischen Gert und Lydia verändert hatte. Wenn der Trubel zu groß wurde, konnten sie sich nur gegenseitig beklagen. Und das waren oft nicht die angenehmsten Momente.

Eline hoffte, dass Sascha recht hatte, dass ein gemeinsamer Urlaub vieles lösen könnte. Und sie hoffte insbesondere, dass Lydia sich diesen Ratschlag zu Herzen nehmen würde, bevor es zu spät war.

Die Tür des Beach Clubs war bereits verschlossen. Lydia öffnete sie mit ihrem Schlüssel und ließ die Freundinnen vorgehen. Gert stand hinter der Bar und schaute auf, als sie reinkamen. „Hey, wie war euer Abend?", fragte er. „Wie war das Essen?"

Eline nickte. „Vorzüglich." Sie sah sich im Beach Club um, aber es waren keine Gäste mehr da.

„Ich wollte gerade dichtmachen", sagte Gert, der ihrem Blick folgte. Dann schaute er zu Lydia. „Alles ist prima gelaufen, wie am Schnürchen. Obwohl heute Abend ziemlich viel los war."

Da sie mit dem Rücken zu ihrer Freundin stand, konnte Eline Lydias Reaktion nicht sehen. Gert tickte noch auf der Kasse herum, die daraufhin eine lange Quittung ausspuckte. „Ich mache das hier noch fertig und dann gehe ich nach Hause", sagte er. „Möchtet ihr noch einen Drink?"

Auch wenn sie kurz zuvor noch mit diesem Gedanken gespielt hatten, schüttelten jetzt alle drei den Kopf. „Wir gehen schön in die Heia", sagte Sascha. „Der Weg hierher hat mich müde gemacht."

„Dann gute Nacht", sagte Gert mit einem Lächeln. „Bis morgen."

Sascha und Eline gingen nach oben, Lydia blieb noch eine Weile bei Gert. Vor ihrer Zimmertür wünschte Eline Sascha eine gute Nacht und ging dann in ihr Zimmer. Sie tauschte ihre Jeans und Bluse gegen ihren Pyjama, der aus einer beigen Seidenhose und einem Seiden-Top mit dünnen Trägern aus demselben Stoff angefertigt war. Dann öffnete sie das Fenster und legte sich ins Bett.

Durch das Fenster kam eine frische Brise herein, die sanft über ihr Gesicht strich. Draußen war es ruhig, sie hörte nur das Rauschen der Wellen. Sie wäre so gerne müde gewesen, aber der Schlaf lag für sie noch in weiter Ferne. Mit offenen Augen lag sie auf dem Rücken und starrte an die Decke. Sie hörte Schritte im Flur, das musste Lydia sein.

Eline wälzte sich vom Rücken zur Seite und dann wieder auf den Rücken. Sie strampelte die Decke weg, aber zog sie bald wieder hoch. Es war bereits nach Mitternacht, das sah sie, als sie die Home-Taste auf ihrem Handy gedrückt hat. Sie hatte keine Nachrichten.

Weitere fünf Minuten später schwang sie ihre Beine über die Bettkante und ging zum Fenster. Sie atmete kräftig, um den Duft des Meeres in sich aufzunehmen.

Sie hatte Durst. Vielleicht würde ihr eine Tasse Tee später beim Einschlafen helfen. Gert war sicher schon nach Hause gegangen, aber Lydia hatte ihnen erklärt, wie die Kaffee- und Teemaschine funktioniert, damit sie sich selbst versorgen können. Eline zog sich ein Sweatshirt über ihren Schlafanzug, schlüpfte in ihre Slippers und ging die Treppe hinunter. Es brannte immer noch Licht, was sie überraschte. Gerade als sie dachte, Gert und Lydia hätten vergessen, es auszuschalten, sah sie jemanden an einem Tisch sitzen. Sie stand einen Moment lang da, dann hörte Gert ein Geräusch hinter sich und drehte sich um. „Hey Eline", sagte Gert, und er stand sofort auf.

„Entschuldige, ich wollte dich nicht stören", sagte Eline.

„Du störst nicht. Möchtest du etwas trinken?"

Eline nickte. „Ich konnte nicht schlafen und wollte eine Tasse Tee trinken."

„Wein hilft auch", sagte Gert.

Eline kicherte. „Sicher, aber ich bleibe beim Tee." Gert deutete auf einen Tisch, an den sich Eline daraufhin setzte, während er wegging, um ihr etwas zu trinken zu holen. Etwas später kam er mit zwei Gläsern heißem Wasser und zwei Beutelchen grünem Tee zurück. Völlig automatisch hatte Gert einen Keks und ein Honigtütchen auf die Untertasse gelegt.

Er lachte, als Eline ihn darauf hinwies. „Berufliche Deformation", sagte er und steckte sich den Keks in den Mund.

„Sorgen?", fragte er danach.

Eline schüttelte den Kopf und schaute verwundert drein. „Wieso?"

„Weil du nicht schlafen kannst."

„Oh, das..." Sie runzelte die Stirn und schmollte die Lippen. Dann lächelte sie. „Ich habe die letzte Nacht sehr gut geschlafen, anscheinend reicht das für zwei Nächte."

„Es liegt wohl an der Meeresluft", sagte Gert, während er seinen Kugelschreiber auf einen Stapel Papier legte. Danach lehnte er sich zurück, die Hände hinter dem Kopf verschränkt.

„Buchhaltung?", fragte Eline und schaute auf die Papiere und den Taschenrechner neben ihnen.

„Bestellungen. Die können auch bis morgen früh warten, aber ich bin eher ein Abendmensch. Und nach einem Arbeitsabend kann ich oft nicht schlafen."

„Ich kann mir vorstellen, dass du dann nicht mehr weißt, wo dir der Kopf steht", sagte Eline.

„Das müssen anstrengende Tage für euch sein."

Gert lächelte und drehte sein Teeglas auf der Untertasse herum. „Ist es das, was Lydia gesagt hat?"

Eline hob die Augenbrauen. Das war nicht der Grund, warum sie dies so formuliert hatte, und sie wollte das Gespräch sicherlich nicht auf ihre Freundin lenken. Sie zuckte die Achseln. „Nicht wirklich", sagte sie ausweichend, „aber ich habe so den Eindruck, dass ein eigenes Geschäft viel Arbeit mit sich bringt."

Gert schwieg kurz. „Dem ist auch so", sagte er. „Das alles ist es zu hundert Prozent wert, aber ich glaube, wir haben die ganze Angelegenheit unterschätzt. Freizeit ist seitdem purer Luxus."

„Wird es in nächster Zeit etwas ruhiger werden?", fragte Eline. „Die Saison ist fast zu Ende, nicht wahr?"

„An sich schon, aber natürlich haben wir große Pläne für das nächste Jahr. In diesem Winter gibt es viel zu tun, und wir schließen auch nicht." Er schaute vor sich hin. „Manchmal frage ich mich, ob wir uns nicht zu viel vorgenommen haben."

Diese Bemerkung überraschte Eline. Sie dachte unwillkürlich an Lydias Worte, hielt den Kopf jedoch weiterhin zur Seite geneigt und gab darauf keine Antwort. Die brauchte Gert auch nicht, um weiterzusprechen.

„Es ist einfach eine Menge Arbeit", sagte er. „Und wir wollen unseren Gästen jeden Tag nur das Beste bieten. Wenn man selbst mal einen schlechten Tag hat, darf man es sich nicht anmerken lassen. Den Gästen zuliebe." Er dachte einen Moment lang nach. „Ich glaube, Lydia leidet noch mehr unter diesem Druck als ich. Es fällt ihr manchmal schwer, loszulassen."

„Ist dem so?", fragte Eline neutral.

Gert kniff die Augen zusammen. „Ist dir das nicht an ihr aufgefallen? Hat sie nichts davon gesagt?"

Eline zuckte kurz die Achseln. „Ich finde schon, dass sie müde aussieht."

„Und ob." Gert nickte und lachte einen Moment lang, aber es war kein freudvolles Lächeln. Dann sagte er eine Zeitlang nichts mehr und Eline suchte nach einem Weg, das Schweigen zu durchbrechen, aber Gert schien in Gedanken versunken zu sein. Er betrachtete seinen Tee, der ihn übermäßig zu interessieren schien. Dann atmete er einmal tief durch. „Ich mache mir manchmal Sorgen um sie."

Eline nahm einen kleinen Schluck und verbrannte sich dabei die Lippen. „Warum?", wollte sie wissen.

„Sie hat sich so daran festgebissen, dass es keinen Platz mehr für etwas anderes gibt. Es scheint, als hinge alles in ihrem Leben davon ab. Nichts darf schief gehen." Er biss sich auf die Unterlippe. „Manchmal fürchte ich, dass ihre alten Ängste wieder auftauchen könnten."

Diese Bemerkung überraschte Eline, obwohl es kein unlogischer Gedanke war. „Meinst du?", fragte sie.

Gert zuckte die Achseln. „Ich weiß es nicht, es ist schwierig, aus ihr schlau zu werden. Manchmal ist es so, als würde sie diesen Teil ihrer Vergangenheit verdrängen."

Eline nickte. „Vielleicht tut sie das ja auch. Sie möchte diese Zeit hinter sich lassen. Ich glaube, sie will sich auf die Zukunft konzentrieren."

Gert schien eine Weile über diese Worte nachdenken zu müssen. „Da hast du wahrscheinlich recht. Trotzdem wünschte ich, wir könnten besser darüber reden. Alles dreht sich immer nur ums Geschäft. Manchmal habe ich das Gefühl, dass ich sie vor sich selbst schützen muss. Sie mutet sich viel zu viel zu."

Eline trank einen Schluck von ihrem Tee und ließ das Glas länger als nötig auf der Lippe ruhen, so dass sie noch nicht antworten musste. Sie versuchte, Gerts Worte richtig einzuschätzen. Es sah so aus, als würde er sich wirklich Sorgen um Lydia machen, aber Eline konnte nicht so einfach vergessen, was Lydia gesagt hatte. Wenn das wahr ist, wenn Gert Lydia den größten Teil der Arbeit machen ließ, dann war sein Mitgefühl natürlich nur gespielt.

„Was?", fragte Gert, der bemerkte, dass ihr Schweigen vielsagend war.

Eline zuckte kurz mit den Schultern und beschloss, neutral zu sein. „Nichts", sagte sie. „Ich dachte nur: Wenn Lydia so eine schwere Zeit hat, wäre es dann nicht praktisch, ihr etwas Arbeit abzunehmen? Kannst du nicht noch mehr übernehmen?"

„Ich?" Gert lachte, aber er schien es nicht sehr lustig zu finden. „Ich wüsste nicht wie. Außerdem lässt mich Lydia nichts mehr machen, weil sie glaubt, dass sie alles besser kann. Dort liegt auch der Hund begraben."

Eline suchte nach einem Weg, das Gespräch in die gewünschte Richtung zu lenken – zu dem, was Lydia über Gert gesagt hatte – aber dazu ergab sich keine Gelegenheit. Sie wollte Lydias Worte nicht einfach preisgeben, denn Lydia hatte mit ihrer Freundin in Vertrauen darüber gesprochen.

„Ich freue mich für Lydia, dass ihr jetzt da seid", sagte Gert. Er schien nicht wirklich bemerkt zu haben, dass Eline nichts geantwortet hatte. „Ich glaube, es ist das erste Mal seit langer Zeit, dass sie sich etwas entspannt. Sie hat Glück, solche tolle Freundinnen zu haben."

Eline lächelte. „Wir tun was wir können."

„Sie hat sich sehr auf euch gefreut", fuhr Gert fort. Zuerst sah er nachdenklich aus, aber dann huschte ein kleines Lächeln über sein Gesicht. „Vielleicht gilt das nicht nur für sie, sondern auch für mich."

„Jetzt musst du doppelt so viel schuften, wenn Lydia frei hat."

Gert starrte sie an, seinen Mund umspielte noch stets dieses Lächeln. „Du weißt schon, was ich meine", sagte er. „Die Gesellschaft zweier schöner Damen ist immer angenehm. Von denen eine..." Er atmete tief durch und schloss für einen Moment die Augen, bevor er Eline wieder ansah. Da war etwas in seinen Augen, über das Eline lieber nicht weiter nachdenken würde.

„Ich gehe schlafen", sagte sie ganz unvermittelt. Sie stellte nun ihr leeres Glas wieder auf die Untertasse und stand auf. „Gute Nacht."

Gert folgte ihrem Beispiel und stand auch auf. Ehe sich Eline versah, stand er schon ganz nahe bei ihr. „Danke fürs Zuhören", sagte er, was ziemlich ernst klang. Sie nickte und Gert streckte seine Arme aus und umarmte sie kurz. Für einen Moment bot sie Widerstand, aber er ließ sie sofort los, wie bei einer Umarmung unter Freunden. „Bis morgen."

Eline ging zur Treppe, die neben der Bar war. Sie warf einen Blick zurück, aber wider Erwarten sah Gert ihr nicht hinterher. Stattdessen setzte er sich an den Tisch und kramte seine Unterlagen zusammen. Sie warf einen flüchtigen Blick auf die Uhr. Es war kurz nach halb eins.

Die Stufen knarrten leicht, als sie nach oben ging. Unter ihren nackten Füßen fühlte sie den knirschenden Sand. Sie hoffte, dass sie jetzt einschlafen konnte, obwohl das Gespräch mit Gert einige Fragen aufgeworfen hat. Sie fand es schwierig abzuschätzen, was der Wahrheit entsprach und was nicht. Ja, Lydia war vielleicht etwas überarbeitet, das hatte sie selbst auch schon gesehen. Andererseits war es natürlich auch auffällig, dass Gert eine halbwegs kokette Bemerkung gemacht hatte, ohne sich dabei unwohl zu fühlen. Sie konnte sich gut vorstellen, dass dieser Teil von Lydias

Geschichte ebenfalls der Wahrheit entsprach. Auch wenn Gert vielleicht nicht so viel damit beabsichtigt, wenn man so sensibel ist wie Lydia, dann ist es leicht, alles zu hinterfragen. Sie stellte sich auch die Frage, warum Gert das getan hatte. Er hätte diese Bemerkung genauso gut lassen können, aber anscheinend fand er es notwendig, so etwas zu sagen. Was hat er damit beabsichtigt? Oder machte er das automatisch?

Tief in ihrem Herzen glaubte sie an Letzteres. Das war Gert, wie er leibt und lebt, er war noch nie anders gewesen, obwohl er sich in den letzten Jahren etwas gebessert hatte. Wahrscheinlich, weil er mit Lydia zusammen war und keinen Grund hatte, mit anderen zu flirten. Vielleicht suchte er jetzt nach Bestätigung, weil Lydia ihn wegen des Lokals vernachlässigte?

Sie schüttelte den Kopf, als sie die letzte Stufe erreichte. Sie benahm sich wie eine Hobby-Psychologin. Sie sollte diese Bemerkung besser aus ihrem Gedächtnis streichen, wahrscheinlich hatte sie Gert klar genug gezeigt, was sie davon hielt.

Sie war nun am oberen Ende der Treppe angekommen und ging in ihr Zimmer. Plötzlich erstarrte sie, eher durch ein Gefühl als durch etwas, das sie in dem dunklen Korridor sah. Oder war es ein Geräusch? Daraufhin wurde ihr klar, dass es ein Rascheln war, das sie unweit von sich gehört hatte. Sie tappte an der Wand entlang, wo sie sich an einen Lichtknopf erinnerte. Als sie den Schalter gedrückt hatte, sah sie, dass sie sich nichts eingebildet hatte.

„Ich habe mich zu Tode erschreckt", sagte sie, während sie erleichtert ausatmete. Ihr gegenüber stand Lydia, die genauso verängstigt aussah wie sie.

„Ich hatte dich hier nicht erwartet."

„Ich dich auch nicht." Der Schrecken wich aus Lydias Glieder und sie lächelte. „Ich dachte, du schläfst schon."

„Ich konnte nicht schlafen, also ging ich nach unten, um Tee zu trinken. Gert war auch da." Und da flitzte ihr für den Bruchteil einer Sekunde der Gedanke durch den Kopf, dass es gut war, dass Lydia Gerts unbeholfene Umarmung nicht gesehen hatte. Sie hätte die Lage verkehrt einschätzen können.

„Ja, er arbeitet oft noch bis spät in die Nacht hinein", sagte Lydia. „Ich wollte gerade zu ihm gehen, weil ich auch nicht schlafen konnte." Sie zeigte auf die Treppe. „Kommst du nochmal mit oder..."

„Nein, ich leg mich ins Bett", sagte Eline. „Der Tee hat mir gutgetan und ich denke, dass ich jetzt schlafen kann."

„In Ordnung, gute Nacht."

Nachdem auch Eline ihrer Freundin eine gute Nacht gewünscht hatte, ging sie in ihr Zimmer. Das Fenster war noch immer sperrangelweit offen und sie ließ es so, während sie wieder unter die Decke kroch.

Auf dem Nachttisch gab ihr Handy zweimal kurz nacheinander einen Nachrichtenton von sich. Obwohl sie gerade daran dachte, dass sie es noch vor dem Schlafengehen ausschalten musste, streckte sie dennoch die Hand danach aus, um nachzusehen, wer ihr zu so später Stunde noch eine Nachricht geschickt hatte. Sie runzelte die Stirn, als sie sah, wer der Absender war, sie wusste nicht einmal, dass sie seine Nummer in ihr Telefon eingespeichert hatte.

Einen Moment lang zögerte sie, ob sie die Nachricht öffnen sollte. Wenn er noch online war, würde er sofort sehen, dass die Häkchen blau werden. Aus irgendeinem unbestimmten

Grund hatte sie das Gefühl, dass es besser war, das nicht zu tun. Der Inhalt der Nachricht hatte ihr ein seltsames Gefühl vermittelt.

Ich fand es ganz besonders mit dir. Hoffentlich bald mehr.
X

Sie hatten sich nett miteinander unterhalten, aber mehr nicht. Die Umarmung zum Schluss hinterließ bei ihr auch ein mulmiges Gefühl. Sie versuchte eine Erklärung für Gerts Nachrichten zu finden. Was wollte er damit bezwecken? War es vielleicht eine eher sentimentale Art, sich fürs Zuhören zu bedanken?

Sie ließ ihren Daumen eine Weile über der Home Taste schweben, ging aber nicht auf WhatsApp. Nicht darauf einzugehen, war wahrscheinlich das Beste. Während sie versuchte, dieses undefinierbare Gefühl loszuwerden, legte sie ihr Handy wieder auf den Nachttisch. Der Tee hatte ihr in der Tat gutgetan, sie fühlte bereits, wie ihre Augenlider schwer wurden. Das Letzte, was sie hörte, bevor sie einschlief, war der immerwährende rauschende Rhythmus der Wellen.

6

ELINE WAR NOCH IM NIEMANDSLAND DES SCHLAFES, ALS SIE langsam wach wurde und feststellte, dass es im Zimmer ungewöhnlich hell war. Langsam öffnete sie die Augen. Zwei Dinge fielen ihr auf. Der Wind hatte den Vorhang zur Seite geweht und die Sonne stand bereits relativ hoch am Himmel. Sie griff nach ihrem Handy auf dem Nachttisch. Kurz nach neun Uhr. Das war eigentlich nichts für sie, so lange ausschlafen.

Sie schlug die Decke zurück und ging zum Fenster. Der Wind hatte an Stärke zugenommen und die Wellen waren heute höher als gestern. Kein Wunder, dass der Vorhang zur Seite geweht war. Sie machte das Fenster zu und entschied sich dafür, zuerst zu duschen. Sie wusch ihr langes Haar und föhnte es, bis es wieder samtweich war. In den letzten Tagen war es durch den salzigen Wind und das Wasser spröde geworden.

Sie zog ein schlichtes, blaues Kleid an, schlüpfte in ihre Slippers und ging nach unten. Sie dachte, dass ihre Freundinnen bereits gefrühstückt hatten, aber zu ihrem Erstaunen war weit und breit keine von ihnen zu sehen. Nur Gert war da, er stand an der Bar und unterhielt sich mit zwei Jungs, die in der Bedienung arbeiteten. In einer Viertelstunde wird der Beach Club öffnen. Sie ging rasch weiter, bevor er sie sehen und auf sie zukommen konnte. Die SMS-Nachricht von gestern Abend lag ihr noch immer schwer auf dem Magen.

Eline ging nach draußen. Es war wieder Ebbe geworden, aber der Sand war noch nass. Sie schob sich die Sonnenbrille auf die Nase und kniff die Augen zusammen. Eine Gestalt kam aus der Brandung und bewegte sich in Richtung Strand. An der langen, schlanken Figur dachte sie, Lydia zu erkennen. Sie hielt weiter Ausschau nach ihren Freundinnen. Vielleicht war Sascha auch da und war mit Lydia schwimmen gegangen.

Lydia winkte, als sie Eline sah. Eline hob ihre Hand. „Kaffee?", fragte Gert, der neben ihr aufgetaucht war und ihr einen Latte Macchiato gereicht hatte, ohne auf ihre Antwort zu warten. Eline nahm den Kaffee und nickte. Gert blieb neben ihr stehen. Sie wusste nicht recht, ob sie etwas sagen soll.

Schließlich war er derjenige, der das Schweigen gebrochen hat. „Ich äh…", sagte er und versuchte dabei, ihrem Blick auszuweichen. „Diese Nachricht, die ich dir geschickt habe…"

„Kommst du auch mit uns schwimmen?", rief Lydia, die jetzt in Hörweite war.

Eline warf einen kurzen Blick auf Gert und schüttelte den Kopf. „Ich habe mir gerade die Haare gewaschen."

„Nichts gegen den Beachlook", sagte Lydia, und griff

kichernd nach einem Büschel ihres eigenen nassen Haares. „Das ist schon seit Monaten mein Look."

Sie ging auf die Terrasse. „Möchtest du Kaffee?", fragte Gert. Eline dachte, dass Müdigkeit in seiner Stimme mitschwang. Lydia schüttelte den Kopf und sagte, sie gehe jetzt unter die Dusche. Als sie weglief, wollte Gert offensichtlich noch etwas sagen, aber jemand von der Bedienung zupfte ihn am Ärmel und sagte, dass die Kaffeemaschine keinen Milchschaum mehr gebe. Gert blinzelte einen Moment und ging mit dem Jungen hinein. Eline setzte sich mit ihrem Kaffee in die Sonne, hinter den Windschutzschirm. Sie nahm einen Schluck und leckte den Schaum von den Lippen.

Zwanzig Minuten später setzte sich Lydia zu ihr, ihr Haar noch nass von der Dusche. Sie trug eine kurze Jeans und einen schwarzen Pullover mit dem Logo von Het Zout darauf. „Ist Sascha schon da?", fragte sie, während sie eine Tasse Kaffee auf den Tisch stellte. Und dann, ohne auf die Antwort von Eline zu warten: „Magst du noch einen?"

Anscheinend funktionierte die Kaffeemaschine wieder. Eline schüttelte den Kopf als Antwort auf beide Fragen.

„Das überrascht mich nicht." Lydia kicherte. „Sie war eigentlich immer schon ein Morgenmuffel."

„Sie wird sicher gleich kommen." Eline schaute auf die Uhr auf ihrem Smartphone. „Es ist schon fast halb elf, so lange hat sie bisher noch nie geschlafen."

Der Beach Club war nun geöffnet und auf der Terrasse nahm ein älteres Ehepaar mit einem klatschnassen Hündchen Platz. Eline betrachtete das kleine Tierchen, dessen undefinierbares grau-braunes Fell voller Sand war. Enthusiastisch trank es einen halben Trinknapf leer.

Eine junge Kellnerin brachte ein Körbchen mit Sandwiches

und Croissants und eine Etagere mit Marmelade, Käse und Butter. Erst jetzt merkte Eline, dass sie Hunger hatte. Hier aß sie viel mehr als zu Hause.

„Wenn ich an deiner Stelle wäre, wäre ich bereits kugelrund", sagte sie zu Lydia. „All diese leckeren Sachen, die dir den ganzen Tag vor der Nase herumliegen."

„Warum, glaubst du, gehe ich wohl so oft schwimmen? Nach langem Suchen hatte ich den perfekten Lieferanten für unsere Torten gefunden und der Apfelkuchen war so lecker, dass ich jeden Tag ein Stück davon gegessen habe." Lydia lachte. „Nach ein paar Wochen habe ich damit aufgehört."

„Die muss ich unbedingt versuchen", sagte Eline, der das Wasser bereits bei dem Gedanken daran im Mund zusammenlief.

Lydia wollte schon aufstehen, aber Eline hat ihr gesagt, sie solle sich setzen. „Etwas später, ich werde natürlich zuerst dieses köstliche Frühstück genießen. Ihr kümmert euch so gut um uns."

„Ich hole noch etwas Kaffee", sagte Lydia, aber Eline drängte sie wieder, sich zu setzen. „Ich gehe", sagte sie und nahm ihre Tassen mit.

Drinnen stand Gert hinter der Bar. Eline stellte die Tassen hin. „Sieht so aus als würde sie wieder funktionieren", sagte sie und nickte in Richtung Kaffeemaschine.

Gert nickte. „Es gab eine Störung, das kommt öfter vor." Er schaute an ihr vorbei auf die Terrasse. Eline folgte automatisch seinem Blick, es war nun niemand von der Bedienung in der Nähe.

„Was ich dir geschickt habe", sagte Gert eilig. „Das war ernst gemeint. Ich möchte weiter mit dir reden, aber nicht hier. Lydia ist immer in der Nähe, und wenn sie Wind von

der Sache bekommt..." Er beendete seinen Satz nicht, sondern holte tief Luft. „Ich möchte dich heute Abend sehen."
Eline begann den Kopf zu schütteln. „Ich will nicht..."
„Es ist wichtig. Und es ist nicht das, was du denkst." Gert sah sich um und nahm ein Stück Papier und einen Stift. Er hat schnell etwas hingekritzelt. „Komm dorthin. Um neun Uhr."

Bevor Eline wusste, was geschah, hatte sie den Zettel in der Hand. Automatisch begann sie, den Kopf zu schütteln. „Nein, Gert, wirklich nicht. Lydia ist meine Freundin und..."

„Sieh zu, dass du da bist", sagte Gert, und dann kam eine Kellnerin dazu. Eline steckte das Papier schnell in die Tasche ihres Kleides.

„Was sollen wir denn heute unternehmen?", fragte Lydia, als Eline ihr den Kaffee auf den Tisch stellte. „Wir könnten zum Mittagessen in dieses neue Restaurant in Domburg gehen." Lydia schaute zum Himmel. „Ich habe mir gerade die Wettervorhersage angeschaut. Wenn sie stimmt, wird der Wind bald abflauen. Dann können wir mit dem Fahrrad dorthin radeln."

„Gute Idee." Eline nickte. Ihr war nach etwas Bewegung zumute. „Wenn Sascha bis dahin wach ist."

Lydia schaute auf ihre Uhr. „Sollen wir nicht mal nachsehen? Es ist schon beinah elf Uhr."

Eline kniff die Augen zusammen. Sascha hatte gestern Abend keinen extrem müden Eindruck gemacht, deshalb war es vielleicht doch etwas seltsam, dass sie so lange schlief. Sie stand auf. „Ich gehe mal nachschauen."

Im Beach Club wurde es schon voller, es kamen vor allem Wanderer, die Kaffee trinken wollten. Vereinzelt blickten sie bereits in die Speisekarte um zu sehen, was sich für ein frühes Mittagessen eignen würde. Eline ging die Treppe hoch. Auf dem Korridor blieb sie einen Moment lang stehen und nahm den Zettel aus ihrer Tasche. Erst jetzt sah sie, dass es ein Flyer des Beach Clubs war. Unten, in der Ecke, hatte Gert etwas hingeschrieben. Er hat keine schöne Handschrift und es kostete sie viel Mühe, den Inhalt zu entziffern.

Heute Abend, 21:00 Uhr. Hotel De Branding. Bar.

Eline fühlte, wie ihr Herzschlag anstieg. Sie wollte das nicht, sie wollte nicht in ein geheimes Abenteuer verwickelt werden oder in das, was auch immer Gert vorhatte. Sie war stets mehr davon überzeugt, dass Lydia Recht hatte und dass Gert wirklich hauptsächlich damit beschäftigt war, Frauen zu verführen, währenddem sie hart arbeitete. Dachte er wirklich, sie würde darauf hereinfallen? Sie spürte, wie ihre Entschlossenheit zunahm. Gleich würde sie ihm mitteilen, dass sie nicht kommt, und wenn er etwas zu sagen hätte, sollte er es einfach hier tun. Was könnte so wichtig sein, dass es in der Hotelbar besprochen werden musste? Als ob es nicht auffallen würde, dass auf einmal beide verschwunden sind. Und wollte er sich wirklich in der Bar treffen? War es nicht eine fadenscheinige Ausrede?

Sie steckte den Flyer wieder in die Tasche und schüttelte den Kopf. Sollte sie dies Lydia vielleicht erzählen? Sie war ihre Freundin und Eline wollte ehrlich zu ihr sein. Andererseits, was hatte sie davon? Lydia steckte gerade in einer schwierigen Phase und zu wissen, dass Gert eine ihrer Freundinnen direkt vor ihren Augen anmachte, würde ihr das Leben nicht erleichtern. Vielleicht sollte sie besser ihren Mund halten.

Sie legte den Gedanken an Gert beiseite und ging zu Saschas Zimmer, am Ende des Ganges. Sie klopfte an die

Tür, ein trockenes Geräusch, das in dem engen Raum widerhallte. Sie wartete einen Moment, aber es kam keine Antwort. Nach ein paar Sekunden versuchte sie es erneut. „Sas?", rief sie fragend. „Sascha?"

Kein Mucks. Eline lauschte an der Tür, aber alles blieb still. Sie legte die Hand auf die Türklinke. Die Tür schwang sanft auf. Im Luftstrom, der zwischen der Tür und dem geöffneten Fenster aufkam, bauschte sich der Vorhang auf.

Saschas Bett war leer. Für einen Moment dachte Eline, ihre Freundin würde duschen, aber aus dem Badezimmer kam kein Geräusch. Die Tür war angelehnt, Eline spähte hinein. Keiner da. Das Badezimmer sah trocken und unbenutzt aus. Auf der Ablage am Frisiertisch lagen einige lose Sachen – ein Haargummi, eine Wimperntusche, einige unbenutzte Watterondellen. Saschas Zahnbürste, ihre Haarbürste direkt daneben.

Eline runzelte die Stirn, als sie sich im Raum umsah. Im Bett hatte jemand gelegen und es war unordentlich hergerichtet. Auf dem Nachttisch lag ein Ladegerät ohne Handy und ein Taschenbuch, bei dem irgendwo in der Mitte auf einer Seite ein Eselsohr war. Über einem Stuhl hingen Saschas Kleider, die sie gestern getragen hatte, auf dem Boden stand ihre dunkelbraune Handtasche. Eline zögerte, aber ließ das Ding unangetastet.

Sie sah sich noch einmal um, wusste aber nicht genau, wonach sie suchte. Schließlich drehte sie sich um und ging wieder auf den Korridor, mit einem leisen Klicken schloss sie die Tür hinter sich.

Als sie nach unten kam, waren Lydia und Gert nirgendwo zu sehen. Sie schaute zur Bar und zur Terrasse, aber dort waren sie auch nicht. Eine deutsche Frau winkte ihr zu, weil sie sich Bedienung wünschte. Eline rief rasch eine Kellnerin. Schließlich fand sie Gert und Lydia in der Küche: „Sie ist nicht da", sagte sie, ohne zu wissen, was sie mit dieser Information anfangen sollte. „Ihr Zimmer ist leer."

Lydia starrte sie an und Eline bekam das unangenehme Gefühl, dass sie ein Gespräch unterbrach. Sie wich Gerts Blick aus. Lydia schluckte und blinzelte. „Was meinst du damit?"

Eline zuckte die Achseln. „Sie ist nicht in ihrem Zimmer."

Lydia holte ihr Handy heraus. „Ich werde sie anrufen."

Sie brachte ihr Telefon ans Ohr, schüttelte aber schon bald den Kopf. „Mailbox."

„Vielleicht ist sie spazieren gegangen", sagte Eline. „Oder laufen."

Lydia nickte. „Das könnte sein." Und schaute erneut auf ihr Handy. „Ich werde trotzdem einen Tisch für das Mittagessen reservieren. Ich kann mir nicht vorstellen, dass Sascha nicht mitkommen möchte."

Eline schüttelte den Kopf. Sie folgte Lydia auf die Terrasse und beide setzten sich wieder an ihren Platz. Der Wind hatte inzwischen tatsächlich schon abgenommen.

Eine Kellnerin kam und brachte Tee, den sie tranken, während sie über neue Restaurants in der Gegend plauderten. Eine halbe Stunde später schaute Eline wieder auf ihr Handy, die ganze Zeit über fühlte sie diese innere Unruhe. „Sie ist jetzt aber schon sehr lange weg, findest du nicht?"

Lydia nickte. Sie rief Sascha wieder an, aber wieder bekam sie nur die Mailbox. Gert kam wieder vorbei.

„Noch immer keine Antwort?"

Eline und Lydia schütteln gleichzeitig den Kopf. Es waren inzwischen zwölf Stunden vergangen. Eline stand auf, ohne zu wissen, was sie nun tun sollte. „Ich weiß nicht, aber ich finde das sehr seltsam. Weshalb sollte sie sich einfach so in Luft auflösen?"

Diese Frage blieb unbeantwortet. Schließlich zuckte Lydia die Achseln. „Vielleicht war sie ja am Joggen und hat sich dabei verlaufen?"

„Dann kann sie uns doch anrufen, etwa nicht?"

„Leeres Handy?" Lydia ließ die Mundwinkel hängen. „Keine Ahnung, ich weiß es auch nicht."

„Sollen wir sie suchen gehen?", fragte Eline.

Gert zeigte auf den Beach Club. „Ich kann jetzt nicht weg, gleich ist es Zeit fürs Mittagessen."

Lydia stand auf. „Wir machen uns gemeinsam auf die Suche. Ich habe zwei Fahrräder."

Kurz darauf fuhren sie über den Pfad, der durch die Dünen führt. Wenn sich Eline nicht immer mehr Sorgen um Sascha gemacht hätte, hätte sie diese Fahrt sicherlich genossen. Es war kaum jemand unterwegs und, wie Lydia vorausgesagt hatte, der Wind ließ tatsächlich nach. Die Sonne hatte die Oberhand gewonnen und Eline musste anhalten, um ihre Jacke auszuziehen. Nach zwanzig Minuten zog sie wieder die Bremse und stieg ab. „Ich glaube nicht, dass wir sie hier finden werden."

Lydia hielt neben ihr an. „Nein", sagte sie und schüttelte den Kopf, „das glaube ich auch nicht."

Diese Erkenntnis ließ beide in Schweigen versinken. Keine von beiden wusste, was sie jetzt tun sollten. Lydia zog ihr Handy wieder heraus, aber die Tatsache, dass sie wieder die Mailbox bekam, war keineswegs überraschend.

„Und was nun?", fragte Lydia, aber Eline antwortete nicht. Ohne darüber zu diskutieren kehrten sie ihre Fahrräder um und fuhren zurück zum Beach Club. „Nichts?", fragte Gert, der die beiden hereinkommen sah.

Eline wusste nicht so recht, was sie davon halten sollte. Die logischste Erklärung war, dass Sascha sich verirrt hatte, aber so kompliziert waren das Wegnetz hier nun auch wieder nicht. Man kam immer wieder in ein Dorf, und wenn ihr das Handy tatsächlich ausgegangen war, konnte sie immer in ein Café gehen und Het Zout anrufen.

„Es gibt keine plausible Erklärung für Saschas plötzliches Verwinden", sagte Lydia. „Was hätte denn sonst noch passieren können?"

„Wann ist sie überhaupt weggegangen?", fragte Gert.

„Ich habe sie heute Morgen nicht gesehen", sagte Eline. „Und ich war gegen halb zehn unten, wenn ich mich nicht irre."

„Ich war gegen neun Uhr schwimmen", sagte Lydia. „Ich habe sie zu der Zeit auch nicht gesehen."

„Ich war etwas später da", sagte Gert. „Ich glaube, so gegen viertel nach neun."

„Also muss sie vor neun Uhr weggegangen sein", sagte Eline. Plötzlich kam ihr etwas in den Sinn. Sie schnappte sich ihr Handy und schaute nach, wann Sascha zuletzt auf WhatsApp online gewesen war. „Gestern Abend, halb zwölf", sagte sie, enttäuscht, dass sie damit nicht weiterkamen.

„Sie ist doch nach oben gegangen, oder?", fragte Gert. „Gestern Abend, meine ich?"

Lydia nickte. „Sie war bei uns. Du warst die ganze Zeit hier und hast sie nicht mehr gesehen, oder?"

Gert blickte flüchtig zu Eline, die ihren Blick senkte. „Nein", sagte er. „Hier war sie nicht."

„Ist ihr Auto da?", fragte Gert.

Eline runzelte die Stirn. Es war eine logische Frage und sie war überrascht, dass sie nicht selbst darauf gekommen war.

„Ich werde mal nachsehen", sagte Lydia.

„Und fehlt etwas in ihrem Zimmer?"

Eline schüttelte den Kopf. „Mir ist nichts aufgefallen, aber ich werde mich oben nochmal umsehen."

Als sie die Treppe hinaufging, überfiel sie die falsche Hoffnung, Sascha plötzlich in ihrem Zimmer vorzufinden. Dass sie Sascha vorher nicht gesehen hatte, obwohl der Raum nicht viel Platz zum Verstecken bot. Außerdem gab es keinen logischen Grund dafür, warum Sascha so etwas tun sollte.

Sie zögerte einen Moment, bevor sie den Raum betrat, ließ ihre Hand kurz auf der Türklinke ruhen. Dann drückte sie die Tür auf, mit einer Entschiedenheit, die sie sich selbst versuchte vorzuspielen. „Sascha?", sagte sie, als sie herein ging. „Bist du da?"

Keine Antwort, natürlich. Eline war wieder in dem Raum, in dem sich nichts geändert hatte. Das Fenster war noch offen, die Kleidung lag unordentlich auf dem Stuhl. Eline stand unentschlossen in der Mitte des Zimmers, ohne zu wissen, wo sie anfangen sollte.

Ihr Blick fiel auf etwas, das auf dem kleinen Tisch an der Wand lag. Der Tisch, auf dem Lydia eigens für ihre Ankunft einen Blumenstrauß hingestellt hatte. Sie ging dorthin und sah sich die Schlüssel an. Autoschlüssel, kein Zweifel. Es sollte keine Überraschung mehr sein, was Lydia gleich zu berichten hatte. Sie bückte sich und nahm Saschas Handtasche vom Boden. Es fühlte sich unnatürlich an, die Sachen ihrer Freundin zu durchwühlen.

Es fehlte nichts. Brieftasche, Tagebuch, ein Notizbuch,

weitere Schlüssel, die wie Hausschlüssel aussahen. Da war ein loser Beutel drin. Eline öffnete den Reißverschluss und fand einen Streifen Paracetamol, einen Lippenstift, einige Tampons, nichts Ungewöhnliches. Sie legte die Sachen zurück. Dann durchsuchte sie die Garderobe. Sascha hatte ihren Wochenendkoffer ausgepackt und ihre Kleidung ordentlich in den Schrank gelegt. Das erste, was Eline auffiel, war ein knallrosafarbenes T-Shirt. Sie ließ ihren Finger über den glatten Stoff gleiten und schaute dann auf die darunter liegende Hose. Unten im Schrank lagen die Schuhe, die das Outfit komplettierten.

Sascha war nicht joggen gegangen.

Eine Bewegung hinter ihr schreckte sie auf. „Irgendwas Besonderes?", fragte Lydia. Der Ausdruck in ihrem Gesicht gab Anlass zur Sorge.

Eline schüttelte den Kopf. „Ihr Wagen steht da."

„Ich weiß, ich habe die Schlüssel gefunden." Sie nickte in Richtung des Tisches und Lydia folgte ihrem Blick. Ihre Freundin ging dorthin und schaute auf die Schlüssel, als wären sie etwas ganz Besonderes. Sie ließ sie durch ihre Finger gleiten und schaute dabei nachdenklich.

„Ist sie schwimmen gegangen?", fragte sie, aber Eline hielt Saschas hellrosa Badeanzug hoch.

„Vielleicht hatte sie zwei bei sich", sagte Lydia, und Eline nickte, aber als sie darüber nachdachte, kam sie zum Schluss, dass sie Sascha in drei Tagen nur in einem Badeanzug gesehen hatte. Alles war möglich. Nur schon der Gedanke, dass Sascha schwimmen gegangen und nicht zurückgekommen war, bereitete ihr ein mulmiges Gefühl.

Eline schloss die Schranktüren und drehte sich um ihre Achse. Sie ging zum Nachttisch und blätterte ziellos durch das Taschenbuch. Sie hob das Ladegerät hoch, als wäre der gesuchte Hinweis darunter versteckt. Alles Handlungen, um sich zu beschäftigen, um nicht stillstehen zu müssen. Denn wenn sie stillstehen würde... Ja, was dann?

Schließlich kam es doch so weit. Sie stand mit dem Rücken zum Fenster und sah Lydia an, die in der Tür des Badezimmers stand. „Und jetzt?", fragte Eline. Lydia atmete tief durch.

„Ich denke, wir sollten die Polizei rufen", sagte Lydia schließlich, und obwohl dieser Gedanke Eline bereits durch den Kopf gegangen war, ließ er sie erschaudern.

Sie gingen nach unten. Irgendetwas in Eline sträubte sich gegen einen Anruf bei der Polizei. Durch so einen Anruf würde der Umstand, dass Sascha etwas zugestoßen sein könnte, zur möglichen Realität und dann könnte sich Eline die Wirklichkeit nicht mehr schöndenken.

„Ja", sagte Gert und nickte, als Lydia erzählte, was sie vorhatten. „Das wäre wohl das Beste."

Der Anruf war eine banale Angelegenheit. Lydias Stimme war ruhig, sie beantwortete eine Menge Fragen und legte dann wieder auf. „Sie wollen abwarten aber dennoch nach ihr Ausschau halten", sagte sie.

„Und das war's dann?", fragte Eline, ihr Herz pochte doppelt so schnell wie sonst. „Es sieht ihr wirklich nicht ähnlich, einfach zu verschwinden, das müssen die doch begreifen, oder?"

„Sie sagen, dass sie bei Erwachsenen immer erst etwas zuwarten, sie ist erst seit wenigen Stunden weg."

„Das wissen wir nicht", sagte Eline. „Sie könnte seit gestern Abend weg sein. Es könnte..." Sie hob die Hände. „Es könnte alles Mögliche passiert sein."

Lydia nickte, obwohl sie sich eher mit den Worten der Polizei abfinden konnte. „Sie sagen, dass die meisten Erwachsenen, die verschwinden, von selbst wieder auftauchen. Dass es zahlreiche Gründe gibt, warum jemand verschwinden kann und dass man überrascht wäre, wenn man wüsste, wie oft dies der Fall sei. Aber wenn wir Anzeichen haben, dass ihr etwas zugestoßen sein könnte, dann sollten wir auf jeden Fall Kontakt mit ihnen aufnehmen."

„Die haben wir doch", sagte Eline und schob eigenwillig ihr Kinn nach vorne. „Nämlich die Tatsache, dass das nicht ihr Stil ist."

„Sie suchen wirklich nach einem konkreten Anhaltspunkt", sagte Lydia mit einer kurzen Schulterbewegung. „Ich weiß auch nicht genau wonach."

Gert tauchte hinter ihnen auf. „Und?", fragte er. Er machte die gleiche besorgte Mine wie Eline.

„Werden sie nach ihr suchen?"

„Sie werden Ausschau nach ihr halten", sagte Lydia. „Und wir müssen weiterhin abwarten."

„Was bedeutet das, sie werden Ausschau nach ihr halten?"

„Sie haben in ihr System eingegeben, dass wir nach ihr suchen, damit die Überwachungsdienste sensibilisiert werden."

„Haben sie ihr Bild?"

Lydia nickte. „Die Dame am Telefon hat eines auf Facebook gefunden, währenddem wir miteinander telefoniert hatten."

„Und was können wir in der Zwischenzeit tun?", fragte Eline.

Lydia seufzte. „Ich fürchte, nur abwarten."

„Dafür bin ich zu nervös. Sollen wir in den Dünen nachsehen?"

„Oder am Strand", sagte Gert. „Vielleicht ist sie doch schwimmen gegangen?"

Eline musste einige Male leer schlucken. Irgendwie wollte sie nicht an diese Möglichkeit denken, sie wollte die Wahrscheinlichkeit ausschließen, dass Sascha tatsächlich ins Wasser gegangen war. Es war so ziemlich das erste gewesen, woran sie heute Morgen gedacht hatte: das Meer war heute ungewöhnlich wild.

„Wann wird die Polizei dann endlich einschreiten?", fragte Gert.

Lydia dachte einen Moment lang nach. „Sie sagte, dass sie nach 24 Stunden hochskalieren werden. Ich weiß nicht genau, was sie damit meinen. Ob sie dann drei oder 30 Polizisten einsetzen werden."

Eline kniff die Augen zusammen. Vierundzwanzig Stunden schienen ihr eine unüberwindbare Zeitspanne zu sein. Sie konnte sich nicht vorstellen, dass Sascha bis dahin nicht zurück sein würde, und falls doch, dann hatte sie trotzdem keine Ahnung, wie sie diese Zeit überstehen sollte.

„Vierundzwanzig Stunden ab wann?", fragte Gert. „Nachdem wir sie gestern Abend das letzte Mal gesehen haben?"

„Ich weiß nicht so recht. Sie sagte nur: Vierundzwanzig Stunden."

„Seit gestern Abend." Gert klang entschlossen. „Von dem Moment an, als Sascha zu Bett ging, wissen wir nicht, was mit ihr passiert ist. Sie kann ebenso gut dann schon das Haus verlassen haben."

Eline fiel es schwer, sich einen Grund auszudenken, warum Sascha das tun sollte. Aber andererseits: Die ganze Situation war ohnehin schon so absurd, dass sich die Frage stellte, wie viel Sinn es machte, jetzt logisch zu denken.

„Ihre Eltern", sagte sie aus einer Laune heraus. „Vielleicht hat sie ihre Eltern besucht und vergessen, es uns zu sagen. Schließlich sieht sie sie nicht so oft, da sie so weit weg wohnt." Für einen Moment sah sie die Hoffnung in Lydias Augen aufflammen, aber nahezu sofort spürte sie dieselbe Zurückhaltung wie Lydia. Wäre sie nach Middelburg gefahren, hätte Sascha ihr Auto benutzt. Und würde an ihr Handy rangehen.

„Ihr Handy geht auch direkt auf die Mailbox", sagte Lydia, die offenbar den gleichen Gedanken hatte. „Es klingelt überhaupt nicht, als wäre es ausgeschaltet."

„Oder sie ist in einem Funkloch."

Lydia zuckte kurz die Achseln. „Das wäre auch noch möglich."

„Ich kann Steven anrufen", sagte Gert gedankenversunken. „Es kann nicht schaden, dass noch jemand Ausschau nach ihr hält."

„Wer ist Steven?"

„Ein Freund von mir bei der Rettungsbrigade. Vielleicht ist er heute am Strand oder er könnte seine Kollegen um diesen Gefallen bitten."

Eline begann zu nicken. „Das ist eine gute Idee. Die ganze Küste wird von der Rettungsbrigade bewacht, richtig? Wenn Sascha irgendwo am Strand ist, dann werden sie sie sehen."

„Nicht die ganze Küste", mäßigte Gert ihre Erwartungen ein wenig, während er sein Handy nach der Nummer durchsuchte. „Der Strand ist so weitläufig, dass es unmöglich wäre, alles von der Rettungsbrigade bewachen zu lassen. Aber hier um Zoutelande herum ist der größte Teil des

Strandes tatsächlich bewacht. Hallo, Steven!" Das galt der Person am anderen Ende der Leitung. Gert tauschte einige kleine Höflichkeiten aus und kam dann direkt zur Sache. Während er am Telefon war, gestikulierte er Lydia, dass sie ihm ein Bild von Sascha schicken sollte. „Okay, Steven, es kommt gleich", sagte er. „Halte mich auf dem Laufenden." Gert bedankte sich bei seinem Freund und legte auf. Sofort öffnete er WhatsApp und schickte das Foto. Dann sah er Lydia und dann Eline an. „Steven arbeitet heute am Strand und wird nach ihr suchen. Er wird ihr Bild auch an alle heute anwesenden Strandwärter schicken. Wenn sie sich dort aufhält, werden sie sie bestimmt finden."

Eline nickte. Die Hoffnung, die sie vorher gefühlt hatte, ebbte schnell wieder weg. Wenn Sascha irgendwo am Strand spazieren ging, musste sie betrunken sein, sollte sie den Weg zurück nicht selbst finden. Sie war kein verirrtes Kind.

„Vielleicht sollte ich ihre Eltern anrufen", sagte Eline, ohne genau zu wissen, was sie damit bezwecken wollte.

Lydia verzog den Mund. „Ich glaube nicht, dass sie dort ist. Dann hätte sie sicher den Wagen genommen, oder aber eines unserer Fahrräder." Sie schaute auf die Uhr. Eline wusste nicht mehr, wie spät es war, ihr Zeitgefühl begann zu verblassen. „Ein Uhr", sagte Lydia, als könnte sie Elines Gedanken lesen. „Selbst wenn sie nach Middelburg oder sonst wohin gegangen wäre, wäre sie jetzt schon längst wieder zu Hause."

Eline nickte langsam. Es gab zu viel Unlogisches, um diesen Gedankengang auf irgendeine Weise plausibel werden zu lassen, und doch konnte sie ihn nicht loslassen. Irgendwie fühlte es sich an wie der letzte Strohhalm, an dem man sich festhalten konnte. Denn wenn Sascha nicht von sich aus weggegangen war, ohne zu sagen wohin, musste sie sich eine ganze Reihe von möglichen Ereignissen erschließen, über die sie gar nicht nachdenken wollte.

Anscheinend erging es Lydia auch so. Sie atmete tief ein, was etwas zittrig klang. „Die Polizei sagte, dass die meisten Leute wirklich von selbst wieder auftauchen", sagte sie mit einer Stimme, die viel weniger hoffnungsvoll klang als die Worte selbst. „Es gibt sicher eine logische Erklärung, die uns noch nicht eingefallen ist. Alles wird gut."

Eline sah sie an, senkte dann aber den Blick. In ihrem Geist klammerte sie sich an diese Möglichkeit, währenddem sie das Gefühl hatte, den Boden unter den Füssen zu verlieren.

7

„SUZANNE DE NOOIJER."

Am anderen Ende der Leitung war es für einen Moment still. Suzanne kniff die Augen zusammen und versuchte zu hören, ob da jemand dran war. „Hallo?"

„Hallo, hier ist Walter."

Obwohl er seinen Nachnamen nicht nannte, wusste sie gleich, wer der Anrufer war. „Hallo Walter."

„Ich habe mich gefragt..." Er zögerte. „Entschuldige die Störung. Ich frage mich nur, ob der Inspektor Zeit hatte, sich anzusehen, was ich dir gegeben habe."

Mit ihrem Bleistift zeichnete Suzanne einen Kreis um den Namen, den sie heute Morgen auf ihr Notizbuch geschrieben hatte. „Ich wollte dich schon anrufen", sagte sie wahrheitsgemäß, obwohl es sich jetzt so anhörte, als hätte sie es glatt vergessen. „Er hat es sich zwar angeschaut, sieht aber keine Anzeichen für eine Wiederaufnahme der Untersuchung."

Auch ohne Worte war die Enttäuschung am anderen Ende der Leitung hörbar. „Oh", sagte Walter nach ein paar Sekunden. „Weißt du auch, warum nicht?"

Suzanne nahm sich einen Moment Zeit, um ihre Worte richtig zu formulieren. Sie hatte persönlich mit dem Inspektor gesprochen und er hatte es ihr logisch erklärt. Alles deutete in diesem Fall auf einen Unfall hin und der Flyer war nicht spezifisch genug, um darin einen Anhaltspunkt zu sehen, der auf einen anderen Verlauf der Dinge schließen ließ. Natürlich mussten in jeder Untersuchung alle Facetten beleuchtet werden, der Tunnelblick war der größte Feind guter Ermittlungsarbeit. Aber ein Flyer eines großen und beliebten Beach Clubs mit einer Telefonnummer drauf, das war nicht aussagekräftig genug. Die Begründung, dass dies doch etwas mit Hildes Tod zu tun haben könnte, hielt nur dann stand, wenn es mehrere Hinweise in dieser Richtung gab. Und die gab es nicht. Hilde und Walter hatten zweimal in Het Zout gegessen, hatten aber sonst nichts mit dem Lokal zu tun. Die Telefonnummer tauchte im weiteren Verlauf der Untersuchung nicht mehr auf. Und obwohl Hildes Telefon verschwunden war, wurde ihre Anrufliste über den Provider abgerufen. Es gab keine Möglichkeit, den Benutzer der Nummer auf dem Flyer zu finden. Sie gehörte zu einer Prepaid-Karte und konnte nicht zurückverfolgt werden.

Sie versuchte Walter diese Worte, so gut es ging, in einer kleinen Zusammenfassung zu übermitteln. Seine Antwort war ein gedämpftes Gemurmel, das stets leiser wurde. Suzanne hätte liebend gern bessere Neuigkeiten für ihn gehabt, etwas, dass ihn weiterbringen würde. Etwas, das es ihm irgendwie ermöglichte, den Tod seiner Freundin zu verarbeiten.

„Es tut mir leid", sagte sie aufrichtig und fühlte, dass sie ihm im Grunde genommen die ganze Zeit nichts Besseres bieten konnte als ihr Bedauern. „Ich kann dir nicht weiterhelfen."

„Ich verstehe", sagte Walter. „Danke für deine Mühe." Ohne sich zu verabschieden legte er auf. Suzanne legte mit einem leisen Klick den Hörer wieder auf die Gabel. Sie weckte ihren Computer aus dem Ruhezustand, starrte aber einen Moment lang auf den Bildschirm, ohne etwas darauf wahrzunehmen. Wenn man bei der Polizei arbeitet, muss man sich einen kleinen Panzer zulegen. Es gab keine andere Möglichkeit. Hätte sie das nicht getan, wäre sie nach dem ersten Fall – vielleicht nach dem zweiten – emotional übergelaufen. Dann könnte man nicht mehr loslassen, all das Leid würde direkt auf einen einwirken. Man könnte die Arbeit nicht mehr fortsetzen. Das Abschalten von Gefühlen war weder möglich noch notwendig, aber man musste einen Weg finden, nicht all das Leid, dem man begegnet, an sich heranzulassen. Auch Suzanne hatte es geschafft, einen solchen Modus zu finden, doch manchmal war der Panzer durchlässig. So ähnlich ging das mit der Traurigkeit und Verzweiflung von Walter Mertens.

Sie schloss für einen Moment die Augen und atmete ein paar Mal tief durch. Als sie die Augen wieder öffnete, konzentrierte sie sich auf ihren Computerbildschirm. Sie wollte Summ-IT öffnen und sich wieder auf den Fall konzentrieren, an dem sie gerade arbeitete, als ihr Blick auf eine andere Nachricht fiel. Auf einem quadratischen Foto lächelte eine junge Frau sie an, daneben stand in großen Buchstaben:

VERMISST. Suzanne öffnete die Meldung, sie war vor einer Dreiviertelstunde verschickt worden. Die Polizei war von Freunden der dreiunddreißigjährigen Sascha van der Horst informiert worden, die seit dem Aufwachen heute Morgen verschwunden war. Es bestehe der Verdacht, dass sie spazieren gegangen sei oder Sport getrieben habe, aber es sei auch möglich, dass sie letzte Nacht verschwunden sei, weil niemand sie seit Mitternacht mehr gesehen hatte. Alle Beamten auf der Straße wurden gebeten, nach ihr Ausschau zu halten, aber vorerst wurde eine abwartende Haltung eingenommen. Das überraschte Suzanne nicht, alles lief genau nach Vorschrift.

Sie hatte die Meldung zweimal gelesen. Es gab keine weiteren Details, außer den üblichen Angaben wie Größe, Körperbau und Haarfarbe. Keine psychischen Probleme, nicht „überspannt", wie dies immer vage umschrieben wurde. Kein einziger Grund und keine Erklärung. Einfach so, puff, verschwunden. Suzanne spitzte die Lippen, während ihr sofort alle möglichen Szenarien durch den Kopf gingen. Sie zwang ihre eigenen Gedanken, innezuhalten. Das war kein Fall für die Kripo.

Draußen hörte sie, wie ein Wagen mit Blaulicht wegfuhr. Sie konzentrierte sich wieder auf den Fall, an dem sie arbeitete, aber irgendwie ging ihr das Foto nicht aus dem Kopf. Sie wusste nicht warum, aber sie hatte ein komisches Gefühl dabei. Vielleicht war es wegen Walters Telefonat. Hildes Unfall war wieder allgegenwärtig.

„Kaffee?", fragte Arend, der schon mit einem Bein das Büro verlassen hatte. „Tee?"

„Tee", sagte Suzanne, obwohl sie eigentlich dringend eine Tasse Kaffee brauchte. Aber sie hatte im Internet gelesen, dass Koffein den Schlafrhythmus zu jeder Tageszeit beeinflussen kann, auch wenn man es am frühen Nachmittag trinkt. Deshalb hatte sie beschlossen, sich nur zwei Tassen Kaffee am Tag zu gönnen, jeweils vor zehn Uhr morgens. Heute war der zweite Tag und sie war mindestens zehnmal kurz davor gewesen, aufzugeben.

Arend nickte und ging weg, um innerhalb einer Minute mit zwei dampfenden Tassen zurückzukehren. Suzanne atmete den Geruch ein, der aus seiner Tasse kam als er wieder wegging und hängte dann einen Beutel grünen Tee in ihr Wasser.

In dem Moment klingelte das Telefon.

„De Nooijer", sagte sie, als sie aufgrund des Klingeltons hörte, dass es eine interne Leitung war.

Die Stimme des Inspektors klang etwas gehetzt. „Hier Haanstra. Teambesprechung im Konferenzraum zwei."

„Bin schon unterwegs." Suzanne stellte keine weiteren Fragen, sondern legte auf und schnappte sich ihr Handy und einen Notizblock. Sie war sich ziemlich sicher, dass es dabei nicht um die Einbruchswelle ging.

***

Es gab Kaffee ohne Ende. Jetzt stand schon wieder eine neue Tasse vor ihr. Eline betrachtete sie und fühlte eine gewisse Übelkeit in ihr aufkommen. Ihre Hände zitterten, vielleicht wegen des Überflusses an Koffein, vielleicht aus Sorge, die sie jetzt in allen Fasern ihres Körpers spürte. Gestern hatte sie am Strand eine Mutter gesehen, die durch eine Uhr am Handgelenk ihres Kindes ständig sehen konnte, wo sich der Junge befindet. Warum trägt nicht jeder standardmäßig so ein Ding? Oder ein Chip im Arm? Wie konnte jemand einfach so spurlos verschwinden?

Eline hatte schließlich Saschas Eltern angerufen. Dort war sie auch nicht. Um sie nicht zu beunruhigen, sagte Eline schnell, dass es sich um eine Fehlkommunikation handeln müsse, weiter nichts. Sie hoffte, dass Saschas Familie sich höchstens flüchtig fragen würde, was dieser seltsame Anruf den zu bedeuten hatte – sie könnten denken, dass Eline ein wenig verwirrt war – aber sie fürchtete, dass sie sie ziemlich beunruhigt hatte. Der Anruf erfolgte vor einer Dreiviertelstunde und Eline erwartete jeden Moment ihren Rückruf mit der Frage, ob Sascha wieder bei ihnen sei.

Sie guckte in ihr Handy. Es war jetzt kurz nach halb drei, Stunden, seit Sascha verschwunden war, obwohl sie immer noch nicht genau wusste, wie viele Stunden.

„Wir hätten ein Kamerasystem installieren sollen", sagte Gert, eine Bemerkung, auf die Lydia und Eline nicht eingingen.

In Gedanken suchte Eline fieberhaft nach etwas, was sie noch tun konnten. Lydia und sie waren schon dreimal durch die Dünen geradelt, sie hatten sich im Dorf umgehört, sie waren über den Strand gelaufen. Lydia hatte wieder die Polizei angerufen, aber dort hatte man ihr gesagt, dass es keinen Grund gäbe, die Strategie zu ändern. Allerdings hatten sie versprochen, dass die Polizei jetzt auch in Saschas Wohnort nach ihr suchen würde. Eline hatte es regungslos mitangehört. Sie erwartete nicht im Geringsten, dass dies zu etwas führen würde. Als ob Sascha heimlich mit öffentlichen Verkehrsmitteln nach Hause fahren würde.

Ob es einen Streit gegeben hätte, hatte die Polizei gefragt. Lydia hatte die Frage verneint, die anschließend auch Gert und Eline gestellt wurde. Auch Eline hatte den Kopf geschüttelt, Gert hatte gesagt, er habe Sascha nicht mehr gesehen, seit sie zu Bett gegangen war. Es gab keinen Grund zur Annahme, dass dies nicht der Wahrheit entsprach und doch begann Eline ein angsterfülltes Misstrauen zu empfinden. Stimmt es, was Gert sagte? Stimmt es, was Lydia sagte? Oder war Sascha diejenige, die etwas verheimlichte?

Sie atmete ein paar Mal tief durch, aber die Beklemmung, die langsam von ihr Besitz ergriff, verschwand nicht. Sie ging hinaus, um frische Luft in ihre Lungen zu lassen. Der Wind, der zuvor an Stärke verloren hatte, begann wieder zuzunehmen. Eline setzte sich absichtlich nicht hinter eine Windschutzwand. Stattdessen stand sie am Eingang zur Terrasse und ließ den Wind durch ihr Haar wehen. Die Beklemmung verschwand nicht.

„Habt ihr sie schon gefunden?"

Eline schaute um sich. Ein unbekannter Mann ihres Alters war hinter ihr aufgetaucht. Im Dorf machte es langsam die Runde, dass jemand vermisst wurde. „In einem Dorf kann man nichts verheimlichen", hatte Lydia gesagt, und außerdem hatten sie selbst Leute auf der Hauptstraße deswegen angesprochen. Sie schüttelte den Kopf. „Noch nicht."

Der Mann nickte ein paar Mal. Er schien etwas sagen zu wollen, aber dann schloss er wieder den Mund. Um seine Verlegenheit zu überspielen, nahm er seine Kappe vom Kopf und setzte sie wieder auf. Wegen seiner Sonnenbrille konnte Eline die Farbe seiner Augen nicht sehen.

„Woher wissen Sie, dass hier jemand vermisst wird?", fragte sie, obwohl sie die Antwort erraten konnte.

Der Mann zögerte einen Moment. „Ich habe im Dorf etwas aufgeschnappt. Ihr habt nach ihr gefragt und ich habe das Mädchen aus Het Zout erkannt. Ich dachte: Vielleicht kann ich behilflich sein? Bei der Suche?"

Kurz zuvor hatte Gert gehört, dass die Rettungsbrigade eine aktive Suche plant. „Der Posten der Rettungsbrigade liegt ein Stück weiter weg, in diese Richtung", sagte sie und gestikulierte mit der Hand. „Vielleicht könnten Sie sich ihr anschließen?"

Der Mann nickte. „Das ist eine gute Idee, danke." Er nickte, um sich zu verabschieden. Eline streckte ihre Hand aus.

„Ich bin übrigens Eline."

„Walter."

Im nächsten Moment drehte er sich um und verschwand. Eline schaute nach ihm, aber sofort wurde ihre Aufmerksamkeit durch Gert abgelenkt, der mit dem Fernglas neben ihr erschien. Lydia folgte ihm dicht auf den Fersen. Gert spähte angespannt durch das Fernglas.

„Dort ist irgendetwas los." Gert nahm das Fernglas wieder herunter und kniff seine Augen zusammen, als ob er es so genauer sehen könnte. Er hielt seinen Blick fest auf etwas gerichtet, das er in der Ferne wahrnahm. Eline folgte seinem Blick. Da das Wetter immer noch schön war, gingen mehrere Wanderer am Strand spazieren. Deshalb sah sie zunächst nicht, wohin Gert genau schaute.

„Da", sagte Gert, und dann sah Eline es. Da war eine Menschengruppe, die am Meeresstrand stand.

„Was siehst du?", fragte Lydia. „Lass mich mal sehen!"

Sie nahm Gert das Fernglas aus der Hand und hielt es an die Augen. „Ich kann es nicht richtig sehen", sagte sie und sie stellte es scharf. Als sie das Ding wieder an die Augen hielt, schüttelte sie den Kopf. „Es wird nicht besser."

Eline starrte angespannt auf die Gruppe. Es kamen noch

mehr Leute hinzu, aus dieser Entfernung konnte sie nicht sehen, was für Kleidung sie trugen. Waren es Gaffer? Trugen sie Uniformen? Es könnte natürlich auch nur eine Wandergruppe sein, ein Klub. Es gab Dutzende von Erklärungen, die ihr quer durch den Kopf schossen. Auch logische Erklärungen, dass dort gar nichts passiert ist. Das war durchaus möglich. Nichtsdestotrotz fühlte sie, wie ihr Herz schneller schlug.

„Ich glaube, ich sehe einen Wagen der Rettungsbrigade", sagte Gert. Er nahm sein Handy aus der Hosentasche. „Ich werde Steven anrufen." Er brachte das Handy ans Ohr, schüttelte aber nach einer Weile den Kopf. „Mailbox."

„Die Polizei ist auch vor Ort", sagte Lydia mit flüsternder Stimme. Angespannt sah sie durch das Fernglas. „Sie grenzen etwas ab, ich sehe ein Band."

In dem Moment begann Gerts Telefon zu klingeln. „Steven", sagte er, als er sah, wer der Anrufer war. Eline hielt angespannt den Atem an. Plötzlich war sie sich sicher, dass hier etwas nicht stimmte. Als käme ein Instinkt auf, etwas, das tief aus ihrem Inneren kam und stärker war als sie selbst.

Sie wollte noch nicht an so etwas denken. Sie wollte überhaupt nichts denken. Aber umso mehr sie sich bemühte, diese Gedanken zu unterdrücken, desto wilder gingen sie ihr durch den Kopf. Ein Schwimmer in Not, ein an Land gespültes Tier, Indizien für einen ungelösten Fall – wenn sie sich anstrengte, konnte sie gleichzeitig an hundert verschiedene Sachen denken, die an Land gespült wurden. Oder vielleicht wurde auch nichts an Land gespült, aber wurde etwas als gefährliche Situation eingestuft, die die Rettungsbrigade beheben wollte, bevor es zu Unfällen kam.

„Okay", sagte Gert, und dann wieder und wieder. „Ja. Okay."

Dann legte er auf. „Und?", fragte Lydia. „Was hat er gesagt?"

Gert gab ihr keine Antwort. Er starrte vor sich hin, schob sich die Sonnenbrille ins Haar. Dann strich er mit der Hand übers Gesicht. „Ich äh..."

„Was?", fragte Lydia wieder, während Eline den Atem anhielt.

„Es wurde etwas an Land gespült", sagte Gert, so leise, dass Eline Schwierigkeiten hatte, ihn zu verstehen. Die Niedergeschlagenheit stand ihm ins Gesicht geschrieben, er atmetet stockend.

„Und was heißt das jetzt im Klartext?", fragte Lydia. Ihre Stimme ging am Ende der Frage so weit nach oben, dass das letzte Wort in einer Art Quietschen stecken blieb. „An Land gespült? Was denn? Gert, was denn?"

Die Fragen, die Lydia ihm stellte, schossen auch Eline durch den Kopf. Sie bereitete sich auf die Antwort vor, oder baute sie Widerstand dagegen auf?

Als die Antwort kam, war es, als würde ihr das Blut in den Adern gefrieren. Ein eiskalter Strom floss durch ihre Adern, der ihr sofort den Atem verschlug. Es fühlt sich an wie die kurzen, pochenden Kopfschmerzen, wenn man einen Schluck eines zu kalten Getränks nimmt, die sich nun in jeder Faser ihres Körpers ausbreiteten. Für einen Augenblick lähmte dieses Gefühl ihre Denkfähigkeit, das einzige, was sie wusste, war, dass es besser war nicht zu denken, als die Worte an sich herankommen zu lassen.

„Eine Leiche." Lydia wiederholte das, was Gert gerade gesagt hatte. Die Worte kamen wie Luft aus ihrem Mund, wie ein bedeutungsloser Atemzug, wie eine Bombe unter allem in Elines Leben, die explodierte. Ihr Körper, ihr Gehirn, ihre Seele – alles bebte und erzitterte und schien in sich zusammenzufallen. Sie wollte die Zeit eine halbe Minute, eine Minute zurückdrehen, als diese Worte noch unausgesprochen und noch nicht wahr waren. Es fühlte sich ungerecht an, unehrlich, unkorrekt – das war einfach nicht möglich. Das hier sollte überhaupt nicht geschehen. Die Hoffnung war das Letzte, was sie hatte, das durfte ihr niemand nehmen. Verzweifelt versuchte sie sich an der Vergangenheit festzuhalten, sie wollte zurückholen, was sie verloren hatte: die Möglichkeit, dass all dies auf einem großen Missverständnis beruhte.

Das war immer noch möglich, dachte sie, während sie nach Luft schnappte. Zurzeit war noch nichts sicher, nichts verloren. Während sie mit aller Kraft versuchte, ihr Gehirn in diese Richtung zu lenken, fühlte sie irgendwie die Hoffnung zurückkehren. Okay, es wurde eine Leiche an Land gespült. Das war Zeeland. Leute ertrinken. Es ist schon so häufig vorgekommen. Oder, na ja, nicht so oft, aber oft genug, um einen gewissen Grad an Zufall einkalkulieren zu können. Wurden nicht noch mehr Personen vermisst? Schon eine ganze Weile? Wurde nicht eine von ihnen an Land gespült? Welches Land lag auf der anderen Seite? England? Es könnte auch jemand aus England sein. Das war möglich. Es gab immer eine starke Strömung.

Sie schloss die Augen, als ob sie dadurch alle möglichen Argumente ausblenden konnte. Zum Beispiel, dass die Strömung eine Leiche ziemlich schnell wieder an den Strand tragen würde. Einige hundert Meter oder sogar einen Kilometer oder mehr in die andere Richtung, aber nicht auf die andere Seite des Meeres.

„Ich muss dorthin", sagte Gert.

„Ist es ein Mann oder eine Frau?", fragte Eline.

„Ich weiß es nicht." Gert schüttelte den Kopf. „Steven sagte, dass ein Spaziergänger etwas in der Brandung liegen gesehen hat und dass die Rettungsbrigade gerufen wurde, um sich einen Überblick zu verschaffen. Als sie sahen, dass es eine Leiche war, wurde die Polizei gerufen. Sie holen sie jetzt aus dem Wasser."

„Ist es Sascha?", fragte Eline mit einer Stimme, die klang, als wäre es nicht ihre. Weder Gert noch Lydia antworteten. Stattdessen ging Gert die Stufen hinunter, von der Terrasse zum Strand. Er begann in Richtung des Tumultes zu rennen. Ohne weiter darüber nachzudenken folgte Eline ihm. Als sie sich umsah, bemerkte sie, dass auch Lydia ihr nachlief. Sie rannte an Gert vorbei, der wiederum sein Tempo erhöhte.

Es war ein weiterer Weg, als Eline gedacht hatte, und als sie das Band erreichte, war sie ziemlich außer Atem.

„Bitte zurücktreten", rief ein junger Polizist, der offenbar mit der Aufgabe betraut war, die Absperrung zu bewachen. Das rot-weiße Band flatterte im Wind. Eline trat einen Schritt zurück, aber Gert ging einfach weiter. „Ich muss da durch", sagte er. „Eine Freundin von uns wird vermisst und..." Er schluckte ein paar Mal. „Es könnte sich dabei um sie handeln."

„Im Moment können wir nur die Polizei zulassen", sagte der Beamte förmlich. „Haben Sie eine Vermisstenanzeige aufgegeben?"

„Wir haben es der Polizei gemeldet."

„Falls es weitere Neuigkeiten gibt, werden sich meine Kollegen bei ihnen melden."

„Aber ich muss sie sehen. Ich muss wissen, ob sie es ist." Eline hatte das Gefühl, dass das Gespräch, das Gert gerade geführt hat, von ihr selbst hätte geführt werden müssen.

Stattdessen stand sie wie angewurzelt da, ohne ein Wort zu sagen.

Sie schaute am Polizisten vorbei. Der gesicherte Tatort war weitflächig; der Ort, an dem sich weitere Polizisten versammelt hatten, war mindestens hundert Meter davon entfernt. Um das Band versammelten sich immer mehr Schaulustige, die aufgeregt flüsterten.

„Sie sagen, es handle sich um eine Frau", hörte Eline jemanden flüstern, aber sie blockierte ihre eigenen Gedanken. Nichts war sicher, die Leute reden halt.

Es kamen noch mehr Leute hinzu. Ein weiterer Pickup der Rettungsbrigade hielt kurz vor dem Band an. Fünf Leute stiegen aus, einer in der Uniform der Brigade, die anderen vier – zwei Männer, zwei Frauen – in dunkelblauen Windjacken. Als sie sich umdrehten, fiel Elines Blick auf das Wort POLIZEI auf der Rückseite der Jacken. Das Band wurde hochgehalten, die vier tauchten unter dem Band durch und gingen zielstrebig auf die uniformierten Polizisten zu, die sich am Meer versammelt hatten. Es musste Wasser in ihre Schuhe laufen, so tief standen sie im Meer drin. Sie bückten sich, aber es waren zu viele Leute da, die Eline die Sicht versperrten. Zwei Männer kamen mit einer schwarzen Schutzwand herbei und dann sah sie überhaupt nichts mehr.

„Und jetzt?", fragte sie Lydia atemlos. „Was sollen wir jetzt machen?"

Lydia schüttelte kurz den Kopf, gab aber keine Antwort.

Ab und an hörte Eline die Vermutungen der Leute, die in ihrer Nähe standen, aber keine davon schien auf tatsächlichen Informationen zu beruhen. Sie versuchte, die Aufmerksamkeit eines jungen Polizisten auf sich zu ziehen, der die Absperrung beaufsichtigte, aber er konnte oder wollte ihr nicht helfen.

Das Warten dauerte lange, Minuten vergingen wie Stunden. Eline schaute ständig auf ihr Handy. Fünf Minuten, zehn, fünfzehn – bei der schwarzen Sichtschutzwand war ein reges Kommen und Gehen. Ein weiteres Auto fuhr herbei, der Wagen der Rettungsbrigade wieder weg. Das Band wurde zur Seite gelegt, um einen schwarzen Pickup durchzulassen. Flüstern ging durch die Menge. Eline hat das Wort „Leichensack" und „Leichenschauhaus" aufgeschnappt. Ihr drehte sich der Magen um. Sie wollte nicht hier sein. Das alles hier ging sie überhaupt nichts an, hatte nichts mit ihr zu tun. Das Gefühl, dass sie zufällig auf ein Filmset gestoßen war, beherrschte alles. Der ältere Mann dort, mit dem weißen Hemd, das ihm über dem Bauch spannte, das musste der Regisseur sein. Männer und Frauen – es kamen stets mehr dazu – gingen als Schauspieler verkleidet durch die Gegend, alle mit ihren eigenen Rollen und Drehbüchern. Und dann ihre Texte, es wurden viele Dialoge geführt, nur konnte Eline sie nicht verstehen, da sie zu weit von ihr entfernt waren. Im Funkgerät des Polizisten am Band rauschte es. Er nahm es aus der Halterung an der Taille und gab eine kurze Antwort. Wieder erklang eine Stimme auf der anderen Seite. Der Polizist runzelte die Stirn und sah sich um. Eline versuchte, dem Gespräch zu folgen, was fehlschlug. Eine Frau in Jeans und heller Bluse kam hinter der Sichtschutzwand zum Vorschein.

Dann klingelte plötzlich Lydias Handy. Sie schauten beide darauf, als hätte das Ding in ihrer Hand Feuer gefangen. Lydia hielt es etwas weiter von sich weg. Anonym stand auf dem Bildschirm. Elines erste Reaktion war, wegdrücken, weil

sie das bei unbekannten Anrufen immer tat. Denn meistens
waren es doch nur Callcenter. Aber nicht jetzt, das wusste
sie, das spürte sie. Sie sah, wie Lydia in Zeitlupentempo auf-
nahm.

„Hallo?", sagte ihre Freundin mit zitternder Stimme, die
sich räusperte und dann wieder voll da war. „Sie sprechen
mit Lydia Zuidgeest."

Lydia hörte einen Moment lang zu, nickte dann, biss sich
auf die Lippe und wurde blass. „Aha", brachte sie heraus,
heiser und leise. „Okay. Ja, ich bin am Strand, ich habe verstanden." Dann wieder eine Stille. Eline hatte das seltsame
Gefühl, dass Worte in ihre Ohren eindrangen, aber nicht
hängenblieben. Als hätte sie ein Tor zugemacht, damit ihr
Gehirn keine Schlüsse ziehen konnte.

„Okay." Lydia nickte wieder. „Das werde ich tun. Bis
gleich."

Ihre Worte ließen vermuten, dass das Gespräch beendet
war, aber sie hielt das Handy immer noch am Ohr. „Was?",
fragte Gert. „Wer war das?"

Lydia schien aus ihrer Trance aufzuwachen. Sie senkte ihr
Telefon und sah Eline an, während sie Gerts Frage beantwortete. „Die Polizei. Am Strand wurde eine Leiche gefunden."

„Ja, Mensch, das wussten wir doch schon", sagte Gert
ungeduldig. „Warum haben sie dich angerufen? Wollen sie,
dass du sie identifizierst?"

„Was?" Lydia sah ihn entgeistert an, als wäre ihr diese
Möglichkeit noch gar nicht in den Sinn gekommen. „Nein,
nein, davon hat sie nichts gesagt. Sie hat mich nur gebeten,
ins Revier zu kommen."

„Dann gehen wir jetzt dorthin", sagte Gert, und er begann

bereits in Richtung Het Zout zu laufen. Eline und Lydia folgten ihm. Eline dachte über dieses Wort nach: identifizieren. Die Leiche lag hier, am Strand, hinter den schwarzen Wandschirmen. Würden sie sie sofort entfernen und in die Leichenhalle bringen? Müsste sie nicht untersucht werden? War das nicht Sache der Familie, sie zu identifizieren? Gab es dafür ein Protokoll? Sicherlich, dachte sie sich.

Sie nahmen den Wagen. Lydia und Gert saßen vorne, Eline hinten. Einerseits dauerte die Fahrt viel zu lange und andererseits war sie auch wieder viel zu kurz. Gert hatte die Leitung des Beach Clubs dem ältesten Mitarbeiter Stefan übergeben, er schien sich im Moment kaum darum zu kümmern. Dasselbe galt für Lydia. Eline saß schräg hinter ihr und betrachtete ihr Profil, ihr spitzes Kinn, die angespannte Kiefermuskulatur. Sie wollte keine Gedanken zulassen, konnte sich aber nicht mehr dagegen wehren. Wenn, wenn, wenn... Wenn es Sascha war, wenn sie beim Schwimmen ertrunken wäre... Wenn sie diesen Urlaub nicht organisiert hätte, würde sie noch leben.

Sie schloss die Augen und verbannte diesen Gedanken mit aller Macht. Die Fragen, die ihr durch den Kopf gingen, ließ sie unbeantwortet. Wessen Idee war es gewesen? Wie weit gefasst war die Definition des Schuldbegriffs?

Gert parkte den Wagen, sie stiegen aus. Als die Autotüren ins Schloss fielen, klang es nach Kanonenschüssen. Der kurze Weg zum Eingang fühlte sich für Eline an, als würde sie in ein Gefängnis gebracht. Ein Polizeiauto fuhr weg, während zur gleichen Zeit eines ankam.

„Bitte setzen Sie sich", sagte die Polizistin am Empfang, nachdem sie sich gemeldet hatten. „Es wird gleich jemand bei Ihnen sein."

Das „gleich" dauerte eine Viertelstunde, dann erschien eine junge, schlanke Frau in engen, dunkelblauen Jeans und einer hellrosafarbenen Bluse. „Suzanne de Nooijer", stellte sie sich vor und führte sie in ein kahles Sprechzimmer mit einem Schreibtisch, einigen Stühlen, einem Computer und einer Wand mit Plakaten von Kampagnen, von denen die meisten bereits beendet waren. „Vorsicht Brandungsströme", las Eline auf einem der Plakate.

Die Frau setzte sich hinter den Schreibtisch, Eline, Gert und Lydia davor. Da war ein älterer, dünner Mann, der sich als Arend Janse, Kriminalbeamter, vorstellte. Die Kriminalbeamtin bot Kaffee an, was alle drei ablehnten. Sie hielt einen Kugelschreiber in der Hand, den sie auf und zu klickte. Elines Blick war darauf fixiert.

Schlanke Finger, kurz geschnittene Nägel. Kein Nagellack.

Die Frau ergriff das Wort. „Wir haben Sie gebeten, ins Revier zu kommen, und zwar im Zusammenhang mit dem Verschwinden Ihrer Freundin Sascha, das Sie heute Morgen gemeldet haben." Sie hielt einen Moment inne und blickte sie nacheinander an. Eine braune Locke, die sich aus ihrem Pferdeschwanz gelöst hatte, fiel ihr vors Auge. Mit gewohnter Geste strich sie diese wieder hinters Ohr. „Mein Kollege hat Ihnen erklärt, dass wir laut Protokoll eine Strategie des Abwartens haben. Es gibt jedoch Entwicklungen, die wir gerne mit Ihnen besprechen würden."

„Die Entdeckung der Leiche", sagte Gert leise.

Die Kriminalbeamtin schien nicht überrascht zu sein, dass er das sagte, nickte aber nur kurz. „Eine Gruppe Spaziergänger berichtete vor etwa eineinhalb Stunden, dass etwas in der Brandung trieb, das aussah wie ein Körper. Die Kollegen fuhren sofort hin und ein Krankenwagen wurde herbeigerufen, aber leider stellte sich heraus, dass jede Hilfe zu spät kam. Ein Leichenbeschauer kam und konnte nur noch ihren Tod feststellen." Sie schwieg wieder und sah sie nacheinander an. „Die aufgefundene Leiche ist die einer Frau."

Eline konnte einen Schrei nicht unterdrücken. Sie musste nicht mehr hören um zu wissen, wie die nächste Nachricht lauten würde. Sie wollte es sich nicht einmal mehr anhören. Mit zusammengekniffenen Augen versuchte sie, die Kriminalbeamtin dazu zu zwingen, ihre Meinung über das, was sie sagen wollte, zu ändern. Nichts über ein Foto von Sascha und dass die Leiche – allein das Wort schon machte sie unpässlich – etwas damit zu tun hatte. Nichts über das Alter, das dazu passte, das dunkelblonde Haar, die Haltung, ein Armband. Eline wollte nichts hören.

Sie fühlte Lydias Hand auf ihrem Knie und ergriff sie. Mit fest ineinander verschlungenen Fingern hörten sie natürlich dem zu, was es zu sagen gab. „Anhand des Bildes, das wir von Ihrer Freundin haben, haben wir Grund zur Annahme, dass die gefundene Leiche die von Sascha ist."

Ein erneuter Schrei, Eline wusste nicht einmal, ob er von ihr selbst kam. Lydia weinte, Eline fühlte auch, wie ihr die Tränen über die Wangen liefen. Gert saß da, regungslos und wurde stets blasser. Schließlich lehnte er sich vornüber und ließ den Kopf in den Händen ruhen, die Ellenbogen auf den Knien aufgestützt. Mit den Fingern fuhr er sich durchs Haar. Lydia drückte ihre Hand so stark, dass es wehtat. Eline war er recht, der Schmerz. Körperliche Schmerzen waren leichter zu ertragen. Sie biss die Zähne zusammen, wodurch die Worte verformt aus ihrem Mund kamen. „Seid ihr euch da ganz sicher?"

„Die Identifizierung hat noch nicht stattgefunden", sagte der Mann jetzt. Wir haben ihre Familie gebeten, zur Polizeiwache zu kommen. Wir erwarten, dass die Leiche jeden Moment in der Leichenhalle ankommt." Eline blickte zur Seite, als sie ein unterdrücktes Geräusch hörte. Lydia hielt den Kopf vornüber gebeugt und hielt ihre freie Hand vor den Mund. Sie krümmte sich, als hätte sie plötzlich starke Bauchkrämpfe. Eline legte ihren Arm um Lydia und fühlte, wie die Schulterknochen im Rhythmus ihres Schluchzens hin und her gingen. Ihre eigene Traurigkeit schien durch jede Faser ihres Körpers zu strömen, ohne einen Ausweg finden zu können. Es raubte ihr den Atem, ließ sie schrumpfen, aber es flossen keine Tränen. Als wäre das zu wenig, zu gewöhnlich, zu einfach. Als müsste sie den schneidenden, alles durchdringenden Schmerz fühlen.

Die Kriminalbeamtin sprach weiter. Einige Erläuterungen zu ihrer Rolle und der ihres Kollegen – Familienermittler – dieses Wort blieb bei Eline im Gedächtnis hängen, sie sind die Ansprechpartner für die Familie. Oder die Umgebung, sagte die Frau. Liebgewordene Bekannte. Falls es Neuigkeiten geben würde, wäre die Familie die erste, der man etwas mitteilt. Aber natürlich konnten Eline und Lydia sie jederzeit anrufen, sie schob eine Karte mit ihrer Telefonnummer über den Tisch.

„Und jetzt?", fragte Gert. „Was werdet ihr jetzt tun? Ermittlungen einleiten?"

„Die sind schon in vollem Gange", sagte der Mann, Arend. Seine Stimme klang kräftiger, als man es von seiner mageren Gestalt her erwartet hätte. Sein Tonfall war eher sachlich, seine Worte auch. „Die Kollegen am Strand haben den Tatort abgeriegelt und die Spurensicherung ist vor Ort. Nach der Identifizierung der Leiche wird diese vom Rechtsmediziner untersucht. Es ist dann Sache des Inspektors und der Staatsanwaltschaft, zu entscheiden, ob die polizeilichen Ermittlungen fortgesetzt werden."

„Wenn nicht?", fragte Gert.

„Die Schlussfolgerung könnte auch sein, dass es sich dabei um einen Unfall handelte."

„Es ist wichtig, dass wir Ihnen noch ein paar Fragen stellen", übernahm die Frau. „Als Teil der Ermittlungen."

Eline musste sich anders hinsetzen. Sie holte tief Luft und versuchte den Kopf frei zu bekommen. Sie musste nachdenken. Scharf nachdenken. Das war wichtig. Je genauer die Informationen waren, die sie liefern konnte, desto besser konnten die Ermittlungen durchgeführt werden. Es fühlte sich an wie das Letzte, was sie für Sascha tun konnte, obwohl dieser Gedanke ihr eine Welle der Übelkeit bescherte.

Die Frau schaltete den Computer ein, indem sie die Maus bewegte. „Ist das ein Verhör?", fragte Gert, worauf ihn Lydia mit erstauntem Blick ansah. Die Kriminalbeamtin schüttelte den Kopf und schien sich über diese Frage überhaupt nicht aufzuregen.

„Wir verhören nur Verdächtige", sagte sie. „Dieses Gespräch dient dazu, mehr über die letzten Stunden ihrer Freundin zu erfahren. Damit wir uns ein Bild davon machen können, was genau passiert ist. Sie setzte sich. Der Kugelschreiber klickte. „Sie haben am Ende des Morgens Ihre Freundin als vermisst gemeldet. Wann haben Sie sie zum letzten Mal gesehen?"

„Am Abend zuvor", antwortete Lydia entschieden. „Wir sind gestern Abend auswärts essen gegangen und nachdem wir nach Hause gekommen waren, haben wir uns schlafen gelegt. Um äh..." Hilfesuchend blickte sie zu Eline. „Zwölf Uhr?"

Eline hatte Mühe, sich an die genaue Zeit zu erinnern. Sie nickte. „So ungefähr. Jedenfalls sind wir alle drei nach oben gegangen und danach habe ich Sascha nicht mehr gesehen."

„Weil Sie eingeschlafen sind", nickte die Kriminalbeamtin.

„Sie schon", sagte Eline. „Ich ging später noch nach unten, weil ich noch nicht müde war. Und Lydia auch."

Ihre Freundin schaute überrascht drein, als ob sie sich erst jetzt wieder daran erinnerte. „Das stimmt", sagte sie. „Ich konnte auch nicht einschlafen. Schließlich ging ich gegen ein Uhr wieder ins Bett und Gert ging nach Hause."

Die Kriminalbeamtin hob die Augenbrauen. „Sie waren doch schon zuhause?"

„Meine Freundinnen und ich übernachten im Beach Club", sagte Lydia. Ein Schatten legte sich über ihr Gesicht. Sie versuchte, ihre Formulierung der neuen Realität anzupassen, aber sie kam ins Stottern. „Oder, nun ja, übernachteten. Meine Freundin und ich. Kein Plural mehr."

„Ja." Die Kommissarin schaute mitfühlend auf. „Das muss jetzt schwer für Sie sein."

„Ja", seufzte Lydia.

„Der Beach Club also", sagte der Kommissar, der offenbar den Gesprächsfaden nicht verlieren wollte. „Sie haben Ihre Freundin zuletzt gegen Mitternacht gesehen, als sie sich schlafen legte und Sie beide wieder nach unten gingen. Wo waren Sie?" Die letzte Frage war an Gert gerichtet.

„Unten", antwortete er. „Ich war dabei, den Tagesabschluss der Kasse zu machen. Ich mache das vorzugsweise immer gleich nach der Polizeistunde, weil ich nach der Arbeit nicht sofort einschlafen kann."

„Um wieviel Uhr sind Sie nach oben gegangen?"

„Nach Hause", verbesserte ihn Gert. „Lydia übernachtet mit ihren Freundinnen im Beach Club, ich bleibe allein zu Hause. Es ist ihr gemeinsamer Urlaub."

„Kennen Sie sich schon lange?", wollte die Kommissarin wissen. Eline überlegte, ob die Fragen systematisch gestellt wurden, oder ob sie nur gerade die Fragen auf sie abfeuerten, die ihnen gerade in den Sinn kamen.

„Seit dreißig Jahren", sagte Lydia.

Die Frau pfiff leise zwischen den Zähnen. „Das ist eine lange Zeit."

„Ja", sagte Eline, und danach war es für einen Moment still.

„Wir kennen uns seit den Schulferien", sagte Lydia. „Saschas und Elines Eltern waren immer im Gästehaus meiner Mutter untergebracht."

Eline bemerkte, dass sie Mutter und nicht Eltern sagte. Das würde wohl nicht besonders auffallen. Lydias Mutter hatte die Pension fast länger allein geführt als zusammen mit ihrem Ex-Mann. Außerdem würde Lydia ihren Vater, wenn möglich, immer verschweigen.

„Und stets miteinander in Kontakt geblieben", sagte die Frau.

Es war keine Frage, aber dennoch fühlte sich Eline zur Antwort berufen, wenn sonst keiner etwas sagte. „Jedes Jahr haben wir eine Art Ferienzusammenkunft, immer in Zeeland. In der Zwischenzeit sprechen..." Sie zögerte, verbesserte sich dann aber nicht. „In der Zwischenzeit reden wir auch miteinander, wenngleich auch nicht immer so oft, wie wir das gerne täten. Deshalb sind uns diese Ferientage auch so heilig. Wir haben uns alle sehr darauf gefreut."

„Ist Ihnen etwas an Ihrer Freundin aufgefallen?", wollte der Mann wissen, der jetzt schärfere Fragen stellte. War dies ihre Vorgehensweise? Oder dachte er, der Rest sei nur Geschwätz?

„Nichts", sagte Eline. Sie hatte sich über diese Frage heute schon länger den Kopf zerbrochen. „Sie war gut drauf, anscheinend war sie glücklich. Sie mochte ihre Arbeit. Sie sagte ein paar Mal, dass sie sich so sehr auf den Urlaub gefreut hat und..." Sie schluckte. Plötzlich nahm sie ihre eigenen Worte wahr. Sie sprach über Sascha, als sei sie tot. Was auch immer sie war, es war also wahr, aber trotzdem stimmte da etwas nicht. Sie schluckte wieder, aber sie hatte einen schmerzhaften Brocken in der Kehle. Und plötzlich tauchten so viele Bilder in ihrem Gedächtnis auf. Mit Sascha am Strand spazieren gehen, gestern noch. Regelmäßig mit Sascha simsen oder mit ihr telefonieren. Ihre fröhliche Stimme in Elines Ohr. Ihre Abenteuer, ihre ewig optimistische Suche nach dem perfekten Mann, der so perfekt sein musste, dass es ihn wahrscheinlich gar nicht gab. Die Leichtigkeit, mit der Sascha daraufhin die Achseln zuckte. Ihr Relativierungsvermögen, eine Fähigkeit, die Eline selbst manchmal vermisste und etwas, das sie von Sascha lernen konnte. Alles weg. Brutal aus dem Leben gerissen. Für immer verloren.

„Was?", fragte der Kommissar. Sie hatte seinen Namen vergessen. Es war etwas mit einem Vogel. „Was hat sie sonst noch gesagt?"

Eline zuckte kurz mit den Schultern. „Sie sagte nichts Ungewöhnliches. Einfach...fröhlich. Optimistisch. So wie sie eben ist. War." Sie rieb mit zwei Fingern über ihren Nasenrücken. „Mir fällt nichts ein, was an ihr anders gewesen sein könnte."

Die Frau klickte einige Male mit der Maus. „Sie war Single, richtig?"

Eline nickte. Sie fragte sich, woher die Polizei das wusste, aber gleichzeitig konnte sie sich nicht erinnern, ob sie es ihnen selbst gesagt hatte. Es stand wahrscheinlich auch auf Saschas Facebook-Profil.

„Gab es da wirklich niemanden? Hat sie keine Namen erwähnt?"

Eline schüttelte den Kopf. „Sie hat nichts erzählt. Und wie ich sie kenne, hätte sie es getan, wenn es da jemanden gegeben hätte, egal wie unbedeutend oder neu die Beziehung auch gewesen wäre."

„Sie konnte solche Dinge nicht für sich behalten", bestätigte Lydia.

„Warum ist das wichtig?", fragte Gert. „Vermuten Sie, dass..."

„Wir schließen in diesem Stadium der Ermittlungen nichts aus", sagte der Mann, was abgedroschen klang. „Am Anfang stellen wir die Ermittlungen immer breit auf."

Gert nickte. „Ja", sagte er. „Logisch, natürlich."

Sie kamen auf die Zeitlinie zurück. Eine Frage nach der anderen. Wann sind sie aufgewacht? Was hatten sie getan? Mit wem haben sie gesprochen? Es seien Kollegen am Strand, die sich umhörten, sagte der Kommissar.

„Auch im Beach Club?", fragte Gert.

„Ist das ein Problem? Die Gäste werden es verstehen."

Der Mann nickte. „Wir werden eine Pressemitteilung verschicken und jeden mit Informationen, bitten sich zu melden."

„Und Ihrer Meinung nach?", fragte Eline. „Ist sie einfach nur schwimmen gegangen und in Schwierigkeiten geraten?"

„Das wäre möglich."

Das Gespräch dauerte eineinhalb Stunden. Eline konnte sich nur noch schwerlich konzentrieren.

„Was hatte sie denn an?", fragte sie mitten in einem anderen Thema.

„Badeanzug", antwortete die Frau. Suzanne, Eline erinnerte sich an ihren Namen.

Eline nickte. Sie schaute flüchtig auf Lydia, die starr vor sich hinblickte.

„Sie war also doch schwimmen", flüsterte sie am Ende leise, so leise, dass nur Eline es verstehen konnte. „Wir wollten zusammen gehen."

„Entschuldigung?", fragte die Kommissarin und Lydia wiederholte den letzten Satz lauter.

„Ihr wolltet zusammen schwimmen gehen?"

Lydia nickte. „Das hatten wir mehr oder weniger abgemacht, obwohl ich nicht sicher war, ob Sascha mit uns mitkommen würde. Ich gehe jeden Morgen im Meer schwimmen, aber sie ist nicht wirklich ein Morgenmensch."

„War", verbesserte sie Eline automatisch in Gedanken.

Sie hob die Augenbrauen. So schnell konnte etwas geschehen.

Es kamen noch weitere Fragen. Über das Schwimmen. Hat sie das öfter gemacht, war sie durchtrainiert, kannte sie das Meer?

Dreimal nein, lautete Lydias Antwort.

„Aber sie ist natürlich hier aufgewachsen", sagte Eline. „In Middelburg, aber sie kam jede Woche hierher. Sie kennt das Meer und sie kennt die Gefahren."

„Sie würde den Pfahlköpfen nie zu nahe kommen, besonders nicht bei Flut", nickte Lydia.

Gert runzelte die Stirn. „Es war Ebbe."

„Wir wissen nicht, wann sie ins Meer gegangen ist."

Gert sah das Ermittlerduo an. „Kennen Sie ihren Todeszeitpunkt?"

Die Antwort kam vom Mann. „Das wird gerade untersucht."

Gert blickte nachdenklich drein. „Heute Morgen war es etwa um halb sieben Ebbe."

„Sie wurde nicht in der Nähe der Pfahlköpfe gefunden", sagte Eline, wohl wissend, dass man daraus keine Schlüsse ziehen konnte.

„Wenn sie mit den Pfahlköpfen zusammengestoßen wäre, müsste das zu sehen sein", sagte Gert. Die beiden Ermittler hüllten sich in Schweigen.

Arend, dann erinnerte sich Eline. Der Name des Mannes war Arend. Er sah auch ein bisschen wie ein Adler aus, mit seinen dunklen, runden Augen.

Sie beendeten das Gespräch. Drei Visitenkarten wurden über den Tisch geschoben. Sie versprachen, anzurufen, falls ihnen noch etwas in den Sinn kommt. Gert wollte seine Nummer aufschreiben, aber die Kommissare besaßen bereits alle drei. Irgendwie hatte Eline dabei ein mulmiges Gefühl.

Der Mann verschwand nach einem Händedruck, die Frau begleitete sie hinaus. An der Tür verabschiedeten sie sich. Eline ging hinter Gert und Lydia zum Auto, das vor der Wache geparkt war. „Ich kann es nicht glauben", sagte sie und blinzelte gegen die Sonne. „Ich weiß auch nicht, was ich von diesem Gespräch halten soll." „Sie wollen nur Informationen", sagte Gert. „Sie wissen nichts."

Eline sah ihn an. Sie wusste nicht, ob es seine Worte oder sein Ton waren, die sie überraschten.

„Oh", sagte Lydia und griff sich in die Haare. „Meine Sonnenbrille liegt noch dort drin."

Sie kehrten um. Gert hatte angehalten und sah ihr nach. Sobald sie durch die Tür ging, packte er Eline beim Handgelenk. „Wir müssen noch reden", sagte er hastig. „Heute Abend, an dem Ort, den ich dir aufgeschrieben habe. Sorg dafür, dass du da bist."

Eline schüttelte den Kopf. „Ich will das nicht, Gert. Ich will nicht..."

„Es ist nicht das, was du denkst. Sein Blick bohrte sich in ihren. Sieh zu, dass du da bist. Ich mache mir wirklich Sorgen."

Eline schluckte, aber ihr Mund war trocken. „Okay", sagte sie, obwohl sich alles in ihr dagegen sträubte. „Worum geht es?"

Gert ließ ihr Handgelenk los. Sie rieb automatisch die Stelle, an der seine Finger ihre Haut berührt hatten. Es brannte.

„Ich habe sie", sagte Lydia, und Eline drehte sich mit einem Ruck um. Sie schluckte, ohne eine Ahnung zu haben, was sie antworten sollte. Lydia und Gert stiegen in den Wagen. Bevor ihre Freundin die Autotür zumachte, schaute sie Eline erstaunt an. „Kommst du mit?"

Eline nickte und stieg schnell ein. Während der ganzen Rückfahrt sagte sie kein einziges Wort.

8

MIT EINER KLEINEN BEWEGUNG SCHUBSTE SUZANNE DE Nooijer die Schachtel mit Papiertüchern nach vorne. „Ich kann das verstehen", sagte sie als Antwort auf die schluchzende Entschuldigung der Frau auf der anderen Seite des Tisches. „Es ist nicht einfach."

Sie schwieg einen Augenblick und tauschte einen Blick mit Arend aus. Es dringt langsam zu ihr durch, das war offenbar das, was sie damit sagen wollte. Diesen Moment der grausamen Wahrheit, den hatte sie schon so oft miterlebt. Es war nie leicht. Dieses unsägliche Leid, das von jemandem ausging und sich im Raum ausbreitete. Der Schmerz, der sich wie eine Maske über das Gesicht legte. Suzanne fand es schwierig, sich das anzusehen. Sie fand diesen Teil ihrer Arbeit schwierig.

Es war nun etwa über eine Stunde her, seit sie in einem

bescheidenen Mittelhaus in einem ruhigen Teil von Middelburg an der Tür geklingelt hatten. Suzanne musste tief durchatmen, bevor sie die Klingel drückte. Es war nur ein kleiner Akt, aber danach gab es kein Zurück mehr. Dies war der Moment, in dem ihr immer wieder bewusst wurde, dass Welten aus den Angeln gerieten und zerbrachen. Es wird immer ein Vorher und ein Nachher geben.

Saschas Eltern waren beide zu Hause gewesen. Sobald sie die beiden sah – und vielleicht noch das Polizeiauto, das sie vor der Tür geparkt hatten – hatte Petra van der Horst sie angestarrt, als wären sie Gespenster. Sie hatte sie angestarrt, während sie ruhig auf dem Sofa saßen, sie hatte sie angestarrt, während Suzanne gesprochen hatte, sie hatte sie angestarrt, als sie und ihr Mann gehört hatten, dass die Leiche ihrer Tochter – die Identifizierung war nur noch eine Formalität – an diesem Nachmittag am Strand von Zoutelande an Land gespült wurde, hatte sie sie angestarrt, als sie sagten, dass eine strafrechtliche Ermittlung eingeleitet wurde und sie hatte sie angestarrt, als sie sie gebeten hatten, mit ihnen auf die Polizeiwache zu kommen.

Und jetzt, in demselben Raum, in dem Suzanne und Arend zuvor mit den drei Freunden gesprochen hatten, brach die Frau schließlich zusammen und schluchzte Entschuldigungen für ihre Gefühle. Ihr Mann legte seine Hand auf ihren Rücken. Die schlechte Botschaft war bei ihm noch nicht angekommen. Suzanne hielt ihn für einen typischen Mann aus Zeeland: nüchtern, ein wenig verschlossen, nicht gerade jemand, der seine Gefühle schnell zeigt. Er nahm ein Taschentuch und gab es seiner Frau. Dann zog er eines für sich heraus und tupfte sich damit die Tränen weg. Er blinzelte und starrte dabei an die Decke.

Die Identifizierung hatte weniger als zwei Minuten gedauert. Suzanne hatte mit Saschas Mutter vor der Türe gewartet, Arend war mit ihrem Vater hineingegangen. Als er zurückkam, sah der Mann zehn Jahre älter aus. Es gab weder Fragen noch Antworten.

Es stand zweifelsfrei fest, dass sie es war. Manchmal wollte Suzanne, dass dieser formale Schritt der Familie erspart bliebe.

„Hat sie gelitten?", fragte Saschas Mutter jetzt.

„Wir wissen noch nicht genau, wie sie ums Leben gekommen ist", antwortete Suzanne wahrheitsgemäß. Sie wollte die Angehörigen beruhigen, aber sie musste sich an die Fakten halten. Sie dachte an die Leiche ihrer Tochter, die auf dem Rücken in der Brandung lag. Mit jeder Woge spülte das Meer Wasser über sie. Sand und Muscheln hatten die Haut in unterschiedlichen Mustern bedeckt, so wie das Wasser sie herantrug. Sie war weder dick noch dünn gewesen. Hatte starke Schultern wie die einer Schwimmerin, was sie aber nicht gewesen war, das hat Suzanne inzwischen mitbekommen. Dennoch war sie gesund, stark genug, um normal im Meer zu schwimmen. Aber was hatte das schon zu bedeuten? Ein Priel und sie war in Schwierigkeiten. Auch Sascha, obwohl sie die Gefahren kannte und wahrscheinlich schon als Kind gelernt hatte, wie sie da wieder herausschwimmen musste. Andererseits konnte die Strömung stark sein und überraschend entstehen. Der Wind war heute Morgen stark gewesen, was das Schwimmen erschwerte.

Keine Verletzungen, das hatte sie sofort bemerkt. Automatisch zog sie den Vergleich mit der anderen jungen Frau von vor zwei Monaten. Die Körperseite, die auf die Pfahlköpfe aufgeprallt war, war voller blauer Flecken und

Schabwunden. Saschas Haut war bis auf ein paar rote Flecken, die wahrscheinlich von der Reibung des Sandes und der Muscheln herrührten, intakt.

„Wann ist es geschehen?", fragte Saschas Vater jetzt. Wim van der Horst – Suzanne kannte seinen Namen, weil er lange Zeit einen Gemüseladen im Dorf hatte. Das Geschäft war vor Jahren auf seinen Sohn übergegangen, der auch Wim hieß. Er war im Urlaub in Marrakesch, würde aber so schnell wie möglich zurückkehren.

„Das können wir noch nicht mit Sicherheit sagen", sagte Suzanne. „Der Pathologe untersucht gerade ihren Körper."

Sie hatte ihre eigenen Vermutungen. Bei Ebbe standen die Pfahlköpfe auf dem Trockenen, ein im Wasser schwimmender Körper würde sie nicht mehr erreichen. Bei Hochwasser standen sie vollständig unter Wasser. Wahrscheinlich wäre der Körper dann gegen die Pfahlköpfe geprallt. Es wären dabei eventuell keine Blutergüsse entstanden, denn der Körper hätte dazu durchblutet sein müssen. Aber Hautschädigungen waren schon zu erwarten. Es sei denn, der Körper hätte die Pfahlköpfe nicht berührt, aber das war bei dem derzeitigen Wind und der Strömung schwer vorstellbar.

Sie blinzelte ein paar Mal und riss sich zusammen. Keine voreiligen Schlüsse ziehen. Erst wenn die Untersuchung abgeschlossen war, konnten Sie fundierte Schlussfolgerungen ziehen.

Petras stilles Weinen war in ein lautes Schluchzen übergegangen. Aber jetzt beruhigte sie sich ein wenig, schnäuzte sich die Nase und atmete ein paar Mal tief durch. Sie nahm einen Schluck Wasser und wischte sich ein letztes Mal das inzwischen zerknitterte Taschentuch über die Augen. „Wir können weitermachen", sagte sie mit zitternder Stimme.

Arend ergriff das Wort. In einem ruhigen Tonfall erklärte er, was der Zweck dieses Gesprächs sei und dass es in diesem Moment darum gehe, so viele Informationen wie möglich zu sammeln. Wie immer bemerkte Suzanne, wie er mit seiner Stimme spielen konnte, wie er für jeden einen anderen Ton in Reserve hatte. Sanft und mitfühlend für die Eltern, aber auch geschäftsmäßig für die Freunde. Niemand war verdächtig, das musste man ihnen erklären. Und gleichzeitig war es ihre Aufgabe, jedes Detail, jedes Wort in sich aufzunehmen und zu verarbeiten. Jede Kleinigkeit konnte wichtig sein.

„Ist Ihnen in letzter Zeit etwas an ihr aufgefallen?" Wieder diese Frage, in diesem Stadium der Ermittlungen noch so allgemein wie möglich gestellt. „Hat sie sich anders verhalten als sonst, hat sie sich über irgendetwas Sorgen gemacht, hat sie mehr oder weniger oft angerufen als sonst?"

Die Eltern schütteln gleichzeitig den Kopf, ohne die Bewegungen des anderen zu beobachten. Es dauerte eine Weile, bis sie ihre Antwort mit Worten bestätigten. „Sie war immer fröhlich", sagte Petra. „Ihre Stimme machte einen immer glücklich. Voller Lebenslust, das war sie immer. Sas war für alles zu haben." Suzanne machte einige kurze Notizen. Die Freunde, die Familie – sie alle sagten das Gleiche. Sascha war glücklich, sie war fröhlich und optimistisch. Happy Single, um diesen schrecklichen Begriff zu verwenden. Nicht auf der Suche, aber auch nicht abgeneigt.

Natürlich musste man immer abwarten, ob das wirklich stimmte. In diesem Fall wäre es hilfreich, wenn man sich ihren Telefonverkehr anschauen könnte, aber ihr Handy wurde vorerst nicht gefunden. Ihr Zimmer in Het Zout hatte man gründlich auf Spuren untersucht, aber es war eine schwierige Suche, wenn man nicht wusste, wonach man genau Ausschau halten musste. Es gab noch keine Ergebnisse, auch nicht vom Pathologen. Sie würden wahrscheinlich im Laufe des Abends kommen. Suzanne bereitete sich auf einen Abend voller Überstunden vor.

Das Gespräch mit den Eltern dauerte lange. Einige Male kamen die gleichen Themen zur Sprache, die Antworten blieben dieselben.

„Wann bekommen wir sie wieder zurück", fragte Wim, als Arend anfing, das Gespräch zu beenden.

„Vermutlich im Lauf der Woche. Vielleicht ein wenig früher, wenn die Untersuchung schnell voranschreitet."

Die Eltern nickten. Sie sahen verloren aus, als sie den Raum verließen. Petra wandte sich noch einmal an sie. „Was müssen wir jetzt tun? Die Beerdigung regeln?"

Suzanne nahm die Hand der Frau, die sich steinkalt anfühlte. „Mein Kollege wird Sie nach Hause bringen. Versuchen Sie, sich auszuruhen, lassen Sie alles auf sich wirken. Essen Sie etwas. In den nächsten Tagen wird genug auf Sie zukommen." Sie drückte ihre Hand. „Morgen ist noch genug Zeit, um Kontakt mit einem Bestattungsunternehmen aufzunehmen. Wenn Sie wollen, kann ich Ihnen Telefonnummern geben. Oder sind Sie irgendwo versichert?"

Die Frau nickte, schüttelte den Kopf und nickte erneut. „Um solche Sachen kümmert sich mein Mann."

„Ich wünsche Ihnen viel Kraft", sagte Suzanne. „Sie können mich jederzeit anrufen."

Die letztere Information hatte sie gerade auch schon gegeben, aber eine Wiederholung konnte niemandem schaden. Petra nickte. „Danke", sagte sie, bevor ihr Mann sie zum Polizeiauto brachte, das an der Tür wartete. Suzanne fühlte eine

Hand auf ihrem Arm. Sie schaute zu Arend auf. Er drückte ihn sanft, sie lächelte freudlos. Der Schmerz der Menschen, die sie nun betrachtete, schien sich in ihrem eigenen Körper niederzuschlagen.

***

„Ach, Liebes." Ihre Mutter wiederholte es dreimal. Und dann, nach einer kurzen Stille, noch einmal. Eline schluckte, was fast unmöglich war, bei diesem großen Brocken in der Kehle.

„Ich kann das nicht verstehen, Mama", sagte sie schluchzend. „Wie konnte dies nur geschehen?"

„Soll ich zu dir kommen?"

Obwohl sie ihre Mutter um sich haben wollte, schüttelte sie den Kopf. „Das ist nicht nötig. Ich weiß nicht einmal, wie lange ich selbst noch hier bleibe."

Ein Teil von ihr wollte gehen. Auf Distanz gehen und Ruhe suchen. Zu sich selbst kommen. Nachdenken, das auch. Alles vergessen. Ab heute Abend.

Ein anderer Teil von ihr aber wollte bleiben. Hier, wo sich alles ereignet hatte, wo alles noch so greifbar ist. Wie konnte sie in ihr eigenes Leben zurückkehren? Ihr Leben, wo niemand Sascha kannte, in dem sie mit niemandem darüber sprechen konnte. Jedenfalls nicht wirklich.

Eline schaute aus ihrem Zimmerfenster. Die Wellen rollten auf den Strand, als sei nie etwas passiert. Es war sechs Uhr, und von der Terrasse stieg der Geruch von Essen auf. Sie wusste nicht, ob es nur Einbildung war, dass heute Abend in Het Zout mehr los war als sonst.

Sie wollte selbst nichts essen. Allein schon beim Gedanken

daran wurde ihr übel. Immer wieder hatte sie Bilder von Sascha im Kopf. Sie hatte ihre Freundin nicht in der Brandung liegen sehen. Vielleicht wäre dies doch besser gewesen. Nun tauchten vor ihrem geistigen Auge die schrecklichsten Bilder ihres Körpers auf. Im Wasser schwoll der Körper an, hatte sie einmal gelesen. Galt das auch für Sascha? Oder geschah das erst nach Tagen? Wochen?

„Ihre armen Eltern", seufzte ihre Mutter am anderen Ende der Leitung. „Es ist unvorstellbar, was sie durchmachen müssen."

Eline hatte versucht, Saschas Eltern anzurufen, aber sie nahmen keine Anrufe an. „Vielleicht werde ich sie morgen besuchen", sagte sie.

„Das ist lieb von dir", sagte ihre Mutter. „Ich hoffe, sie werden von der Polizei gut betreut."

„Es gibt hier Familienermittler."

„Wie geht es dir?", fragte ihre Mutter, aber Eline wusste darauf keine Antwort. Wie es ihr ging? Über diese Frage hatte sie stundenlang nicht nachgedacht. Ihre Arme, ihre Beine, alles zitterte die ganze Zeit. Sie hatte seit heute Morgen nichts mehr gegessen, aber bei dem Gedanken, etwas in den Mund nehmen zu müssen, fühlte sie gleich ihren Magen dagegen rebellieren. Sie nahm einen Schluck aus einer Wasserflasche.

Am liebsten wollte sie sich ihrer Mutter anvertrauen. Ihr vom Treffen erzählen, das Gert mit ihr vereinbart hatte, das nach dem heutigen schrecklichen Ereignis offenbar immer noch wichtig war. Die Besorgnis, die sie in seinen Augen gelesen hatte. Oder vielleicht war es gar keine Besorgnis? Sie war sich nicht wirklich sicher, wie sie das interpretieren sollte. Natürlich war er schockiert, aufgeregt, das waren sie alle. Aber warum musste sie ihn dann in einem Hotel treffen? Ein geheimes Treffen in einem Hotel hatte normalerweise nur einen – völlig klischeehaften – Grund, nicht wahr? Sie öffnete ihren Mund, schloss ihn dann aber wieder. Sie konnte auch nicht hingehen, das war eigentlich die beste Lösung. Was auch immer Gerts Absichten waren, durch ihr Nichterscheinen würde sie ihm sofort klarmachen, was sie davon hielt. Das einzige Problem war, dass sie sich nicht vorstellen konnte, dass Gert, nach allem was heute geschehen war, nach dem Gespräch auf dem Polizeirevier, nur das Eine wollte. Wer interessierte sich denn noch für Sex, nachdem er gerade eine liebe Freundin verloren hatte? Das machte doch überhaupt keinen Sinn?

„Liebes?", fragte ihre Mutter am anderen Ende der Leitung. „Bist du noch da?"

„Ja", sagte Eline schnell. „Ich glaube, die Leitung wurde kurz unterbrochen."

Sie sollte ihr besser nichts erzählen. Es war alles so kompliziert, und wenn sie mit ihrer Mutter teilen würde, was Gert wollte, würde diese nur Fragen stellen. Fragen, auf die nicht einmal sie Antworten wusste, geschweige denn, dass sie die ihrer Mutter geben könnte. Sie schaute auf die Uhr, die an der Wand ihres Zimmers hing. Es war kurz nach sechs Uhr. Weniger als eine Stunde, um zu entscheiden, was sie tun sollte.

„Ich muss auflegen, Mama", sagte sie. „Ich werde dich morgen wieder anrufen."

„Lass es mich wissen, wenn ich etwas für dich tun kann. Wenn ich mich in den Wagen setze, dann bin ich in zwei Stunden bei dir. Du kannst mich jederzeit anrufen, auch mitten in der Nacht."

Eline schluckte einige Male, aber der Brocken in der Kehle wollte nicht verschwinden.

„Danke, Mama", sagte sie leise. „Bis bald."

Dann legte sie auf. Ohne die warme Stimme der Mutter in ihrem Ohr fühlte sie sich plötzlich sehr verletzlich. Ihr fröstelte. Sie nahm einen tiefen Atemzug, aber der Druck auf ihrer Brust verschwand nicht. Sie entsperrte ihr Handy wieder und ging zu den Bildern. Mit dem Daumen blätterte sie zurück in der Zeit: gestern Abend zu dritt auf der Terrasse, gestern Nachmittag am Strand bei einem weiteren Strandspaziergang, gestern Morgen bei einem leckeren Frühstück. Eline blickte dabei weder auf sich selbst noch auf Lydia, ihre Augen waren nur auf Sascha gerichtet. Dunkelblondes Haar, hellbraune Augen, wie Milchschokolade. Lichter funkelten in ihrer Iris. Technisch betrachtet war dies die Reflexion der Sonnenstrahlen oder der Beleuchtung, die außerhalb der Reichweite des Bildes lag, aber man konnte sie bei Sascha auch als Metapher für ihren Charakter sehen.

„Ist Ihnen etwas an ihr aufgefallen?"

Diese Frage und alle möglichen Variationen davon machten einen Großteil des Gesprächs mit der Kripo aus. Die Antwort lautet in allen Fällen nein. Eline schloss für einen Moment die Augen. Die Idee, dass Sascha selbst... Sie schüttelte den Kopf. Unmöglich.

Sie starrte auf die Uhr. Die Zeiger bewegten sich viel zu schnell vorwärts. Sie hatte die Route bereits gecheckt, mit dem Wagen waren es fünf Minuten. Zwanzig Minuten, wenn sie zu Fuß gehen wollte. Die letztere Möglichkeit, dafür hatte sie sich bereits unbewusst entschieden. Dann war es weniger auffällig. Sie könnte sagen, dass sie eine Weile allein sein und draußen spazieren gehen wollte. Falls Lydia es bemerken würde, obwohl sie sich gleich nach dem Gespräch mit der Polizei auf die Arbeit gestürzt hatte. Ablenkung, dachte Eline. Oder vielleicht ihre Art und Weise, den Überblick zu behalten, jetzt, wo die Welt plötzlich in skurrile Formen zu zerfallen schien.

Sie schloss die Augen und ließ sich rückwärts aufs Bett fallen. Hingehen, ja oder nein? Vor ihrem geistigen Auge erschien wieder das Gesicht von Gert. „Ich muss mit dir reden, es ist wichtig, besonders jetzt." Mit Letztgesagtem konnte er nur eines meinen. Besonders jetzt, wo Sascha tot war. Was wusste er, das er der Polizei nicht verraten wollte, aber ihr hingegen schon? Oder ging die Fantasie jetzt gerade mit ihr durch? Hatte sie zu viele Netflix-Serien gesehen? Sie wollte mit ihm reden, hören, was er zu sagen hatte, aber warum konnten sie das nicht einfach hier tun? Wenn nötig im Freien, am Strand, im Dunkeln?

Die Zeiger krochen weiter vorwärts. Halb neun. Noch zehn Minuten, um sich zu entscheiden, obwohl sie natürlich auch etwas später kommen konnte. Sie stand auf, ging zum Fenster und starrte auf den dunklen Strand. Das Mondlicht reflektierte sich im tintenschwarzen Meerwasser und zerfiel in tausend Stücke. Sie zitterte. Okay, vielleicht war der Strand zu diesem Zeitpunkt keine so gute Idee.

An der Hotelbar hatte Gert gesagt. Das hat sie ein wenig beruhigt. Da gab es noch andere Leute, und wenn er in ein Zimmer gehen wollte, konnte sie sich einfach weigern. Andererseits trug genau dieser Ort zu ihrem seltsamen Gefühl bei. Wenn sie nicht auffallen wollten, warum sollten sie sich an einem so öffentlichen Ort treffen wollen? Und warum war es gerade jetzt wichtig? Als Gert ihr diesen Vorschlag machte, war noch nichts geschehen.

Sie seufzte tief und schloss für einen Moment die Augen. Viertel vor neun, sah sie, als sie sie wieder öffnete. Wenn sie wissen wollte, was denn so wichtig war, dann musste sie hingehen, das war die einfachste Schlussfolgerung, die sie ziehen konnte. Ein Drink in einer Hotelbar, wie viel Schaden könnte das anrichten? Vielleicht sollte sie doch den Wagen nehmen, dann könnte sie in fünf Minuten zurück sein.

Sie schluckte einige Male und nickte fest. Das würde sie tun. Mit dem Wagen und nur zur Hotelbar. Sie blieb noch kurz sitzen, ließ die Zeit noch ein wenig verstreichen. Vielleicht in der stillen Hoffnung, dass, wenn sie zu spät kam, die Wahl für sie getroffen wurde.

Jetzt, da sie den Blick darauf gerichtet hielt, bewegten sich die Zeiger noch langsamer vorwärts. Sie wartete bis fünf vor neun. Wenn sie jetzt gehen würde, käme sie ein wenig zu spät. Genau das Richtige. Wenn es wirklich wichtig wäre, würde Gert warten.

Sie machte einen geraden Rücken und schnappte sich ihre Autoschlüssel. Sie steckte ihr Handy in die Tasche, ebenso wie ihre EC-Karte. Dann schlüpfte sie eilig in ihre Turnschuhe und verließ das Zimmer.

***

„Salami oder Peperoni?" Arend hielt seine Hand über das Mikrofon seines Handys und sah Suzanne fragend an.

Sie zog die Nase hoch. Sie ist schon seit Jahren Vegetarierin, ein Lebensstil, den Arend nicht sehr mochte. „Lieber Mozzarella."

Arend nickte kurz und nahm seine Hand weg. „Und eine

mit Mozzarella." Er hörte zu, gab ihnen die Adresse und legte dann auf. „Zwanzig Minuten."

„Schön." Suzanne fühlte, wie ihr der Magen knurrte. Sie schaute auf die Uhr an der Wand. Viertel nach acht. Sie hatten gerade eine Teambesprechung gehabt und Arend und sie wollten noch Saschas Eltern besuchen. Es gab keine Neuigkeiten, aber Suzanne konnte sich vorstellen, dass es noch genug Fragen gab, die die Eltern stellen wollten. Es waren bescheidene Leute, das hatte sie sofort erkannt. Menschen, die nicht schnell anrufen würden, weil sie das Gefühl hätten, die Polizei zu belästigen. Bei solchen Leuten schaute sie immer lieber nochmal extra vorbei.

Sie räusperte sich, als das Telefon auf ihrem Schreibtisch zu klingeln begann. Es war eine Außenleitung, sie hörte es am Klingelton. Einen Moment lang runzelte sie die Stirn wegen der ungewöhnlichen Zeit des Anrufs. „Suzanne de Nooijer."

„Hier Walter."

Suzanne blinzelte ein paar Mal. Den Nachnamen kannte sie schon. „Hallo."

Ein Moment der Stille. Sie fuhr mit der Zunge über die Lippen. „Was kann ich für dich tun?"

„Ich... Ich rufe wegen der Frau an, die ertrunken ist, Sascha." Suzanne hob die Augenbrauen. Natürlich hatte Walter davon gehört. Es war nicht nur in den Nachrichten, sondern das ganze Dorf hatte darüber gesprochen. „Ja, das ist eine traurige Sache. Ich kann mir vorstellen, dass dies besonders hart für dich ist."

Ihm entkam ein kleiner, vielsagender Seufzer. „Die Familie hat mein Mitgefühl."

Suzanne nickte ein paar Mal. „Ja."

„Ich würde gerne erfahren, ob man schon mehr weiß."

„Worüber genau?"

„Über die Todesursache. Ich..." Er holte tief Luft. Als er wieder zu sprechen begann, klang seine Stimme fester. Auch rationeller. „Ich verstehe sehr gut, dass ich mit diesem Fall nichts zu tun habe und du mir nichts sagen darfst. Aber es ist nur... es ist so ähnlich wie bei Hilde."

Suzanne nickte. Sie verstand sehr gut, dass das heutige Ereignis bei Walter Gefühle hervorgerufen hatte, die wahrscheinlich nie verschwunden waren. Der Schock, der Unglaube, das Entsetzen – er muss es noch einmal durchlebt haben. Sie wollte ihm etwas bieten, mit dem er etwas anfangen konnte, aber wie er selbst sagte: das ging nicht. Einzelheiten des Falles wurden nur innerhalb des Teams und summarisch mit der Familie geteilt. „Sie ist ertrunken", sagte sie, was für ihn keine Neuigkeit war.

„Ein Unfall." Es klang nicht wie eine Frage, aber es klang auch nicht wie eine Schlussfolgerung.

„Die Untersuchung ist noch im Gang. Ich..." Sie sagte einen Augenblick nichts. „Nun, du weißt wie das ist. Wir werden Nachforschungen anstellen und dann sehen wir, ob es notwendig ist, weiterzumachen, oder ob es sich um einen Unfall handelt."

„Ein Unfall", wiederholte Walter neutral.

„Ja."

„Wer war das?", fragte Arend, als sie auflegte.

Suzanne dachte einen Moment nach, bevor sie antwortete. „Der Ehemann von Hilde Claes."

Ein kurzes Nicken. Arend ließ seinen Blick auf ihr ruhen.

„Er kommt aus Zoutelande", sagte Suzanne, obwohl ihr

Kollege dies bereits wusste. „Saschas Ertrinken hat ihn wirklich sehr ergriffen."

„Was für ein Zufall." Arend kniff die Augen zusammen und starrte sie an. Sie konnte fast sehen, wie sich die Rädchen in seinem Kopf drehten. „Findest du nicht auch?"

„Was?"

„Dass ausgerechnet, wenn er im Dorf ist, wieder jemand ertrinkt." Suzanne zuckte die Achseln. „Vielleicht."

Das Gespräch kam ins Stocken. Suzanne dachte über die Mutmaßung von Arend nach. Wenn man um ein paar Ecken herum argumentierte, könnte man darin vielleicht den Grund für eine neue Ermittlungsrichtung sehen. Dazu müsste aber erst der Stempel „Unfall" bei Hildes Tod verschwinden, und der Inspektor hatte kürzlich gesagt, dass er dafür keinen Grund sehe. Außerdem war die Untersuchung zum Tod seiner Frau Hilde noch nicht abgeschlossen. Man hat ihn nie als Verdächtigen betrachtet. Nichts in der Untersuchung hatte dazu Anlass gegeben.

Sie starrte vor sich hin. Wenn man weiter argumentieren würde, könnte man sagen, dass es sogar sehr unlogisch war, dass er sich so auffällig bei der Polizei meldete, falls er etwas getan haben sollte, was das Tageslicht nicht ertragen konnte. Außerdem wäre es logisch gewesen, wenn er Sascha zumindest gekannt hätte, auch wenn es in diesem Moment keine Untersuchung gab, die dies hätte ausschließen können.

„Wir werden sehen", sagte Arend. „Obwohl ich das Gefühl habe, dass auch dieser Fall bald abgeschlossen sein wird."

Suzanne nickte. Offiziell waren Arend und sie nur für den Kontakt mit Saschas Familie zuständig. Das Ziehen von Schlussfolgerungen innerhalb der Untersuchung war ihnen nicht vorbehalten. Schließlich musste man alle

Informationen, alle Zusammenhänge kennen und das war dem Inspektor und dem Staatsanwalt vorbehalten. Aber das bedeutete nicht, dass es keine Spekulationen gab.

Suzanne zuckte die Achseln. Wenn sie ehrlich war, hatte Suzanne, genau wie Arend das Gefühl, dass Saschas Tod bald als Unfall eingestuft werden würde.

In der Zwischenzeit hatte der Pathologe seine ersten Ergebnisse mitgeteilt, die nichts Erstaunliches enthielten. Saschas tägliches Leben wurde überprüft, insofern dies ohne ihr Handy möglich war. WhatsApp konnte man ohne das dazugehörige Handy nicht auslesen, und die Anrufhistorie zeigte keine Besonderheiten. Einige Anrufe bei ihren Freunden, ihren Eltern, ein Gespräch mit jemandem bei der Arbeit. Jede Nummer war nachvollziehbar und passte in das normale Muster ihres Alltags. Im Grunde bedeutete das auch, dass die Nummer von Walter Mertens nicht dabei war.

Sie machte eine kurze Notiz. Natürlich kann es nicht schaden, um dies noch einmal zu überprüfen.

∗∗∗

In Het Zout war viel los, und Eline befand sich auf einmal mitten in einer Szene mit klapperndem Geschirr und Besteck, rennenden Kellnern und einem Koch, der in der Küche lautstark Befehle gab. Gert und Lydia konnten den Laden nicht einfach so für einen Abend dichtmachen und jetzt schien es, als ob alle Ereignisse eine Art Werbung für den Beach Club gewesen wären. Es war kein Tisch mehr frei. Eline trat einen Schritt zurück, um eine Kellnerin mit einem vollen Tablett durchzulassen. Wider besseres Wissen schaute sie sich um. Gert war nirgends zu sehen. Lydia auch nicht.

Zuvor hatte Eline an diesem Abend gesagt, sie wolle allein in ihrem Zimmer bleiben. Lydia hatte genickt und war unten geblieben. Vielleicht wolle sie noch in den Dünen laufen, hatte sie gesagt.

Eline spielte mit dem Gedanken, einfach wegzugehen, ohne sich abzumelden. Es wäre wahrscheinlich einfacher, wenn sie Lydia nicht sagen müsste, wohin sie geht. Aber nach dem, was heute passiert ist, wusste sie, dass Lydia sich zu Tode erschrecken würde, wenn Eline plötzlich verschwunden wäre.

Sie sah sich im Restaurant und in der Küche um. Sie checkte das Büro und ging wieder nach oben, aber ihr Klopfen an Lydias Tür blieb unbeantwortet. Sie beschloss, ihrer Freundin eine Nachricht zu schicken, aber nicht bevor sie auf die Terrasse geschaut hatte.

Dort saß sie in der hintersten Ecke. Außer einem Mann, der auf der anderen Seite rauchte, war keiner da. Eline ging auf ihre Freundin zu. Lydia hatte ein Glas Wein vor sich stehen. Sie schaute auf, als Eline herbeikam. Ihre Tränen glänzten im Mondlicht.

Eline setzte sich neben sie. Lydia legte ihr Gesicht an ihren Arm. Ihre Haut fühlte sich klamm und viel wärmer an, als man im Wind erwarten würde. „Was sollen wir denn jetzt bloß machen?", fragte sie mit erstickter, fast unverständlicher Stimme.

Eline schüttelte den Kopf. Sie fühlte hinter ihren eigenen Augen brennende Tränen. „Ich weiß es nicht", sagte sie.

Sie blieb fünf Minuten lang sitzen. „Ich werde gehen..." Eline begann ihren Satz, ohne zu wissen, wie sie ihn beenden sollte. Lydia nickte vage, es schien, als wäre sie betäubt. Eline schaute auf das Glas Wein und fragte sich, ob es wohl ihr erstes war.

Sie stand auf, legte ihre Hand auf Lydias Schulter und ging dann weg. Von der Terrasse, ums Haus. Ihr Auto roch vertraut. Einen Moment lang ließ sie sich von der Dunkelheit und der Stille einhüllen, dann startete sie den Motor.

Das Hotel war nicht schwer zu finden.

BAR-RESTAURANT-HOTEL stand an der Fassade. Hinter dem kleinen Empfang saß ein Mann, etwas älter als sie selbst. Er schaute auf und nickte ihr flüchtig zu. Die Bar und das Restaurant machten den größten Teil des Unternehmens aus, insbesondere die Bar. Eline trat ein. Der Raum war überraschend modern. Die Bar selbst war weiß, über ihr hingen Lichtstreifen. Der Barkeeper trug ein schneeweißes Hemd und eine schwarze Kellner-Uniform und sah sie fragend an, aber sie schüttelte den Kopf.

Entlang der Bar standen Barhocker. Drei von ihnen waren besetzt – zwei von einem Paar, das nicht voneinander ablassen konnte und einer von einer älteren Frau im Anzug, die an einem Glas Whisky nippte. Die Business-Kleidung passte nicht so recht zum Urlaubsgefühl, das Zoutelande im Allgemeinen auszustrahlen pflegt, aber natürlich musste auch gearbeitet werden, dachte Eline.

Im übrigen Raum gab es fünf Sitzecken, jede mit vier Stühlen und einem niedrigen Tisch. Eine von ihnen wurde von einer Familie mit einem gelangweilt dreinschauenden Teenager und einem mindestens zehn Jahre jüngeren Mädchen besetzt, das ein rosa Kuscheltier an die Wange hielt.

Eline ließ ihren Blick über die anderen leeren Stühle schweifen, und dann nochmals, als hätte sie die breite Statur von Gert versehentlich übersehen.

Hatte er vielleicht seine Meinung geändert? Das wäre gut

möglich, es war auch für ihn ein seltsamer Tag gewesen. Vielleicht war das alles doch etwas weniger wichtig geworden, was er ihr sagen wollte. Irgendwie hoffte sie das. Fünf Minuten, nahm sie sich vor. So lange würde sie auf ihn warten.

Sie nahm in einer der Sitzecken Platz und als der Kellner kam, bestellte sie ein Spa rot. Das Gespräch zwischen den Eltern der Familie drehte sich um Sascha, hörte sie. Kopfschüttelnd brachten sie ihr Entsetzen über das Schicksal der jungen Frau zum Ausdruck. Dann schüttete das Mädchen ihren Apfelsaft aus und schrie wie am Spieß. Elines Blick ruhte auf dieser Szene, denn es gab einfach wenig anderes zu sehen. Erst als der Vater sie nachdrücklich ansah, lenkte sie schnell ihren Blick auf etwas anderes.

Ihr Spa rot wurde gebracht, dazu ein Schälchen mit Nüssen. Sie hat sich eine in den Mund gesteckt, weil sie sich nach einer Beschäftigung sehnte, nicht weil ihr nach Essen war. Sie drückte die Home-Taste auf ihrem Handy. Sie hatte eine Nachricht von Remco, ihrem Bruder. Er habe es von Mama gehört, schrieb er. Und er fand es schrecklich für sie und für Sascha.

Natürlich kannte Remco sie auch, das fiel Eline erst jetzt wieder ein. Obwohl es über zehn Jahre her sein musste, dass er sie zum letzten Mal gesehen hatte. Sie simste ihrem Bruder, dass Sascha ihr von ihrem Kuss erzählt hatte. Trotz allem musste sie darüber lachen.

Sie schaute auf die Uhr auf ihrem Handy. Die fünf Minuten waren verstrichen. Sie zögerte und beschloss, weitere fünf Minuten dranzuhängen. Sie nippte an ihrem Glas Spa rot. Bei der Tür tat sich was, aber der Mann, der hereinkam, den kannte sie nicht. Er nahm an der Bar Platz und richtete

seinen Blick auf das Sortiment der ausgestellten Spirituo-
senflaschen.

Noch ein Schluck von ihrem Getränk und dann noch
einer. Sie ging zur Bar, bezahlte und setzte sich dann wieder
hin, um den letzten Rest auszutrinken. Gert hätte schon vor
langer Zeit wieder in Het Zout sein müssen, wenn er überhaupt erst hier gewesen wäre. Ihr fiel keine logische Erklärung dafür ein, warum er Spaß daran haben sollte, sie zu
veräppeln, was ihren Verdacht verstärkte, dass er kalte Füße
bekommen haben musste. Vielleicht hatte er die Wichtig-
keit dieses Treffens maßlos überschätzt und als er keinen
Rückzieher mehr machen konnte, beschlossen, ganz einfach
nicht zu erscheinen, um sein Gesicht zu wahren. Obwohl
man sich nur schwer vorstellen konnte, dass sich unter gege-
benen Umständen hier noch jemand über so etwas aufre-
gen würde.

Sie trank ihr Glas leer, nahm ihr Handy vom Tisch und
wollte gerade aufstehen, als der Rezeptionist hereinkam. Sie
sah sich um, ließ ihren Blick einen Moment auf der Frau an
der Bar ruhen und ging dann auf Eline zu. „Frau Van As?"

Sie schaute auf. „Ja?"

„Ihr Besuch erwartet Sie in Zimmer 2."

Eline verschlukte sich. „Wie bitte?", fragte sie, obwohl sie
es verstanden hatte.

„Zimmer 2." Er legte eine Schlüsselkarte für sie auf den
Tisch und verschwand.

Ihr Herz klopfte so stark, dass es schmerzte. Eline hielt
ihren Blick fest auf die Karte auf dem Tisch gerichtet. Weiß
auf Weiß. Eine kleine, rechteckige Karte. Sie streckte ihre
Hand aus und hob sie auf. Auf der anderen Seite erkannte
sie das Logo des Hotels. Eline ließ die Karte zwischen ihren

Händen hin- und hergehen. Dies war die Grenze, das hatte sie klar mit sich selbst vereinbart. Wenn Gert etwas zu sagen hätte, könnte er es in der Bar tun. Was seine Absichten im Hotelzimmer waren, war nicht schwer zu erraten. Sie stand auf. Sie empfand Abscheu bei dem Gedanken daran, dass es ihm nur um das Eine ging, dass Saschas Tod ihn die ganze Zeit nicht davon abgehalten hatte, sein geiles Verlangen befriedigen zu wollen. Sie hatte ihn doch falsch eingeschätzt. Sie hatte Mitleid mit Lydia. Alles, was sie über ihn gesagt hatte, war demnach wahrscheinlich wahr. Und das war nicht übertrieben, im Gegenteil.

Eline verließ die Bar. Sie fühlte den Blick des Rezeptionisten, der auf sie gerichtet war. Ihr Blick schweifte zum Ausgang. Um die Ecke, an der Seite des Gebäudes, stand ihr Auto. Innerhalb von fünf Minuten würde sie wieder im Beach Club sein. Wie lange würde es dauern, bis Gert dort sein würde? Eine halbe Stunde? Eine Stunde? Alles, was sie ihm sagen wollte, schoss durch ihre Gedanken. Und das war nichts Nettes. Sie wollte ihm bis ins Feinste erklären, was sie von dieser Aktion hielt.

Als sie einen Schritt in Richtung Ausgang machte, schwenkte sie ihren Blick auf das Schild, auf dem in schwungvollen Buchstaben das Wort ROOMS, mit einem Pfeil darunter, hing. Dort wartete, wahrscheinlich hinter der zweiten Tür, Gert auf sie. Sie stellte ihn sich vor. Saß er auf der Bettkante? Auf einem Stuhl? Mit diesem selbstgefälligen Lächeln auf dem Gesicht, dachte sie automatisch.

Vielleicht war es dieses Bild, das die Wut in ihr aufflammen ließ. Was hat sich Gert eigentlich dabei gedacht? Dass sie sich auf so etwas einlassen würde? Dass sie wirklich auf diese billige Masche hereinfallen würde? Dass es normal war, hinter dem Rücken der Frau deren Freundin anzumachen? Und dass sie im Moment nichts anderes im Kopf habe?

Sie warf nochmals einen Blick auf den Ausgang und traf dann ihre Entscheidung. Mit einer abrupten Bewegung ging sie in die Richtung des Schildes mit dem Pfeil. Sie öffnete die Tür und betrat den Korridor.

Die Türen waren auf der linken Seite, Zimmer 2 war tatsächlich die zweite Tür. Trotz der Schlüsselkarte in der Hand klopfte Eline an. Sie wollte lieber, dass Gert an die Tür kommt, so dass sie das Zimmer nicht betreten musste. Dann würde sie ihm hier, in der Tür, die Wahrheit sagen und wieder gehen. Vielleicht würde er sie bitten, Lydia nichts zu sagen. Sie wusste noch nicht so recht, ob sie das überhaupt tun musste. Ihre Freundin hatte ein Recht die Wahrheit zu erfahren, aber andererseits fragte sie sich, ob es in Lydias bestem Interesse war.

Sie verscheuchte diesen Gedanken und klopfte erneut an.

Darüber konnte sie sich auch später noch den Kopf zerbrechen. Zuerst dies. Zuerst Gert.

Auch diesmal kam keine Antwort. Eline schaute auf die Karte in ihrer Hand. Über dem Türgriff befand sich der Sensor, Eline legte die Karte drauf. Ein kurzer Piepton und dann färbte sich das Licht grün.

Sie drückte die Türklinke herunter und öffnete langsam die Tür. Dahinter befand sich ein schmaler Korridor. Das Licht im Raum war aus, der Vorhang zugezogen. Etwas im Zimmer brummte. Die Klimaanlage? Eline machte einen Schritt vorwärts und dann noch einen. Die Tür fiel automatisch hinter ihr ins Schloss. Sie holte tief Luft und runzelte die Stirn. Es hing ein merkwürdiger Geruch im Raum. Er war ihr vertraut, aber sie wusste in diesem Moment nicht, woher sie ihn kannte. Ihre Hand strich über die Wand und fand den Lichtschalter.

Sie blinzelte kurz gegen das gelbe Licht. Es gab eine Tür auf der linken Seite, wahrscheinlich das Badezimmer. Direkt vor ihr sah sie die Vorhänge, schwerer grauer Stoff, zugezogen. Davor stand ein Sessel, der leer war. Um zum Bett zu gelangen, musste sie noch etwas weiter gehen. Ihre eigene Stimme klang merkwürdig zittrig. „Gert?" Keine Antwort. Sie räusperte sich, wiederholte aber seinen Namen nicht.

Sie machte einen Schritt vorwärts und dann einen weiteren. Noch einen Schritt weiter und sie konnte das Bett auf der linken Seite sehen. Vielleicht war er gar nicht da, es war so still.

Sie ging noch etwas weiter. Sie machte sich auf das gefasst, was sie sehen würde. Was, wenn er keine Kleidung trug? Sie schauderte bei dem Gedanken. Einen Moment lang schloss sie die Augen, dann atmete sie tief ein und machte den letzten Schritt.

Er lag auf dem Rücken, die Beine leicht gespreizt. Er trug die Kleidung, die er den ganzen Tag getragen hatte: kurze Jeans und ein gelbes T-Shirt mit der Aufschrift „Los Angeles". Es war jedoch seltsam, dass ein großer Teil des T-Shirts in dunkelrotem Blut getränkt war.

Seine Arme lagen beidseits neben seinem Körper, schlaff und unbeweglich. Als hätte er sich auf dem Bett nach hinten fallen lassen und wäre sofort eingeschlafen, bloß dass die Augen offen waren. Sein Blick war durch die Lage seiner Augen bestimmt. Sie waren nicht nur offen, sie waren aufgesperrt. Starr ins Nichts blickend.

Eline öffnete ihren Mund. Die Angst, eine alles durchdringende Angst, wogte wie die Flutwellen eines Tsunamis durch ihren Körper. Sie wollte schreien, aber aus ihrem Mund kam nur lautlose Luft.

Sie wollte nicht in das Gesicht von Gert schauen. Alles in ihr schrie, es nicht zu tun, aber ihr Drang war stärker als sie. Ihre Augen glitten automatisch in Richtung seines Körpers, egal wie sehr sie auch versuchte, sie zu stoppen. Sie schaute zuerst auf die weiße Tapete an der Wand. Rote Blutspritzer über dem Kopfteil des Bettes. Als ob ein Künstler seinen Pinsel ausgeschüttelt hätte und dann einfach weggegangen wäre.

Ihr Blick glitt einfach weiter. Sie ließ es geschehen, da sie ihre eigenen Muskeln nicht mehr kontrollieren konnte. Gert hatte eine Delle an der rechten Seite des Kopfes. Oder vielleicht sollte man sagen, dass die rechte Seite nicht mehr wirklich existierte. Sein Haar war mit rotem Matsch bedeckt. Der erinnerte Eline an Nudelsauce und sie wusste sofort, dass sie die nie wieder würde essen können. Es sah so unnatürlich aus, dass es für sie schwer war, darin noch die Seite eines Kopfes zu sehen. Sein Gesicht war intakt, was die ganze Sache noch seltsamer erscheinen ließ. Erneut blickte sie in seine Augen, die sie direkt an, aber gleichzeitig auch durch sie hindurch sahen. Die weiße Bettdecke war mit dunkelroten Flecken beschmiert.

Im ersten Moment stand sie noch stocksteif da, doch im nächsten Moment begann sich alles in ihr zu regen. Zum Beispiel der Magen, der sich umdrehte. Sie konnte gerade noch die saure Galle hinunterschlucken, die jedoch im Rachen weiter brannte. Ihre Atmung wurde ruckartig, und es bereitete ihr große Mühe, genügend Luft einzuatmen. Sie musste ihr Zwerchfell bis zum Äußersten anspannen, aber ihre Lungen schienen nicht bereit zu sein, zu kooperieren.

Ihr drehte sich der Kopf, und sie musste sich gegen die Wand abstützen, um nicht umzufallen. Fingerabdrücke, dachte sie zur gleichen Zeit und ließ die Wand schnell wieder los. Ihr gerade noch blockiertes Gehirn arbeitete plötzlich auf Hochtouren. Gert war tot, Gert war ermordet worden, oder ein unglücklicher Fall gegen die Tischkante hatte ihn so zugerichtet, aber dann würde er wahrscheinlich auf dem Boden und nicht auf dem Bett liegen. Er hatte sie gebeten, in dieses Hotel zu kommen, er hatte den Rezeptionisten gebeten, sie in dieses Zimmer zu führen, und wozu? Um seinen toten, verstümmelten Körper zu sehen? Das kann er doch unmöglich selbst inszeniert haben, oder? Komm zu mir, damit du sehen kannst, wie ich hier tot herumliege.

Wer wusste von diesem Treffen? Wer hat Gert so sehr gehasst? Ging es nur um ihn?

Ihr Blick fiel auf die geschlossenen Vorhänge, auf die geschlossene Badezimmertür, auf den Raum unter dem Bett. Die Angst wurde durch sie hindurch katapultiert. Was wäre, wenn derjenige, der dies auf dem Gewissen hat, noch hier wäre? Was wäre, wenn er den Job nicht erledigt hätte?

Der Schrei kam doch noch. Weg! Sie musste hier weg! Sie griff nach der geschlossenen Zimmertür. Sie hatte das Gefühl, etwas im Badezimmer zu hören. Rüttelte an der Türklinke, aber die wollte nicht nachgeben. Die Panik wirbelte durch ihren Körper, saugte an ihren Organen, riss alles mit sich. Sie versuchte es noch einmal, aber ihre Hand glitt wieder von der Türklinke ab. Der dritte Versuch. Sie fühlte, wie das Metall wieder unter ihren Fingern abrutschte, presste es aber zusammen, verstärkte ihren Griff. Es gab nach. Sie riss die Tür auf und stolperte in den Flur. Sie stützte sich gegen eine Wand, während sie quietschend Luft einsaugte.

Sie rannte aus dem Flur zum Empfang. Registrierte vage den erstaunten Blick des Rezeptionisten, der sich im Bruchteil einer Sekunde in einen alarmierenden Blick verwandelte. „Polizei!", rief Eline keuchend. „Bitte rufen Sie die Polizei."

9

SUZANNE DE NOOIJER SPUTETE SICH IN DEN SITZUNGS-
saal. Sie blickte flüchtig auf ihre Uhr. Kurz nach halb elf, und
sie hatte den leisen Verdacht, dass dieser Tag vorerst noch
nicht zu Ende sein würde. Haanstra sah ausgeruht aus, als hätte sein Arbeitstag gerade
erst begonnen. Vielleicht hatte er sein Hemd gewechselt, denn
dasjenige, das er gerade trug, sah aus wie frisch aus dem Klei-
derschrank. Aber an der Geste, mit der er die Brille absetze
und sich mit zwei Fingern über den Nasenrücken rieb, verriet,
dass es auch für ihn ein langer Tag gewesen war. Suzanne war
ausgelaugt. Sie hatte eigentlich gehofft, den Arbeitstag nach
dem Besuch bei Saschas Eltern beenden zu können. Arend
hatte gerade angeboten, sie mit dem Dienstwagen vor ihrem
Haus abzusetzen, als der Anruf kam. Haanstra höchstpersön-
lich, und ob sie schnellstmöglich ins Büro kommen könnten.

Das Team war komplett und Haanstra schloss die Tür. „Meine Damen und Herren", sagte er mit seiner schweren Stimme, „ich habe sie im Zusammenhang mit einem möglichen Mordfall herbeigerufen."

Suzanne setzte sich sofort kerzengerade hin. Sie hatte mit einer Aktualisierung ihrer momentanen Untersuchung gerechnet, nicht mit einem neuen Fall. Und dann noch ein Mord, das kam hier nicht täglich vor.

Haanstra räusperte sich. „Heute Abend, gegen halb zehn ging vom Hotel De Branding in Zoutelande eine 112-Meldung ein. Man habe eine Leiche gefunden. Die Kollegen waren innerhalb von zehn Minuten vor Ort und fanden tatsächlich die Leiche eines fünfunddreißigjährigen Mannes mit dem unmittelbaren Verdacht auf einen unnatürlichen Tod."

Suzanne blinzelte kurz. Unter dieser Formulierung konnte man sich alles Mögliche vorstellen. Es war das, was ein Unwohlsein für die Sanitäter war: etwas, das von einem gerissenen Zehennagel bis zu einer totalen Enthauptung und allem dazwischen variieren konnte. Ein Verdacht auf einen unnatürlichen Tod könnte ebenso alles Mögliche sein.

Trotzdem setzte sie sich noch etwas gerader hin. Nicht für jeden Verdacht wurde ein komplettes Ermittlungsteam zusammengerufen, sicherlich nicht zu dieser Tageszeit.

Haanstra fuhr fort. „Laut dem Personalausweis in seiner Brieftasche handelt es sich beim Opfer um Gert van Grinsven, der Besitzer des Beach Club Het Zout hier in Zoutelande. Die wahrscheinliche Todesursache ist ein schwerer Schädelbruch an der rechten Kopfseite, der möglicherweise durch einen schweren Gegenstand verursacht wurde. Es besteht nun der Verdacht, dass ihm die Verletzung und die anschließende

Blutung fatal geworden waren. Die technischen Ermittler sind nun am Tatort."

Suzanne starrte auf die Bilder, die hinter Haanstra auf der Leinwand des Beamers gezeigt wurden. Links ein Bild des Mannes, um den es ging, rechts eine Momentaufnahme des Tatortes, um einen ersten Eindruck zu vermitteln. Suzanne runzelte kurz die Stirn. Ein Massaker, so wurde die Szene angemessen beschrieben. Aber seltsamerweise war es das Foto links – sein Facebook-Profilbild? – das sie mehr beeindruckte. Es wurde an einem sonnigen Tag am Strand aufgenommen. Gert, mit einem Lächeln, das für die Person hinter der Kamera bestimmt zu sein schien. Genauso – sonnengebräunt, kleine Fältchen um die Augen – hatte sie ihm erst vor sechs Stunden gegenübergesessen. Sie konnte kaum glauben, dass er nun selbst tot war.

„Zufällig ist Herr Van Grinsven mit Sascha van der Horst befreundet, der Schwimmerin, die heute Morgen ertrunken ist und deren sterblichen Überreste heute Nachmittag am Strand, nicht weit vom Het Zout, gefunden wurden", sagte Haanstra jetzt. „Dieser Fall wird noch ermittelt, aber natürlich wird eine mögliche Verbindung untersucht. Es ist auch wichtig zu wissen, dass Eline van As die Leiche gefunden hat. Sie war ebenfalls mit Sascha, aber auch mit Lydia, der Frau von Van Grinsven, befreundet."

Suzanne musste diese Informationen kurz verdauen.

„Lydia wurde von ihrer Freundin informiert und kam zum Tatort", fuhr Haanstra fort. „Sie wurde dort von Kollegen aufgefangen." Haanstra wandte sich Suzanne und Arend zu, die schräg hinter ihm saßen. „Ihr werdet euch gleich in diese Richtung aufmachen, um ihr weiter beizustehen."

Suzanne nickte kurz. „Hat sie ihren Mann gesehen?"

Haanstra schüttelte den Kopf. „Die Kollegen hatten den Tatort bereits bei ihrer Ankunft gesichert. Etwas huschte über sein Gesicht, das an Mitleid erinnerte. „Es ist wahrscheinlich besser, wenn sie ihn nicht sieht."

Suzanne dachte flüchtig an Eline, die die Leiche gefunden hatte. Das muss schrecklich für sie gewesen sein. Obwohl sich ihr sofort die Frage aufdrängte, was Eline mit Gert in einem Hotelzimmer zu suchen gehabt hatte.

Haanstra gab einige weitere Informationen – es gab Kameras, deren Bilder angesehen werden mussten, die Anwesenden müssten nun in De Branding bleiben, bis die Kripo mit ihnen sprechen konnte, Gerts Eltern seien vor Jahren gestorben und viele andere Familienmitglieder schien es nicht mehr zu geben – und teilte dann die Aufgaben auf. Ohne weitere Formalitäten beendete er die Sitzung. Suzanne und Arend standen auf und gingen sofort in Richtung Dienstwagen, wobei sie sich noch schnell auf dem Weg dorthin einen Becher Kaffee aus dem Automaten holten. Suzanne ging davon aus, dass es eine Nacht mit wenig Schlaf werden würde.

Eigentlich sollte dieser Fall bei zwei Kollegen liegen und nicht bei ihr und Arend. Aber das Team war derzeit krankheits- und urlaubshalber unterbesetzt. Es machte ihr auch nichts aus, mehr zu arbeiten. Vielleicht war es gut, dass sie auch diesen Fall bearbeitet, jetzt wo die Ironie des Schicksals es so wollte, dass die beiden Fälle auf bizarre Weise miteinander verknüpft sind.

Bei De Branding herrschte reges Treiben. Polizeiautos waren hier und da geparkt, der Eingang wurde mit einem rot-weißen Band abgesperrt. Trotz der fortgeschrittenen Tageszeit hatte sich eine große Gruppe Gaffer eingefunden.

Oder vielleicht lag es ja gerade an der Tageszeit: Die Restaurants waren leer und De Branding lag am Ende der Hauptstraße. Die Polizeiautos waren zweifellos mit Sirenen und Blinklicht eingetroffen und hatten Aufmerksamkeit erregt. Suzanne tauchte unter dem Band durch und ging hinein. In der Halle herrschte ein reges Treiben. „Die Zeugen wurden in die Hotelbar gebracht", erläuterte Bertram, einer ihrer erfahrensten Kollegen, der als erster vor Ort gewesen und für die Organisation verantwortlich war. „Die Ehefrau des Opfers wird gemeinsam mit ihrer Freundin in dem kleinen Büro hinter der Rezeption betreut."

Suzanne nickte. Sie wollte gerade zu Lydia gehen, aber zuerst wollte sie sich den Tatort persönlich ansehen. Sich ein Bild machen, damit sie wusste, worum es geht. Und damit sie alle Fragen beantworten konnte, die Lydia haben könnte.

„So", winkte Bertram und nachdem sie und Arend ihre Schuhe mit Schutzhüllen überzogen hatten, führte er sie durch eine Tür, hinter der sich ein Korridor befand. Im Vorbeigehen bemerkte Suzannes ein Schild mit der Aufschrift ROOMS.

Die Tür von Zimmer 2 war offen. Die Türöffnung wurde zusätzlich mit einem Band versiegelt, damit niemand versehentlich hineingehen und den Tatort kontaminieren konnte. Das Zimmer wurde durch von Kollegen aufgestellte Lampen hell erleuchtet. Männer und Frauen in weißen Anzügen und auch mit Schutzhüllen über den Schuhen machten akribisch ihre Arbeit. Sie begrüßte Bert, der konzentriert fotografierte. Suzanne blinzelte, als sie den Körper betrachtete. Sie mied den Blick, wie immer.

Offiziell war er noch nicht identifiziert worden, aber es gab keine Zweifel, dass es sich dabei um ihn handelt. Derselbe

Mann, den sie heute Nachmittag vor sich hatte. Die Seite seines Kopfes war stärker beschädigt, als es auf dem Foto zu sehen war. Es war kein schöner Anblick, mit all dem Blut und den Knochenstücken. Es war sogar an der Wand, das Blut. Bert hat gerade Fotos von den Spritzern gemacht.

„Die Tatwaffe?", fragte Suzanne Paul, der das technische Ermittlungsteam leitete.

Er schüttelte den Kopf. „Nicht gefunden."

„Fingerabdrücke?"

Er seufzte. „Hunderte... Das wird noch was werden."

Suzanne nickte. In einem Hotelzimmer fand man immer mehr menschliche Spuren als einem lieb war.

Sie schaute sich noch einmal um. Das Zimmer sah ordentlich aus, kein Chaos, keine herumliegenden Sachen. Als wäre Gert ohne Gepäck hereingekommen und hätte sich einfach auf das Bett gelegt.

„Es sieht so aus, als hätte der Mörder einige Sachen im Badezimmer gewaschen", sagte Paul. „Vielleicht die Tatwaffe, seine Hände oder beides. Es wurden Blutspuren auf dem Waschbecken gefunden."

Suzanne nickte kurz. Irgendwie überraschte sie die Sauberkeit des Zimmers. War es ein vorsätzlicher Mord, bei dem der Mörder einfach reingekommen war, Gert totgeschlagen hat und dann wieder wegging? Dazu müsste man schon ziemlich kaltblütig sein. Hätte es einen Streit gegeben, wäre es ein sehr ruhiger gewesen. Alle Möbel standen ordentlich da, sogar der Notizblock auf dem Schreibtisch lag kerzengerade da. Oder hatte der Mörder danach aufgeräumt? Auch das würde von jemandem zeugen, der einen kühlen Kopf bewahrt hat, nicht von jemandem, der durch glühende Wut getrieben wurde.

Sie erlaubte sich, ihre Gedanken zu möglichen Tätern zu lenken. Het Zout war der erste Gedanke, der ihr in den Sinn kam. In der Vergangenheit hatte sie mehrere Fälle von Unternehmern erlebt, die sich aus einer finanziellen Notlage heraus auf Dinge eingelassen haben, von denen sie besser die Finger gelassen hätten. Schnelles Geld war immer die große Verlockung, Risiken wurden bequemlichkeitshalber beiseitegeschoben. Der Background des neuen, vielversprechenden Geschäftspartners wurde nicht überprüft – eher unbewusst als bewusst – und ehe man sich versah, hatte man seine Seele an den Teufel verkauft, der einen nicht mehr loslassen wollte. Ein Gastronomiebetrieb wie Het Zout eignet sich ausgezeichnet zur Geldwäsche und wahrscheinlich konnte so etwas sehr lange gut gehen, bis es dann eines Tages plötzlich nicht mehr gut ging. Suzanne schaute auf die verschwundene Seite von Gerts Kopf. In den kommenden Tagen sollte alles, was mit Het Zout zu tun hatte, akribisch unter die Lupe gelegt werden, wobei die Unterlagen der Geschäftsführung an erster Stelle standen. Ließe sich darin die Antwort finden?

Und dann war da natürlich Saschas Tod. Durch ihre Arbeit bei der Kripo hatte Suzanne begonnen, mehr oder weniger an Zufall zu glauben. Oder besser gesagt, dass sie etwas bemerkenswert fand, das war das treffendere Wort dafür. Der Zeitpunkt ihres Todes war, gelinde gesagt, bemerkenswert. Würde man Saschas Tod als Unfall qualifizieren – eine Einschätzung, die innerhalb des Teams und von ihr selbst erwartet wurde – dann würde der Abschluss des Falls nun zumindest etwas länger dauern. Schließlich könnte man den Zusammenhang kaum ignorieren, es müssten zusätzliche Ermittlungen durchgeführt werden. Wenn es nicht darum ging, die Fälle miteinander zu verknüpfen, dann zumindest, um einen Zusammenhang auszuschließen.

Suzanne ließ den Blick nochmals durch das Zimmer schweifen. Dann nickte sie Arend kurz zu, drehte sich um und sie gingen gemeinsam zurück in die Haupthalle. Hinter dem kleinen Schreibtisch der Rezeption saß ein Mann, Ende dreißig, mit einem erschreckten Gesichtsausdruck vor seinem Rechner. Was Suzanne verstanden hatte, war, dass Eline nach dem Fund von Gerts Leiche zum Empfang gelaufen war und den Rezeptionisten gebeten hatte, die Polizei zu rufen. Das hatte er getan, aber weil er Elines Worte nicht verstehen konnte, war er selbst ins Zimmer gegangen, um nachzusehen, was los war. Angesichts der blassen Gesichtsfarbe und den Schwingungen in seiner Stimme hatte er sich noch nicht davon erholt.

Der Rezeptionist begleitete sie zu einem kleinen Büro, in dem Lydia und Eline saßen. Im Zimmer befanden sich zwei Schreibtische und ein kleiner Schrank voller Ordner. An einem Schreibtisch saß Lydia, die Hände vor den Augen und schüttelte langsam den Kopf. Neben ihr, auf einem Bürostuhl, saß Eline, die den Arm um die Schultern ihrer Freundin legte und selbst kreideweiß war. Suzanne erinnerte sich daran, dass Eline heute Morgen einen gebräunten Teint hatte. „Mein herzliches Beileid", sagte sie mitfühlend, als ihre Anwesenheit bemerkt wurde. „Was für ein schrecklicher Tag für euch."

Eline nickte, Lydia starrte sie nur an. Arend holte zusätzliche Stühle und Suzanne setzte sich gegenüber den beiden Frauen an den Schreibtisch. Arend nahm in der Mitte Platz. „Was für ein bizarrer Zufall", eröffnete Suzanne das Gespräch. „So etwas erwartet man wirklich nicht."

Eline schüttelte den Kopf. Sie öffnete ihren Mund, schloss ihn aber wieder, doch schließlich gelang es ihr, etwas zu sagen. „Ich habe das Gefühl, dass der Film, in dem ich bereits eine Rolle spiele, immer noch schlimmer wird."

Lydia schaute auf, ihr Gesicht war nass und fleckig vom Weinen. „Wie kann so etwas geschehen?", fragte sie. „Wer würde Gert... Wer würde ihm etwas antun wollen?"

Sie schien keine Antwort zu erwarten und niemand bemühte sich, ihr eine zu geben.

Ein kurzes Klopfen. Thijs, ein Kollege, der für die Zeugenvernehmungen eingesetzt worden war, guckte zur Tür herein. Suzanne wusste, dass er mit Arend abgemacht hatte, Eline abzuholen. Es war wichtig, dass mit Eline und Lydia einzeln gesprochen wurde. Schließlich war die Antwort auf die Frage, was Eline mit Gert in einem Hotel machte, noch völlig unklar. Suzanne konnte sich unzählige Antworten darauf ausdenken, von denen viele leichter zu geben waren, wenn Lydia nicht daneben sitzt. Und wenn Diskretion versprochen wurde.

„Ja", nickte Eline auf die Frage, ob sie mitgehen könne. „Ja, natürlich. Ist das okay?" Letzteres war für Lydia bestimmt, die zunächst mit großen Augen zusah, dann aber nickte.

Lydia schaute auf. „Ich habe meine Mutter angerufen, ob sie hierherkommen kann. Ist sie schon da?"

Suzanne sah Thijs an und schüttelte den Kopf. Sie räusperte sich. „Wie auch immer, wir würden gerne unter vier – na ja, sechs – Augen mit Ihnen sprechen."

„Oh, ja." Lydia holte tief Luft. Dabei bebte sie am ganzen Körper. „Ja, natürlich."

Thijs schloss die Tür, und plötzlich trat Schweigen ein. Die Geräusche aus dem Saal – Schritte, Stimmen, leise oder rufend – wurden ausgesperrt. Lydia starrte vor sich hin und wischte eine Träne weg, die ihr über die Wange kullerte. Sie fragte: „Wie soll es nun bloß weitergehen?", aber die Frage schien niemandem speziell gestellt zu sein. Suzanne setzte sich anders hin. „Sie verstehen, dass wir den Tod von Gert untersuchen werden", sagte sie. „Man muss sich natürlich immer vor frühen Schlussfolgerungen hüten, aber angesichts der Umstände, unter denen er gefunden wurde, gehen wir derzeit davon aus, dass er keines natürlichen Todes gestorben ist." Sie hielt einen Moment inne, aber Lydia reagierte nicht. Suzanne machte weiter. „Ich verstehe, dass Ihr Leben im Moment völlig auf dem Kopf steht, aber ich hoffe, dass Sie uns durch die Beantwortung einiger Fragen helfen können. Je eher wir ein Bild davon bekommen, wie Gerts letzte Stunden oder Tage ausgesehen haben, desto besser können wir ermitteln."

Lydia nickte nun langsam. „Natürlich", sagte sie, aber es klang apathisch.

Suzanne konnte nicht behaupten, dass sie aus den Anhörungen viel klüger geworden waren. Die Freundinnen waren den ganzen Tag mit Sascha beschäftigt gewesen, ebenso Gert. Erst mit der Suche und dann, nach dem Auffinden der Leiche, mit dem Gespräch bei der Kripo. Anschließend hatten Lydia und Gert gemeinsam gegessen, ohne Eline, die sich in ihr Zimmer zurückgezogen hatte. Nach dem Abendessen wusste Lydia nicht, was sie tun sollte. Gert sei arbeiten gegangen – das Personal instruieren, Abrechnungen machen, alltägliche Aufgaben, die vielleicht hätten warten können, aber die Arbeit gebe ihm Halt, sagte Lydia. Er müsse etwas zu tun haben, sonst werde er unruhig, würde anfangen zu grübeln, sich sorgen zu machen.

„Sorgen, worüber?", fragte Suzanne.

Lydia schaute sie mit einer gewissen Überraschung an, als ob sie sie zum ersten Mal bemerkt hätte. „Sascha, natürlich." Sie wandte ihren Blick ab. „Wir beide. Und natürlich auch Eline." Sie runzelte kurz die Stirn, als ob ihr etwas in den Sinn käme. Dann schüttelte sie den Kopf und sagte nichts.

„Und dann?", fragte Suzanne. „Er machte sich an die Arbeit und was tat er als nächstes?"

„Ich weiß es nicht", sagte Lydia. „Ich bin durch die Dünen gegangen, um meinen Kopf frei zu machen."

„Wie spät war das?"

Lydia verzog den Mund. „Gegen acht Uhr?"

„Alleine?"

„Ja."

„Und, hat es geklappt?"

„Was?"

„Den Kopf frei zu machen."

Wieder dieses kurze Ziehen mit dem Mund. „Nicht wirklich. Es war zu viel, um darüber nachzudenken."

„Wann sind Sie zurückgekommen?"

Lydia schluckte. Sie blickte von Suzanne zu Arend und wieder zurück. „Ich kann mich nicht mehr genau daran erinnern", sagte sie. „Ich glaube, ich war eine Stunde lang weg. Als ich zurückkam, war Gert nicht da."

„Wussten Sie, dass er noch weggehen wollte?"

Ein kurzes, zittriges Achselzucken. „Vielleicht hatte er es erwähnt, dass er noch einen Termin hatte, ich weiß es nicht mehr. Heute ist…" Sie hob für einen Moment die Hand und beendete ihren Satz nicht. Dann wischte sie eine Träne weg, die ihr über die Wange lief.

Die Trauer kam in Wellen. Bewusstwerdung auch. Und

diese eine Träne war der Auftakt zu einer neuen Welle der Trauer und der Bewusstwerdung, sah Suzanne. „Wie soll es nun bloß weitergehen?", fragte Lydia, während Ungläubigkeit und Verzweiflung um den Vorrang auf ihrem Gesicht kämpften. „Wie soll ich weitermachen?"

Suzanne legte ihre Hand auf Lydias Unterarm und rieb ihn sanft. Arend hatte irgendwo eine Tissue-Box auftreiben können, die er nun in Richtung Lydia schob. Sie nahm eines, tupfte sich das Gesicht damit ab und packte ein anderes, das sie zwischen den Fingern zu zerfetzen begann. Dann schaute sie zu Suzanne auf. Die Traurigkeit schien für einen Moment in den Hintergrund zu treten. Stattdessen kniff sie die Augen ein wenig zusammen. Plötzlich schien ihr ein Gedanke durch den Kopf zu gehen.

„Was ich nicht verstehe ist", sagte sie mit einem langsamen Blick auf Suzanne, „was Eline hier zu suchen hatte."

10

ZUM ZWEITEN MAL AN DIESEM TAG BETRAT ELINE DAS
Revier. Obwohl es technisch gesehen das erste Mal an diesem Tag war, denn inzwischen war es etwa zwei Uhr morgens. Sie war müde aber trotzdem hellwach. So wie man sich
fühlt, wenn man die Müdigkeit mit Energiedrinks vertrieben hat. Müde, aber gleichzeitig seltsam aufgekratzt. Alles,
was um sie herum geschah, dröhnte auf sie ein, als könnte
sie keine Reize von außen mehr filtern. Das helle, weiße,
fluoreszierende Licht im Raum, in den sie gebracht wurde,
der Geruch von verbranntem Kaffee in ihrer Nase, der bittere Geschmack, wenn sie ihre Tasse an den Mund führte,
der Schmerz beim Verbrennen ihrer Lippe. Sie schaute sich
um. Die Wände des Raumes schienen vor kurzem mit wei
ßer Farbe frisch getüncht zu sein. In einer Wand befand sich
eine Art großes Rechteck, sozusagen ein dunkler Spiegel.

Sie fragte sich, ob eine Gruppe von Kripobeamten dahinter stehe oder ob das nur in Filmen der Fall war.

Ihr gegenüber saßen zwei Kripobeamte, die sie nicht kannte. Sie hatten gesagt, es sei ihre Aufgabe, mit Zeugen zu sprechen, und sie würde sicherlich verstehen, dass sie eine wichtige Zeugin sei. Eline hatte genickt. Ja, natürlich verstand sie das, und natürlich war sie gerne bereit, zu kooperieren. Auch wenn sie irgendwie gehofft hatte, mit Suzanne sprechen zu können, weil sie sie schon ein wenig kannte.

Auf dem Tisch lag ein kleines, schwarzes Gerät. Der eine Beamte, der sich als Thijs Kok vorgestellt hatte, ergriff das Wort. „Vor dem Gespräch möchte ich klarstellen, dass wir es aufzeichnen werden. Dies ist kein Verhör und Sie nehmen freiwillig daran teil. Das bedeutet, dass Sie das Gespräch jederzeit beenden können."

Eline nickte einige Male. Sie hatte einen Brocken im Hals und sie hustete. Sie trank noch einen Schluck Kaffee, der sich etwas abgekühlt hatte. „Ich habe das verstanden", sagte sie. Irgendwie fiel ihr dazu das Wort Anwalt ein, das von ihren eigenen Gedanken sofort beiseitegeschoben wurde. Es mussten ihre Nerven sein, die nun mit ihr durchzugehen drohten. Sie brauchte keinen Anwalt. Schließlich hatte sie nichts zu verbergen. Und dies war kein Verhör.

„Also gut, fangen wir an." Thijs Kok warf einen Blick auf seinen Kollegen. Trotz der Tageszeit sah er überhaupt nicht müde aus, dachte Eline. Sein blondes Haar – zu kurz, um lang zu sein, zu lang für eine Igelfrisur – war zurückgekämmt und mit Gel fixiert. Gelegentlich fuhr er sich mit der Hand durchs Haar, obwohl er sich nichts aus seinem Gesicht streichen musste. Sein Kollege hieß Frits Boersma und war mindestens zwanzig Jahre älter. Sein Gesicht hatte etwas

Mürrisches und Weiches zugleich, Eline stellte sich vor, dass er in der Lage war, beide Attribute entsprechend dem Verlauf eines Gesprächs zu verwenden.

Das Band wurde gestartet. Thijs Kok machte den offiziellen Anfang und nannte das Datum, die Uhrzeit und die Anwesenden sowie die Fallnummer. Er wiederholte den freiwilligen Charakter des Gesprächs und schaute Eline einen Moment lang an. Sie nickte so fest, wie sie konnte, sie hatte keine Ahnung, ob es auch so rüberkam.

„Sie waren heute Abend im Hotel-Restaurant De Branding anwesend", sagte der Beamte. „Können Sie uns erzählen, was Sie dort vorhatten?"

Eline dachte nach und suchte nach den richtigen Worten. Auf dem Weg dorthin hatte sie über die Antwort auf diese unausweichliche Frage nachgedacht. Sie musste es korrekt erzählen, ihre Formulierung sehr sorgfältig wählen. Es durfte keine Missverständnisse geben. Trotz allem, trotz ihrer Müdigkeit, trotz der völlig bizarren Situation, in der sie sich befand, war ihr Verstand scharf genug, um zu verstehen, wie man ihre Anwesenheit im Hotel auslegen konnte. Das war nur logisch, vielleicht hatte sogar Gert das gedacht.

Sie räusperte sich und bemerkte, dass es einige Sekunden lang ruhig gewesen war. Schließlich nickte sie kurz und öffnete den Mund. „Ich hatte eine Verabredung mit Gert."

Von den beiden Beamten kam hierauf keine nennenswerte Reaktion. Eline griff in ihre Tasche. Sie war froh, dass sie den Flyer mitgenommen hatte. Nun zog sie ihn heraus und schob ihn den beiden hin über den Tisch. „Den hier habe ich von Gert bekommen. Er hat darauf das Datum, die Zeit und den Ort geschrieben, an dem er mich treffen wollte. Der jüngere Beamte runzelte kurz die Stirn und nahm den Flyer. Er sah sich die Botschaft unten auf dem Zettel eingehend an.

„Wann hast du den bekommen?" Unbewusst – oder war es Absicht – hatte er begonnen, sie zu duzen.

Eline musste über die Antwort nachdenken. War es heute Morgen? Gestern Morgen? Die Tage und Zeiten waren ineinander übergelaufen. Sie musste schon für eine bizarre Anzahl Stunden wach sein.

„Als Sascha verschwunden war", sagte sie. „An diesem Morgen. Er sagte, er wolle mit mir sprechen."

„In einem Hotel."

Eline nickte kurz. „Ich wusste nicht, was ich davon halten sollte."

„Aber du bist trotzdem hingegangen."

Eline schlug die Beine übereinander. Nahm noch einen Schluck von dem ekligen Kaffee, der inzwischen lauwarm geworden war. Sie nickte. „Er gab mir den Flyer, als Sascha noch nicht..." Sie zögerte. „Als wir noch dachten, dass Sascha oben friedlich am Schlummern sei. Er sagte, wir müssten reden und dass es wichtig sei."

„Hat er gesagt, worum es geht?"

Eline schüttelte den Kopf. „Nein, nur dass es nicht das war, was ich dachte. Er sagte, dass ihm Lydia im Beach Club die ganze Zeit auf der Pelle saß und dass sie keinen Wind von der Sache bekommen dürfe."

Jetzt, nachdem sie das so ausgesprochen hat, konnte sie gut verstehen, was man sich dabei denken konnte. Der Blick in den Augen der Beamten erstaunte sie dann auch nicht.

„Ich sagte, ich will das nicht", fuhr sie fort. „Aber er beteuerte mir abermals, dass es nicht das sei, was ich dachte."

Sie starrte direkt vor sich hin. „Als sich herausstellte, dass Sascha ertrunken war, dachte ich nicht mehr an dieses Treffen. Aber dann fing Gert wieder an, darüber zu sprechen."

„Und Lydia durfte es immer noch nicht wissen?"

Eline schüttelte den Kopf. „Das war der ganze Grund dafür, weshalb er sich außerhalb des Beach Clubs mit mir treffen wollte. Er schien ziemlich besorgt zu sein, dass Lydia etwas hören oder uns zusammen sehen könnte."

Der ältere Beamte ergriff das Wort. „Worüber wollte er denn mit ihnen sprechen?", fragte er.

„Das hat er nicht gesagt", antwortete Eline. „Ich fragte, was er besprechen wolle, aber es müsse warten, sagte er." Sie zögerte einen Moment. Musste sie sagen, dass sie bis zuletzt nicht davon überzeugt war, dass es sich dabei wirklich um ein Gespräch handelt? Oder würde sie dadurch Anspielungen machen auf etwas, das aus der Luft gegriffen war? Die Wahrheit war, dass sie es nicht wusste.

„Was ich seltsam fand", sagte sie schließlich, „war, dass Gert mich gebeten hatte, an die Hotelbar zu kommen. Ich war spät dran und er war nicht da, also dachte ich mir, er sei schon nach Hause gegangen. Aber nachdem ich etwas getrunken hatte, kam der Rezeptionist mit einer Schlüsselkarte und der Nachricht zu mir, dass ich in Zimmer 2 erwartet werde." Sie hob die Augenbrauen. „Ich frage mich, wer ihn darum gebeten hat. Und warum es erst nach einer Weile geschah und nicht gleich, als ich hereinkam."

Sie sah, wie der ältere Beamte eine Notiz machte und wartete eine Weile, bevor sie weitermachte. Sie zögerte einen Moment. „Ich wollte nicht wirklich in dieses Zimmer gehen", sagte sie. „Ich meine, ich bin nicht so naiv zu glauben, dass man für ein gutes Gespräch ein Hotelzimmer braucht. Eigentlich wollte ich gerade gehen, aber dann fing ich an, darüber nachzudenken und mich packte die Wut."

„Die Wut?" Sie sah, wie sich die Minen der beiden Beamten veränderten. Als ob ihr Interesse durch dieses eine Wort geweckt worden wäre, was wahrscheinlich auch so war.

„Ja", sagte sie trotzdem mit Entschiedenheit. „Ich war wütend, dass Gert versuchte, mich anzumachen. Ich meine, erstens ist er mit meiner Freundin verheiratet und nur schon aus diesem Grund würde ich mich nie auf so etwas einlassen. Wenn ich ihn attraktiv gefunden hätte, was jedoch nicht der Fall war. Und zweitens war meine andere Freundin gerade gestorben. Ich hatte wohl andere Sorgen."

Der jüngere Detektiv nickte, der andere schaute sie nur starr an. Seine Augen waren dunkel, fast schwarz, das fiel Eline erst jetzt auf.

„Ich wollte ihm sagen, er solle mich in Ruhe lassen. Deshalb bin ich zu diesem Zimmer gegangen."

„Und dann lag er da."

Eline nickte. „Und dann lag er da."

Es herrschte Schweigen. Eline schloss für einen Moment die Augen. In ihren Gedanken erlebte sie den Moment immer wieder, wie in einem Film, der weiterspielt, weil sie den Stoppknopf nicht finden konnte. Bilder, die sie vielleicht nie wieder vergessen wird.

„Ich wünschte, ich wäre nicht hingegangen", sagte sie leise. „Nicht zum Hotel, nicht ins Zimmer."

„Dennoch wolltest du wissen, was Gert dir zu sagen hatte." Sie nickte halbwegs. „Er sagte immer wieder, es sei wichtig. Deshalb war ich dort. Irgendwie glaubte ich immer noch, dass er es wirklich so war, dass er meine Hilfe gebraucht hätte. Oder Lydia."

„Hat sie das selbst gesagt, dass sie Ihre Hilfe braucht?"

„Nein."

„Wie kommst du dann darauf?"

Eline zögerte. Musste sie den Beamten das mit Lydia erzählen? Ihr Stress in letzter Zeit, ihre Sorgen über Gerts Verhalten? Sie könnten doch viel mehr darin sehen, als es in Wirklichkeit war. Ein wenig Stress oder Beziehungsärger stand in keinem Verhältnis zu dem, was geschehen war. Das kennt jeder.

„Ich weiß es nicht", sagte sie schließlich.

„Das Problem ist..." Der ältere Beamte sah sie an. Etwas in seinem Gesicht hatte sich verändert, aber Eline konnte nicht genau sagen, was. Irgendetwas schien ihn zu quälen.

„Das Problem ist, dass wir jetzt einen Mann haben, der ganz offensichtlich ermordet wurde, kurz bevor er ein Treffen mit dir vereinbart hatte, weil er dir etwas sagen wollte oder weil er andere Pläne mit dir hatte. Das kann natürlich ein Zufall sein, aber ich bin nicht jemand, der leicht an Zufälle glaubt."

Daran hatte Eline noch nicht gedacht. „Es wäre möglich", sagte sie. „Aber dann hat sie mir nichts davon erzählt."

„Wie war die Beziehung zwischen Sascha und Gert?"

Eline strich sich mit der Zunge über die Lippen. Sie waren trocken, an manchen Stellen sogar schilferig. Sie griff nach ihrem Becher, änderte aber ihre Meinung, als sie die bittere, kalte Flüssigkeit auf ihrer Zunge schmeckte.

„Keine Besonderheiten", antwortete sie auf die Frage. „Soweit ich weiß."

„Soweit du weißt?"

Sie nickte. „Ich habe nie wirklich mit Sascha über Gert gesprochen."

„Wie sind die beiden miteinander ausgekommen?"

Eline dachte nach, bevor sie antwortete. Wie haben sich Gert und Sascha eigentlich verstanden? Sie hat dem nie besondere Aufmerksamkeit geschenkt. „Normal", sagte sie. „Freundlich, warmherzig, so wie man mit den Männern der Freundinnen umgeht."

„Hat Gert auch sie in ein Hotelzimmer bestellt?" Sie schluckte. „Das habe ich nicht so gemeint."

„Es könnte doch sein, oder?"

Eline zuckte kurz die Achseln. „Vielleicht schon, wer weiß. Aber dann hat Sascha mir das nie erzählt."

Sie ließen vom Thema ab. Der ältere Beamte ergriff erneut das Wort. „Gehen wir zurück zu dem Moment, in dem du auf dem Weg zum Hotelzimmer warst. Ist dir dabei irgendetwas aufgefallen?"

Zum x-ten Mal spielte sich wieder derselbe Film in Elines Kopf ab. Sie redete, während der Film weiterlief. „Ich ging in den Flur, wo niemand war. Es war die zweite Tür auf der linken Seite. Ich öffnete sie mit der Schlüsselkarte. Drinnen war es dunkel." Sie hielt einen Moment inne, sah sich selbst in Gedanken das Licht wieder einschalten. „Man kommt zuerst in eine Art Korridor, wobei die Badezimmertür auf der linken Seite liegt. Von dort aus kann man das Bett noch nicht sehen. Ich schaltete das Licht ein und es fiel mir auf, dass es im Zimmer sehr ordentlich war. Da standen keine extra Sachen herum, ich dachte sogar einen Moment lang, dass Gert gar nicht da war. Und dann ging ich weiter nach vorne."

Sie schwieg einen Moment lang. Beide Beamte setzten sich gerader hin.

„Als ich ihn sah, wusste ich zunächst nicht einmal, was ich da sah. Es war so bizarr, es war, als wollten meine Augen es nicht sehen. Was mir am meisten auffiel, war das Blut, da war so viel Blut." Sie schluckte, aber ihr wurde erneut übel. „Und dann schaute ich auf seinen Kopf."

Sie schloss die Augen und versuchte, die Bilder zu verscheuchen, was ihr natürlich nicht gelang.

„Können wir kurz anhalten?", fragte sie.

Das Band lief weiter, aber der ältere Beamte holte ihr etwas Wasser. Beide lehnten sich zurück und sprachen mit ihr über etwas anderes. Was sie für ihren Lebensunterhalt tat, wo sie lebte. Eline antwortete, ohne zu wissen, ob dies Teil des Gesprächs war.

„Wie lange kanntest du Gert schon?"

Sie musste in ihrem Gedächtnis graben. „Seit ich zehn Jahre alt bin, glaube ich." Sie erzählte von den Schulferien, über die Freundschaft zwischen ihr, Sascha und Lydia und wurde dabei von Trauer überwältigt. Sie griff nach einem Taschentuch, trocknete ihre Tränen und riss sich zusammen. „Wir können weitermachen."

Sie hatten nicht mehr viele Fragen. Eline hatte bereits alles gesagt, was sie wusste. Sie fragten, ob sie Hilfe bei der Verarbeitung benötige. Sie schüttelte den Kopf. Vielleicht später, ja, dann würde sie sich melden.

Ein junger Polizist brachte sie ins Het Zout. Lydia war nicht da, aber die Tür war offen. Über der Bar brannte Licht. Es fühlte sich seltsam an, hier allein zu sein. Als sie zuletzt hier war, dachte sie, dass ihr Leben komplett auf dem Kopf stand. Sie hätte nie geglaubt, dass es noch viel schlimmer, noch seltsamer werden könnte.

Sie setzte sich auf einen Barhocker und legte ihren Kopf in die Hände. So blieb sie sehr lange Zeit sitzen.

„Guten Morgen."

Suzanne blickte auf, als sie eine heisere Stimme hörte, die sich nicht mit einem guten Morgen reimte. Denn so gut war dieser für Arend nicht. „Was für eine Nacht", fügte er hinzu. Suzanne lächelte. „Das kannst du wohl sagen. Und guten Morgen."

Arend stellte ihr eine Tasse Kaffee vor die Nase. Kein Automatengebräu, sondern im Café in der Straße hinter der Wache geholt, sah Suzanne. Sie nickte zustimmend.

„Das tägliche Gift wird uns heute nicht helfen", sagte Arend. „Nicht nach den drei Stunden, die ich geschlafen habe."

Suzanne hatte auch nicht viel geschlafen, aber sie fühlte sich erstaunlich fit. Es war noch nicht einmal acht Uhr und das Ermittlungsteam war schon fast in voller Stärke einsatzbereit.

„Haanstra will uns in einer Viertelstunde im Sitzungssaal sehen", sagte Arend. „Teambesprechung."

„Welcher Fall?"

„Van Grinsven."

Suzanne nickte. Es waren immer noch zwei getrennte Fälle, obwohl man die Verbindungen zwischen ihnen nicht ignorieren konnte.

Arend setzte sich an seinen Schreibtisch und fuhr den Rechner hoch. „Was für einen Eindruck hast du von heute Nacht?", fragte Suzanne. Er wusste sofort, was sie meinte und zuckte kurz die Achseln. „Ich weiß nicht, was ich davon halten soll."

Suzanne hatte das gleiche Gefühl bei dem Gespräch

ihrer Kollegen mit Eline van As, dessen letzten Teil sie und Arend hinter dem Einwegspiegel mitverfolgt hatten, als sie auf die Polizeiwache zurückgekehrt waren. Als Familienermittler mussten sie die Gespräche nicht unbedingt mitverfolgen oder sich nochmals anhören, aber in diesem Fall wollte Suzanne es selbst. Wegen der Verbindung zwischen Eline und Lydia hielt sie es für wichtig zu wissen, was Lydias Freundin zu sagen hatte.

Natürlich könnte es wahr sein, was Eline sagte, davon musste sie ausgehen. Zugegeben, der offensichtlichste Grund, warum sie einem Treffen mit Gert in einem Hotel zugestimmt hatte, lag auf der Hand. Aber irgendwo hatte Suzanne Mühe, sich vorzustellen, dass Eline wirklich eine Affäre mit Gert begonnen hatte oder beginnen wollte. Es schien umständlich zu sein, eine solches Rendez-vous in einem Hotel, mit dem Risiko, gesehen zu werden. Das hätte man einfacher arrangieren können.

Obwohl es natürlich auch umständlich war, ein Treffen in einem Hotel für ein Gespräch zu vereinbaren. Weil Lydia keinen Wind davon bekommen durfte, was Gert so zu Eline gesagt haben soll. Dabei musste es sich um ein sehr kompliziertes Gespräch handeln und ein sehr geheimes.

Über Lydia? Diese Frage kam Suzanne dazu gleich in den Sinn. Thijs und Frits hatten sie ebenfalls subtil gestellt, um Eline nicht den Eindruck zu vermitteln, dass man sie über ihre Freundin aushorchen wollte. Darauf bekamen sie keine Antwort. Das war nicht unlogisch. Eline schien wirklich nicht zu wissen, worüber Gert mit ihr sprechen wollte. Was wiederum dem Bild entsprach, dass es sich um ein geheimes Gespräch handelte.

„Die Art und Weise, wie dieses Treffen zustande kam,

war auffallend", sagte Arend jetzt nachdenklich. „Mit einem Flyer, auf den er was gekritzelt hat. Er hätte es ihr auch nur sagen können."

Suzanne nickte. Beim Anblick des Flyers wurde ihr Interesse sofort geweckt. Inzwischen lag der Flyer bei Haanstra, sie war neugierig, was er dazu sagen würde. Die Ähnlichkeit mit dem Stück Papier, das Walter unter Hildes Sachen gefunden hatte, war natürlich frappierend.

Suzanne schaute auf die Uhr in der rechten unteren Ecke ihres Computerbildschirms. Fünf Minuten bis zur Besprechung. „Kommst du mit?", fragte sie Arend, der nickte und langsam aufstand.

Inzwischen bestand das Team aus zweiundzwanzig Mann, der Sitzungssaal bot Platz für fünfzehn Personen. Suzanne und Arend standen ganz hinten. Haanstra hatte den Beamer eingeschaltet. Genau zu der angegebenen Zeit schloss er die Tür, niemand kam zu spät.

„Guten Morgen", sagte der Inspektor und er begann das Briefing mit einer kurzen Zusammenfassung dessen, was jeder bereits wusste. Dann berichtete er über das Gespräch mit Eline und den Grund ihres Aufenthalts im Hotel. „Wir haben die Zeitachse, wie sie sie umrissen hat, bereits überprüft und sie stimmt mit den Informationen überein, die wir von Zeugen erhalten haben. Außerdem wurde Eline auf den Kameras innerhalb und außerhalb des Hotels gesehen."

Suzanne wartete, aber der Inspektor hatte keine weiteren Informationen. Das einzige Neue war die Aussage des Rezeptionisten zur Schlüsselkarte. „Anscheinend hatte Gert ihn gebeten, Eline die Karte zu bringen, als sie an der Bar Platz genommen hatte", sagte Haanstra. „Nicht sofort, aber nach etwa fünfzehn Minuten. Der Rezeptionist hat nicht nach dem Grund gefragt. Er hat getan, was ihm aufgetragen wurde."

Ein Flüstern und Nicken ging durch den Saal. Vorläufig schienen nicht viele neue Spuren entdeckt worden zu sein. Aber Suzanne hatte den Eindruck, dass Haanstra ruhig angefangen hat und dass er noch lange nicht fertig war.

„Dann weiter zum nächsten Punkt", sagte der Inspektor und auf dem Beamer erschien ein Bild des Flyers des Beach Clubs.

„Auffallend ist, dass wir diese Woche in den Besitz desselben Flyers kamen", sagte Haanstra dann. „Es stellte sich heraus, dass er bei den Sachen von Hilde Claes war. Es stand eine Telefonnummer darauf, die zu einer Prepaid-Karte gehörte, aber nicht mehr verwendet wird. Wir haben die Handschriftenanalyse auf beide Flyer angewandt, aber die Handschriften stimmen nicht überein."

Suzanne seufzte. Sie hatte erwartete, dass Gert beide Flyer vergeben hätte.

„Wir haben noch etwas anderes entdeckt", fuhr Haanstra fort. „Das Handy von Gert van Grinsven enthielt interessante Informationen. Die Telefonnummer auf Hildes Flyer ist in seinem Telefon unter ihrem Namen gespeichert. Es ist nicht die Telefonnummer, die sie im Allgemeinen benutzt hat, aber der SMS-Verkehr zwischen Gert und Hilde fand auf dieser Nummer statt."

Suzanne brauchte einige Zeit, um diese Informationen zu verarbeiten. Sie bemerkte, dass es ihren Kollegen ebenso erging. Hier und da haben sie die Stirn gerunzelt und leise geflüstert.

„Bis anhin gab es keine Übereinstimmung zwischen Hilde Claes und Gert van Grinsven, und wir hatten keinen Grund zur Annahme, dass sie sich kannten, außer dass Hilde und ihr Freund in Gerts Strandpavillon gegessen hatten. Aber das hat sich jetzt geändert."

Auf dem Beamer erschien das nächste Bild. Es handelte sich um einen Screenshot eines Handybildschirms, auf dem Textnachrichten hin- und hergeschickt worden waren. Das Telefon gehörte Gert, der Name oben auf dem Bildschirm verriet, dass er Hilde einfach unter ihrem eigenen Namen gespeichert hatte. Es herrschte eine Stille, während dem die Augen von Suzanne und ihren Kollegen auf die Nachrichten fixiert waren. Suzanne spürte wachsendes Erstaunen.

Es begann mit einer Botschaft von Gert.

Ich möchte dich sehen.

Wann?

JETZT.

Haha, schön wär's. W ist hier.

Komm hierher.

Suzanne schaute sich das Datum an. Die Nachrichten wurden einen Tag vor Hildes Tod verschickt. Zwischen den ersten fünf war weniger als eine Minute vergangen, dann gab es eine Lücke von einigen Stunden, bevor Gert eine weitere Nachricht sandte. Um 22.09 Uhr. Hilde hatte auf seine vorherige Nachricht nicht geantwortet und anscheinend hatte er eine neue Idee.

Komm morgen früh mit mir schwimmen. 6.30 Uhr, wenn noch Flut herrscht. Warte im Wasser auf mich, nackt. Ich verspreche dir, du wirst es nicht bereuen.

Die Antwort kam ziemlich schnell.

Ich werde da sein.

Suzanne las das ganze Gespräch zweimal. Langsam begann sie zu begreifen, was dies bedeutete.

„Die Nachrichten waren von Gerts Telefon gelöscht worden", sagte Haanstra. „Aber wir haben sie zurückgeholt."

„Was bedeutet das?", fragte jemand.

„Das bedeutet, dass wir den Tod von Hilde Claes erneut untersuchen", sagte Haanstra. „Der Fall wurde wieder aufgenommen."

Natürlich war er in seiner Formulierung vorsichtig. Jeder ist unschuldig, solange nicht das Gegenteil bewiesen wurde. Aber wenn Suzanne sich nur in etwa vorstellte, was geschehen sein könnte, ergab sich ihr schon ein sehr logisches Szenario. Ein erschreckendes Szenario.

„Wir haben noch mehr gefunden", sagte Haanstra und schaute die vier digitalen Ermittler an, die in der ersten Reihe saßen und die Nachrichten wiederhergestellt hatten. „Dies waren nicht die einzigen interessanten Nachrichten in Gert van Grinsvens Handy."

Er drückte einen Knopf und das nächste Bild erschien. Ein weiterer Screenshot eines Nachrichtenschirms – kein WhatsApp, wie Suzanne festgestellt hat – und diesmal stand ein anderer Name darüber. Ein Name, bei dem ihr Herz kurz einen Aussetzer hatte.

Sascha

Es begann mit ein paar Nachrichten – die letzte Woche verschickt wurden – über ein Geschenk, das Eline und Sascha für Lydia mitbringen wollten. Eine Halskette mit einem bestimmten Edelstein dran und ob sie Lydia mit einem Jadestein oder mit einem Mondstein mehr Freude bereiten würde. Gert hatte geantwortet, dass ihr wahrscheinlich beides gefallen würde.

Danach gab es einen Tag lang keinen Nachrichtenverkehr und dann hatte Gert gesendet, dass er sich auf die Ankunft von Sascha freue. Sie hatte ein Smiley-Gesicht geschickt, das alles bedeuten konnte, und unmittelbar danach kam eine weitere Nachricht von Gert.

Ich meine es ernst. Es ist zu lange her. Aber ich habe dich nicht vergessen.

Suzanne kniff die Augen zusammen. Saschas Antwort hatte eine halbe Stunde auf sich warten lassen.

Und ich dich auch nicht.

Ich will dich.

Dieses Mal kam die Antwort sofort. *Du weißt, dass ich dich auch will. Aber Lydia... Was, wenn sie es herausfindet?*

Niemand braucht es zu wissen, genau wie damals. Ich habe das ganze Jahr über an dich gedacht. Du bist etwas ganz Besonderes. Ich kann es kaum erwarten.

Sascha hatte danach nicht mehr geantwortet. Die nächste Nachricht kam von Gert, die am Abend danach verschickt wurde.

Ich will dich. Morgen früh, 7 Uhr. Bei Aufgang 6.

Sascha wurde viel weiter weg gefunden, erinnerte sich Suzanne. Aber das hatte nicht viel zu bedeuten. Die Strömung war stark, und wenn Sascha tatsächlich gegen sieben Uhr morgens ins Wasser gegangen wäre, dann hatte sie dort stundenlang gelegen.

Saschas Antwort war, trotz ihrer früheren Abweisung, mehr als eindeutig. *Ich wünschte, es wäre schon morgen. Aber bitte behalte das Geheimnis für dich, ich möchte wirklich nicht, dass es jemand erfährt.*

Suzanne atmete tief durch. Diese Nachrichten waren auch von Gerts Telefon gelöscht worden, aber die digitalen Ermittler hatten sie wiedergefunden.

„Es gab noch mehr Nachrichten", fuhr Haanstra fort. „Die

für die Kommunikation verwendeten Nummern werden noch geprüft. Aber es scheint, dass Gert van Grinsven sich mehr als einmal mit anderen Frauen getroffen hat." Er hielt einen Moment inne, bevor er weitermachte. Die Informationen, die er danach mit ihnen teilte, waren ihnen bereits bekannt, verfehlten deshalb aber dennoch nicht ihre Wirkung.

„Zwei dieser Frauen ertranken etwa zu der Zeit, als sie sich mit Gert getroffen hatten."

Später, an ihrem Schreibtisch, brauchte Suzanne etwas Zeit, um alles auf die Reihe zu kriegen. Die Schlussfolgerung, dass Gert etwas mit dem Tod der beiden Frauen zu tun hatte, drängte sich auf, war aber zu dem Zeitpunkt natürlich viel zu voreilig.

Dennoch erlaubte sie sich, in diese Richtung weiter zu denken. Hilde traf sich mit Gert und starb. Sascha traf Gert und starb. Eline traf Gert. Er starb. Suzanne blinzelte einige Male, aber sie konnte ihre Fantasiebilder nicht in eine logische Reihenfolge bringen. Mit dem Gefühl, dass sich ihre Gedanken wie wild im Kopf drehten und nicht zu bremsen waren, ging sie noch einmal zum Kaffeeautomaten. Es war ein Tag, an dem man sich eine zusätzliche Tasse gönnen durfte.

11

ES WAR DER FLYER. ELINE STARRTE AUF DIE SICH BEWEGENDEN Münder der beiden Beamten, die ihr am Tisch gegenüber saßen. Sie bewegten sich nicht gleichzeitig, sondern abwechselnd, als hätten sie dies miteinander abgesprochen. Worte rollten heraus, leise ausgesprochen. Sie drangen sanft zu ihr durch, aber sobald sie einmal in ihr drin waren, schienen sie wie Bomben gegen das Innere ihrer Haut zu explodieren. Ihre Organe verkrampften sich, das Blut schoss durch die Venen, als wäre der Kreislauf eine Rennstrecke, ihr Herz schlug gegen den Rippenbeutel. Und die ganze Zeit saß Lydia versteinert neben ihr, mit offenem Mund, als würde sie lautlos schreien.

In Elines Kopf drehten sich die Worte wie ein Karussell. Gert und Sascha. Sascha und Gert. Und Hilde. Eline erinnerte sich an die kleine Gedenkstätte in den Dünen, an dem sie noch innegehalten hatte. Hatte Gert wirklich... Eline schloss die Augen, öffnete sie wieder und wischte eine Träne fort, die einfach so herauskullerte. Das konnte doch einfach nicht wahr sein, oder? Egal, wie sehr sie es auch versuchte, sie konnte es sich nicht vorstellen. Und warum? Warum sollte Gert einfach so herumlaufen und Frauen ermorden, ob er nun etwas mit ihnen gehabt hat oder nicht.

Oder hatte es etwas mit der Zurückweisung zu tun? Hatte sich Gert auf ein Rendez-vous gefreut, das im letzten Moment geplatzt war? Im SMS-Gespräch sah es nicht danach aus, aber natürlich wussten Sie nicht, was zur vereinbarten Zeit und am vereinbarten Ort geschehen war.

Es sei der Flyer gewesen, der hätte sie auf diese Fährte gebracht, sagte der Kripobeamte. Die Frau, Suzanne. Eigentlich war sie eine Familienermittlerin und ausschließlich Lydias Kontaktperson, aber sie wollte heute gemeinsam mit Lydia und Eline sprechen. Zusammen mit ihrem Kollegen, an dessen Namen Eline sich nicht mehr erinnern konnte, egal wie sehr sie sich auch anstrengte. Ihr Gehirn machte einfach Pause.

Hilde hatte auch einen solchen Flyer gehabt, mit einer Telefonnummer darauf gekritzelt. Nur war das nicht Gerts Handschrift, aber weil es ein Flyer vom Het Zout war, hatte die Polizei doch einen Zusammenhang hergestellt. Und dann hatten sie Gerts Telefon durchsucht und Nachrichten gefunden, die längst gelöscht worden waren. Nachrichten, die ihnen die Ermittler gezeigt hatten auf Bildern, in Klarsichtmäppchen. Nachrichten, die Eline selbst nach fünfmaligem Lesen nicht wirklich glauben konnte. Hilde kannte sie nicht. Die Ermittler hatten ihr erzählt, dass sie mit ihrem Freund in Zoutelande im Urlaub gewesen war und sie sich offenbar mit Gert eingelassen hatte. Der Freund, Walter, war zur gleichen Zeit im Dorf. Er war derjenige, der den Flyer vom Het Zout zur Polizei gebracht hatte. Sie mussten noch mit ihm sprechen, um ihn über die neuesten Entwicklungen zu informieren, aber die Ermittler gingen davon aus, dass Walter nicht wusste, was zwischen Gert und seiner Freundin vorgefallen war. Eline verzog den Mund, als sie sich vorstellte, wie es wäre, wenn sie hinterher hören würde, dass Ihr Partner sie betrogen hatte oder zumindest betrügen wollte. So viele Fragen, auf die man keine Antwort bekommen würde, so viel Schmerz, mit dem man nicht wusste, wohin.

Neben ihr hatte Lydia endlich ihre Stimme wiedergefunden. Es klang heiser, kratzend. Auch erstickt. „Ich verstehe es nicht", sagte sie. „Warum sollte er..."

Sie beendete die Frage nicht, und niemand antwortete. Warum? Dies war auch das Wort, das Eline wie ein Blitz in einer dunklen Nacht durch den Kopf schoss. Sie konnte kaum an etwas anderes denken. Warum wollte Gert etwas mit Sascha? Warum hatte Sascha sich darauf eingelassen? Und vor allem: Warum ist Sascha jetzt tot? Hat sie gedroht, es Lydia zu sagen? Oder umgekehrt: Hatte sie Gert gezwungen, eine Wahl zu treffen? Das schien mir verfrüht. Die Nachrichten sprachen für sich, aber wenn man davon ausging, dass es wahr war, was gesendet wurde, hätte es keine langfristige, ernsthafte Beziehung zwischen Sascha und Gert gegeben. Es war eher eine jugendliche Ferienliebe. Und das war, was Eline nicht verstand. Warum sollte Gert Sascha in irgendeiner Weise verletzen wollen, wenn es sich doch nur um ein Geplänkel handelte? Natürlich hatte Sascha an diesem Abend nichts darüber gesagt, als Gerts Verhalten zur Diskussion stand. Vielmehr hatte sie etwas überrascht auf

Lydias Worte reagiert und nur gesagt, dass Gert nun einmal so sei. Und dass sie sich vor Jahren einmal geküsst hatten, aber das war jetzt offensichtlich nicht mehr die einzige Wahrheit. Stattdessen hatte sich zwischen den beiden sehr viel mehr abgespielt. Eline bekam Gänsehaut wenn sie an all die Lügen, dieses Verschweigen der Wahrheit, dachte. Hatte sie Sascha denn so schlecht gekannt?

Eline atmete tief durch. Warum, ging es ihr schon wieder durch den Kopf. Sie schloss für einen Moment die Augen. Die Antwort war, dass sie keine Ahnung hatte, warum.

Neben ihr schien Lydia die Frage losgelassen zu haben. Ihrer Verwirrung war einer Kombination aus Trauer und Wut gewichen. „Wie konnte er dies nur tun?", fragte sie, mit einer festeren Stimme als zuvor. „Mich betrügen."

Eline nickte sanft. Diese Seitensprünge kamen ihr enorm ungerecht und schmerzhaft vor, aber war nicht das Wissen, dass Gert wahrscheinlich zwei Frauen getötet hatte, viel schlimmer? Automatisch erschien sein Gesicht vor ihrem geistigen Auge. Fröhlich, gutmütig, oft mit einem Blick, der etwas Spöttisches an sich hatte. Wie kann jemand, den sie zu kennen glaubte, eine so andere Seite haben?

Sie dachte an den Abend, an dem sie beide gemeinsam an einem Tisch im Het Zout saßen. In Gedanken durchlebte sie das Gespräch noch einmal. Die Nachricht an Sascha war damals bereits gesendet worden. Hatte er den Plan schon gefasst? Wusste er schon dann, was er am nächsten Tag tun wollte? Oder geschah es aus einer Laune heraus, einem Moment, in dem er völlig die Kontrolle über sich selbst verlor? Dass er ein anderer wurde, jemand, der von teuflischen Gefühlen getrieben, die schrecklichsten Dinge tat? War Gert ein berechnender Killer oder ein unvorhersehbarer Vulkan gewesen, der in unerwarteten Momenten ausbrach? Und wie groß war die Gefahr gewesen, in die sie sich selbst an diesem Abend im Hotel gebracht hatte? Ein eisiger Schauer glitt ihr vom Nacken über den Rücken bis hinunter in die Zehen. Was, wenn sie an diesem Abend pünktlich dort gewesen wäre?

„Hat sein eigener Tod etwas damit zu tun?" Eline schaute den beiden Ermittlern prangernd ins Gesicht, als sie diese Frage stellte. Keiner von beiden gab eine schlüssige Antwort.

„Ich meine, jemand hat…"

Sie brauchte nicht zu erklären, was andere getan hatten. Beide Ermittler nickten kurz. Der Mann ergriff das Wort.

„Im Moment wissen wir es noch nicht. Natürlich ist diese Entdeckung sehr wichtig für die Ermittlungen, und wir versuchen herauszufinden, was all diese Ereignisse miteinander zu tun haben, aber wir sollten nicht zu voreilige Schlüsse ziehen, für die es keine Beweise gibt."

„Welche Beweise gibt es im Moment?"

„Für einen Zusammenhang zwischen den Nachrichten auf dem Handy von Gert und seinem eigenen Tod gibt es keine Beweise."

Eline nickte nachdenklich. „Haben Sie überhaupt etwas im Hotelzimmer gefunden? Gibt es irgendwelche Fingerabdrücke?"

Sie sah, wie sich die Detektive gegenseitig kurz anblickten. „Es liegen noch nicht alle Untersuchungsergebnisse vor", sagte der Mann. „Aber es scheint, dass der Täter seine Spuren minimiert oder sorgfältig ausgelöscht hat. Die Tatwaffe fehlt, wie wir wissen und es gibt nur wenige andere Spuren, die in die Richtung des Täters weisen könnten. Die Tatsache, dass es in einem Hotelzimmer geschah, erschwert die Sache, da dort viele menschliche Spuren vorhanden sind. Wir haben über fünfzig verschiedene Fingerabdrücke gefunden.

„Werden sie alle überprüft?"

„Sicher, aber das ist ein riesen Berg Arbeit, die sich nicht im Handumdrehen erledigen lässt. Wir hoffen, dass wir in der Zwischenzeit auf andere Weise eine Spur finden können, aber das hat noch nicht geklappt."

Eline runzelte einige Male die Stirn. „Als ich hereinkam, sah ich am Eingang die Kamera", sagte sie nachdenklich. Sie mied Lydias Blick. Der einzige Grund, weshalb sie auf diese Kamera geachtet hatte, war, weil sie mit dem Ehemann ihrer Freundin ein Treffen vereinbart hatte. In ihrer Vorstellung hatte sie sich ein unrealistisches Bild davon gemacht, wie Lydia diese Kamerabilder irgendwie zu sehen bekommen könnte.

„Die Bilder wurden analysiert, haben aber bisher keine weiteren Hinweise geliefert", sagte Suzanne. „Wir müssen hinzufügen, dass die Untersuchung noch nicht abgeschlossen ist. Viele Ermittlungslinien wurden bereits entwickelt und nun ausgearbeitet."

Eline nickte einige Male. Unbewusst kam ihr die Idee, dass sie selbst eine dieser Ermittlungslinien war. Sie ließ diese Gedanken sofort wieder los. Es war auch egal. Natürlich untersuchte die Polizei, natürlich überprüfte sie ihre Geschichte, suchte sie nach Beweisen, die sie unterstützten oder widerlegten. Sie war nicht naiv, so funktionierten doch die polizeilichen Ermittlungen, oder? Wichtig war, dass sie die Wahrheit gesagt hatte. Sie hatte nichts zu verbergen.

Die Ermittler gingen. Plötzlich war es ungewöhnlich ruhig im Büro des Beach Clubs, wo sie das Gespräch geführt hatten. Auch stickig. Eline brauchte Außenluft, Wind in den Haaren, Seeluft in der Lunge. „Möchtest du mit mir am Strand spazieren gehen?"

Lydia nickte mechanisch, die Bewegungen, mit denen sie aufstand, schienen automatisch zu abzulaufen. „Ich hole mir schnell eine Weste", sagte sie und wenig später kam sie mit einem schwarzen Pullover vom Het Zout zurück, den Eline Gert ebenfalls hat tragen sehen. Eine Kellnerin kam zögernd zu Lydia, als ob sie sich dabei überlegte, ob ihre Chefin noch ansprechbar sei. Als sie ihre Frage stellte, sah Lydia aus, als ob sie ein Gespenst sah. Schließlich nickte sie und das Mädchen ging weg.

„Vielleicht sollte ich den Laden zu machen", sagte Lydia, als sie die Treppe zum Strand hinuntergingen. Sie schüttelte kurz den Kopf. „Ich habe Stefan die Leitung übertragen. Er darf jetzt der Manager sein, aber in Zukunft..." Sie schüttelte den Kopf. „Ich weiß nicht, ob ich mich dazu überwinden kann. Andererseits weiß ich auch nicht, ob ich den Beach Club einfach schließen kann. Vielleicht gehen wir dann gleich bankrott."

Eline gab einen Ton von sich, der alles bedeuten könnte. Lydia schien nicht wirklich eine Antwort zu erwarten. Nebeneinander schritten sie über den Sand, in Richtung Meer. Als sie dort ankamen, begannen sie parallel zur Brandung zu spazieren.

„Alles da drin ist Gert", sagte Lydia nach einer Weile, mit einer Handbewegung zum Beach Club hinter ihnen. „Ich glaube nicht, dass diese Erinnerungen jemals verschwinden werden."

Eline dachte einen Moment lang über ihre Antwort nach. „Mit der Zeit wird es wohl weniger werden, denke ich."

Lydia schaute flüchtig zur Seite, aber sie antwortete nicht.

Sie schüttelte den Kopf. Erst nach einigen Minuten öffnete sie den Mund. „Ich dachte wirklich, dass wir eine gute Zeit zusammen hatten."

Eline wusste keine Antwort. Sie lauschte dem Rollen der Wellen, dem Rauschen des Wassers. Sie hatte es aufgegeben, die Haarsträhnen, die sich gelöst hatten, zurückzustreichen und ließ dem Wind freies Spiel. Der Strand war menschenleer, die Sonne ließ den Sand hell, fast weiß erscheinen. Warum musste man ins Ausland gehen, dachte sie unbewusst, wenn man das alles hier in den Niederlanden vor der Haustüre hatte?

Vielleicht, weil es in der menschlichen Natur lag, immer weiterziehen zu wollen. Immer weiter. Vielleicht war das die Erklärung für alles. Weiter als man war, mehr als man hatte. Es gab immer einen Horizont zu erreichen, unbekanntes Territorium zu erobern. War nicht die ganze Geschichte der Menschheit auf diesem Prinzip aufgebaut?

„Vielleicht hast du ja recht", sagte sie schließlich. „Aber für Gert wäre es wohl nie gut genug gewesen."

Lydia nickte sanft. „Niemals gut genug", wiederholte sie.

„Ich wäre nie gut genug gewesen."

„Hey." Eline blieb einen Moment stehen und legte ihre Hand auf Lydias Arm. „Was auch immer passiert und was immer Gert getan hat, es liegt nicht an dir. Das darfst du niemals denken."

„Hm", sagte Lydia und sie gingen weiter.

Eline schaute ihre Freundin unauffällig an. Sie schien sich immer noch mehr über Gerts Seitensprünge aufzuregen, als um das restliche Geschehen. „Wie viele waren es gewesen?", fragte sie jetzt, die Nase nach vorn gerichtet, die Haare im Wind flatternd. „Ich denke viel mehr, als wir wissen."

„Mache dich nicht verrückt mit solchen Fragen", sagte Eline. „Das bringt doch nichts."

Mehr hat Lydia nicht gesagt. Sie gingen nebeneinander her, schwere Schritte über nassem Sand. Die Wellen schlugen weiter. Eline hätte gerne den Wind ihre Gedanken zerstreuen lassen, aber das ist ihr nicht ganz gelungen. Was, wenn sie an diesem Abend pünktlich gekommen wäre, diese Frage ging ihr nicht aus dem Kopf. Was hätte Gert getan? Was, wenn sie den Täter getroffen hätte? Wie nahe wäre sie ihrem eigenen Tod gewesen? Sie schauderte, während diese bedrückenden Fragen sie nicht losließen.

Der Koch hatte Essen zubereitet, das Eline nun von links nach rechts über ihren Teller schob. Lydia saß ihr gegenüber und tat dasselbe. Sie tranken Wein, obwohl Eline Wasser vorgezogen hätte. Der Nachmittag war verstrichen. Lydias Mutter war zu Besuch gekommen und wieder gegangen, zwei ihrer Schwestern waren ebenfalls dagewesen. Eline hatte eine Zeitlang mit ihrer eigenen Mutter telefoniert.

„Wann gehst du nach Hause?", hatte sie gefragt.

Sie hatte heute bereits über die Antwort nachgedacht, kannte sie aber noch nicht wirklich. Morgen war der letzte planmäßige Urlaubstag, aber diese Planung hatte keine Bedeutung mehr. Vielleicht musste sie so lange bleiben, bis Gerts Leiche freigegeben wurde und die Beerdigung arrangiert werden konnte. Andererseits, brauchte Lydia sie wirklich? Sie hatte genug Familie, um sie zu unterstützen.

„Was möchtest du?", hatte ihre Mutter gefragt, als Eline ihre Zweifel teilte. Diese Frage war nicht so einfach zu beantworten, wie es schien. Im einen Moment wollte sie von hier weg, zurück in ihr eigenes Zuhause, in ihr eigenes Leben, wo alles andere weiter weg zu sein schien. Im nächsten Moment wollte sie hier bleiben, wo alles so nah war. War sie wieder alltagstauglich?

Sie würde sich die Situation am jeweiligen Tag ansehen, hatte sie sich entschieden. Morgen würde sie sowieso noch bleiben, sie könnte immer noch am Samstag oder Sonntag nach Hause gehen. Und wenn sich das nicht richtig anfühlte, könnte sie wahrscheinlich einen zusätzlichen freien Tag auf der Arbeit bekommen, wenn sie erklärt, was passiert war.

Die Gäste im Het Zout litten nicht unter dem, was geschehen war, wie sie bemerkte. Es ging gegen halb acht, und das Restaurant war fast voll. Oder vielleicht ist die Zahl der Kunden tatsächlich gestiegen. Sie wurden beobachtet, das bemerkte sie und sie fragte sich, ob Lydia das bemerkt hatte. Eline fand es unangenehm. Sie musste nicht im Restaurant essen. Sie hatte sowieso keinen Appetit und außerdem würde sie lieber oben, in ihrem eigenen Zimmer, allein oder mit Lydia sitzen.

Lydia stand auf und nahm die Teller mit, ohne zu fragen, ob Eline noch etwas möchte. Als sie zurückkam, wollte sie den Wein einschenken. Eline hob ihre Hand. „Nicht für mich."

Eine leichte Überraschung huschte über Lydias Gesicht und sie stellte dann die Flasche wieder hin. „Ich gehe nach oben", sagte Eline.

Ihr Zimmer fühlte sich wie ein Zuhause an. Die vier Tage seit ihrer Ankunft fühlten sich an wie vier Monate. Sie stand vor dem Fenster, der Blick auf das Meer war nun vertraut. Sie würde es vermissen, wenn sie nach Hause kommen und aus ihrem Fenster nur die Tramhalte sehen würde.

Sie setzte sich auf ihr Bett und griff nach ihrem Telefon.

Scrollte ziellos durch einige Apps. NU.nl, Instagram, aber nichts von dem, was sie sah, blieb wirklich hängen. Perfekte Bilder untereinander, Bilder aus einem anderen Universum. Ein Universum, in dem ihre Freundin nicht tot war, ein Universum, in dem sie keine Leiche gefunden hatte. Ihrer Meinung nach sahen die Bilder viel weniger perfekt aus.

Sie waren dabei, die Finanzgeschäfte des Beach Clubs zu durchleuchten, haben die beiden Kriminalbeamten heute auch noch gesagt. Die Möglichkeit, dass der Mord an Gert ein geschäftliches Motiv hatte, schien eine wichtige Ermittlungsrichtung zu sein. „Gert hat sich um all das gekümmert", hat Lydia zur Administration gesagt. „Er machte die Buchhaltung, ich machte nur ab und an die Tages- oder Wochenabschlüsse." Nein, sie wusste nichts von den Geschäften, die Gert gemacht hatte und nein, sie hatte nicht bemerkt, dass viel Bargeld im Umlauf war. Der männliche Ermittler hatte sich einige Notizen gemacht und später am Nachmittag kam ein junger Beamter, um ein paar Aktenordner zu holen. Lydia hatte die Daten ihres Buchhalters angegeben.

Eline legte ihr Handy beiseite. Sie ging ins Bad, um sich die Zähne zu putzen. Es war noch früh, aber sie hatte letzte Nacht schlecht – oder eigentlich gar nicht – geschlafen. Vielleicht hat sie diese Nacht mehr Glück.

Sie schaltete die Zahnbürste aus, als ihr Handy klingelte und ging ins Zimmer, um nachzusehen, wer es war. Remco. Sie antwortete, er fragte, wie es ihr gehe. „Das weiß ich eigentlich nicht", antwortete Eline wahrheitsgemäß. Sie versuchte zu erklären, was sie durchmachte, aber ihr fehlten die Worte.

„Soll ich zu dir kommen?", fragte ihr Bruder und nur schon bei dieser Frage quoll ihr eine Träne aus dem Auge.

„Nicht nötig", sagte sie, obwohl ihr das Angebot guttat. „Ich weiß nicht, wie lange ich noch bleibe. Vielleicht fahre ich morgen nach Hause. Saschas Beerdigung ist nächsten Mittwoch, sagten ihre Eltern."

„Wenn du möchtest, dass ich dennoch zu dir komme, ruf mich einfach an."

Eline versprach es, aber sie wusste, dass es nicht geschehen würde. Sie verabschiedete sich und legte auf. Und als sie ihr Handy wieder auf den Tisch neben ihrem Bett legte, sah sie es plötzlich.

12

„ALSO DOCH."

Die beiden Worte klangen eher wie ein Seufzer als ein Satz. Suzanne musterte das Gesicht des Mannes, der ihr gegenüberstand, auf dem sich Unglauben mit etwas anderem vermischte. Etwas, das sie nicht deuten konnte. Walter schloss die Augen, schüttelte ein paar Mal den Kopf und schaute sie dann wieder an. Der Unglaube war verschwunden. An dessen Stelle trat eine gewisse Härte.

„Das habe ich doch schon die ganze Zeit gesagt, es war kein Unfall. Aber ihr wolltet es nicht hören. Warum hat mir keiner von euch zugehört?"

„Wir hatten zu diesem Zeitpunkt keine Informationen, die auf etwas anderes als einen Unfall hindeuteten", sagte Suzanne ruhig.

„Weil ihr es nicht sehen wolltet!"

Suzanne antwortete nicht. Sie konnte seine Wut, seine Frustration verstehen.

„Wir führen unsere Ermittlungen so umfassend und vollständig wie möglich durch", sagte Arend jetzt. „Hätte es auch nur den geringsten Hinweis darauf gegeben, dass es sich nicht um einen Unfall handelt, hätten wir das weiter untersucht. Aber den gab es erst, als wir das Handy von Herrn Van Grinsven auslesen konnten."

„Warum wurde das nicht schon früher gemacht?"

„Dazu gab es keinen Grund."

„Aber Hilde..." Walter kniff die Augen zu, schüttelte den Kopf und öffnete sie wieder. „Dieser Gert muss sie gezwungen haben. Sie war nicht so, sie war keine..." Er hat das Wort fast ausgespuckt. „Keine Fremdgängerin."

„Es wurde eine Handschriftenanalyse durchgeführt", sagte Arend. Die Handschrift, mit der die Handynummer aufgeschrieben wurde, stimmt mit der von Hilde überein. Die Nummer, die sie aufgeschrieben hatte, war die Nummer, die in Gerts Telefon unter ihrem Namen gespeichert war. Die Zeit und der Ort, wo sie sich getroffen hatten, passten in die Rekonstruktion der Zeitlinie ihres Todes."

Der Inhalt der Nachrichten passte zu der Tatsache, dass Hilde ihre Kleidung ausgezogen hatte, bevor sie ins Wasser ging, dachte Suzanne, aber das sagte sie nicht. Walter kann sich das selbst denken.

„Aber ihr wisst es nicht mit Sicherheit", sagte Walter jetzt. „Das sind Vermutungen."

Arend nickte kurz. „Wir können die Betroffenen nicht fragen. Aber alle Indizien, die wir haben, weisen in diese Richtung."

„Das ist nicht das Einzige", sagte Suzanne und sie erzählte

ihm von Sascha. Walters Augen weiteten sich. Dann fluchte er und murmelte ein Schimpfwort an Gerts Adresse. „Ich hatte schon von diesem Ertrinkungstod gehört", sagte er. „Aber ich wusste nicht..." Er schüttelte den Kopf. „Was für ein kranker Geist, dieser Mann. Ich weiß noch, wie er..." Er blinzelte und beendete seinen Satz nicht.

„Wie er was?", fragte Suzanne.

Walter dachte einen Moment lang nach. „Wie er Hilde anschaute. Und als sie zur Bar ging, ging er direkt zu ihr. Ich dachte mir, er sei nur ein aufmerksamer Gastgeber, aber anscheinend hatte er ganz andere Pläne."

„Wie oft wart ihr schon im Het Zout?

Walters stockte der Atem. „Ich kann mich nicht mehr so genau daran erinnern. Zwei oder drei Mal." Er zählte an den Fingern. „Einmal zum Kaffee und am nächsten Tag zum Mittagessen. Später in der Woche hatten wir noch ein weiteres Mittagessen und ein Abendessen." Er hielt vier Finger hoch und schüttelte kurz den Kopf. „Jetzt kann ich verstehen, weshalb Hilde immer wieder vorgeschlagen hat, dort zu essen. Sie sagte, dass sie ihre Salate so sehr mochte, aber ich glaube, sie meinte damit den Besitzer."

Walter versuchte ein zynisches Lächeln, aber es wurde nur zu einer Grimasse.

„Hat sie über Gert gesprochen?", fragte Suzanne. „Kannst du dich daran erinnern, was sie dir über ihn erzählt hat?"

Walter schüttelte nachdenklich den Kopf. „Nicht wirklich. Es ist Monate her und alles an dieser Woche ist..." Er suchte nach dem richtigen Wort. „Chaotisch. Vielleicht haben wir über diesen Kerl gesprochen, das kann schon sein. Aber es ist mir nicht aufgefallen, dass Hilde ihn oft erwähnt hätte." Betretenes Schweigen. Suzanne wartete ruhig ab.

Das Schweigen war gut, weil es unangenehm war. Die Leute mochten kein Unbehagen und neigten dazu, das Schweigen zu durchbrechen.

„Ich kann das einfach nicht verstehen, so war Hilde nicht." Walter zuckte die Achseln. In seinem Blick schien etwas von Akzeptanz durchzuschimmern, oder vielleicht war es immer noch Verwirrung. „Aber anscheinend kannte ich sie nicht gut genug. Dieser Gert, der war so ein richtiger Angeber, der stand gerne im Mittelpunkt des Interesses. Ein typischer Barkeeper von dem man nur Gesülze hört." Walter zog die Nase hoch. „Es überrascht mich nicht, dass er fremdging."

Arend schaute ihn ruhig an. „Wo warst du am Mittwochabend?"

Walter erwiderte seinen Blick mit leichtem Erstaunen, das bald der Fassungslosigkeit wich. „Ihr glaubt doch etwa nicht, dass ich..." Er blinzelte ein paar Mal und pfiff zwischen den Zähnen. „Ich habe nichts damit zu tun."

„Es ist eine Routinefrage", sagte Arend.

Walter sah immer noch so aus, als ob er dem nicht ganz trauen würde, sagte dann aber: „In meiner Wohnung."

„Gibt es jemanden, der das bestätigen kann?"

Die Frustration stand dem Mann ins Gesicht geschrieben. „Das glaube ich nicht, ich bin ja alleine."

„In welcher Wohnung verbleibst du?", fragte Suzanne.

Walter gab den Namen an, den Suzanne in ihren Notizblock schrieb. Sie würde später anrufen und sehen, wie weit sie mit der Überprüfung des Alibis kommen könnte. Mit einer gewissen Überraschung stellte sie fest, dass sie sehr hoffte, dass das, was Walter sagte, wahr sei.

***

Eline fühlte ihr Herz klopfen. Ab und an geriet es aus dem Takt, was ihr einen kurzen Schwindelanfall bescherte. Sie setzte sich auf die Bettkante, weil die Knie den Dienst verweigerten.

Ihr Blick war erstarrt. Das Ding lag einfach nur da. Ein Stück Papier auf ihrem Kissen, nichts Besonderes. Das hatte nichts zu bedeuten. Und gleichzeitig bedeutete es alles. Das Logo – schwarzer Hintergrund, weiße Buchstaben – sprang einem ins Auge. Es mussten Hunderte dieser Flyer im Umlauf sein, vielleicht sogar Tausende. Und doch hämmerte ihr Herz wie wild gegen die Rippen, und sie fühlte, wie ihr kalter Schweiß am Rücken klebte. Sie wagte es kaum, das Papier anzufassen. Sie schluckte, aber ihr Mund war zu trocken.

Schließlich streckte sie ihre Hand aus. Es war doch bloß ein Flyer, versuchte sie sich selbst einzureden. Vielleicht war er aus ihrer Tasche gefallen. Oder lag er schon die ganze Zeit da? Nicht auf ihrem Kissen, sondern woanders. Das Fenster war offen, der Wind hätte ihn vom Schreibtisch wehen können. Als ihr Gehirn begann, alle möglichen Einwände zu formulieren, hielt sie diesen Gedanken mit aller Kraft fest. Es war nur ein Blatt Papier.

Ihre Hand zitterte heftig, als sie den Flyer zwischen ihren Fingern hielt. Sie schaute auf die Vorderseite. Das Logo, eine Fünf-Sterne-Bewertung eines Restaurantstandortes. *Der schönste Beach Club in Zeeland* stand dort großgeschrieben. Eline las den Satz zweimal, dreimal, noch einmal.

Schließlich riss sie sich zusammen. Während sie mit den Oberzähnen auf ihre Unterlippe biss, drehte sie den Flyer um. Ein kurzer Aufschrei, der ihr eigener sein musste, obwohl sie nicht wirklich bemerkte, dass er von ihr kam. Es fühlte sich an, als würde ihr Herz explodieren, eine Welle von Übelkeit überkam sie. Galle brannte ihr im Hals, das Schlucken fiel ihr schwer. Ihr Blick trübte sich, sie blinzelte einige Male. Plötzlich war ihr eiskalt.

Eine Sekunde lang dachte sie, es handle sich um ein Missverständnis. Den Flyer, den sie bei der Polizei abgegeben hatte, der lag jetzt wieder bei ihr. Vielleicht hatte ihn jemand mitgebracht und ihr ins Zimmer gelegt, als schauriges Andenken. Aber dann gewann ihr Verstand wieder die Oberhand. Die Handschrift war nicht die von Gert. Und der Ort war derselbe, aber der Tag war nicht der richtige.

Hotel De Branding. Freitag, 20:00 Uhr. Zimmer 4.

Darunter stand noch etwas geschrieben. Eline kniff die Augen zusammen. Sie zwang sich, ruhig zu bleiben, ihre Hände zitterten etwas weniger. Die Handschrift war klein und krakelig.

Wenn du Antworten möchtest, dann komm hierher. Erzähle keinem etwas davon und lass die Polizei aus dem Spiel, sonst wirst du die Wahrheit nie erfahren.

Nein, das war das erste, was Eline in den Sinn kam. Alles in ihr widerstrebte dieser Idee. Hier wollte sie nicht hingehen. Es kam nicht in Frage, dass sie sich in Gefahr bringen würde. Dann halt keine Antworten. Was gab es noch zu gewinnen? Sie konnte dabei nur verlieren.

Sie legte den Flyer auf ihren Nachttisch. Erst dann kam ihr ein Gedanke.

War die Tür abgeschlossen gewesen? Sie starrte sie an, währenddem sie versuchte, ihren Tagesablauf zu rekonstruieren. Sie hatte eine Tasse Tee hochgebracht und etwas auf der Treppe verschüttet. Sie hatte sich gebückt, um den Tropfen mit der Hand aufzuwischen. Dann weiter nach oben, in den Korridor, dritte Tür. Ihre Hand auf der Türklinke. An dieser Stelle stockte sie. War die Tür abgeschlossen gewesen? Hatte sie mit einer Hand nach einem Schlüssel greifen müssen? Hatte sie ihre Teetasse auf den Boden gestellt? Vieles von dem, was sie getan hatte, verlief automatisch. Heute Morgen, beim Anziehen. Zweifelsohne war sie aus dem Bett gestiegen und hatte die schwarze Jeans und das hellrosa Hemd, das sie jetzt trägt, angezogen, aber sie erinnerte sich nicht mehr daran. Die Wahl der Kleidung, das Anziehen, das alles geschah wie in Trance.

Aber sie hatte den Schlüssel nicht in das Schloss gesteckt, dessen war sie sich sicher. Sie fühlte ihn in ihrer Gesäßtasche, in der er sich noch immer befand. Hatte sie beim Verlassen die Tür abgeschlossen? Es ist zu lange her, sie erinnerte sich nicht mehr daran. Sie könnte einfach vergessen haben, abzuschließen. Oder vielleicht hatte sie es gar nicht vergessen, vielleicht hatte sie es nicht für nötig befunden. Sie wusste nicht einmal, ob sie es an den anderen Tagen getan hatte.

Wer wusste, dass dies ihr Zimmer war? Dass sie sich überhaupt hier aufhält? Hätte Lydia es jemandem sagen können? Gert? Sie waren mehrere Male im Dorf gewesen. Sie erinnerte sich an ein Gespräch in einem Restaurant mit einer Bekannten von Lydia, der sie gesagt hatte, dass die Zimmer im nächsten Jahr vermietet würden. Und nun übernachteten ihre Freundinnen dort. Möglicherweise hatte sie es mehreren Leuten erzählt, demzufolge gab es auch mehrere Leute, die es wissen konnten. Sie nahm wieder den Flyer. *Wenn du Antworten möchtest...*

Natürlich wollte sie Antworten. Antworten auf die Fragen, die ihr immer wieder durch den Kopf gingen und die auch vorläufig nicht verschwinden würden. Vielleicht würden sie nie wieder verschwinden. Was genau ist mit Sascha geschehen? War es wirklich Gerts Schuld, oder war es ein Unfall? Aber mit der Entdeckung des Flyers stellte sich eine neue Frage. Jetzt, nachdem sich ihr Puls wieder etwas normalisiert hatte und sich ihr Gehirn wieder kontrollieren ließ, kam ein Gedanke in ihr auf, der all diese anderen Gedanken überstieg.

War Gerts Mörder derjenige, der ihr diesen Flyer hingelegt hat?

Sie schluckte, aber inzwischen hatte sie das Gefühl als hätte sie ein Kilo trockenen Sand im Mund. Im Badezimmer trank sie etwas Wasser, direkt aus dem Wasserhahn.

Wenn dies der Fall wäre, wenn der Täter in ihrem Zimmer gewesen wäre, dann wäre es das Dümmste, was sie machen könnte. Warum sollte sie sich in Gefahr bringen? Was hat sie damit gewonnen? Weiter ohne Antworten zu leben war immer noch besser als gar nicht zu leben. Sie könnte natürlich die Polizei rufen, vielleicht eine Art verdeckte Operation starten. Aber das Risiko, dass dabei etwas schiefgehen könnte, war hoch. Und was waren dann die Konsequenzen?

Sie legte das Flugblatt wieder zur Seite und ging zum Fenster. Es war jetzt dunkel. Die Wellenkämme leuchteten im Mondlicht weiß auf. Sie kniff die Augen zusammen und öffnete sie dann wieder. Und ihre Gedanken kreisten die ganze Zeit um eine Sache, die sie nicht mehr ignorieren konnte.

War sie es ihren Freunden schuldig? War sie es Lydia schuldig, alles in ihrer Macht Stehende zu tun, um herauszufinden, wer ihren Mann getötet hat? War sie es Sascha schuldig, herauszufinden, was passiert war? Nicht Sascha selbst, so realistisch war Eline schon. Aber ihren Eltern, ihrer Familie – verdienten sie nicht Antworten auf Fragen, die sie für immer quälen würden?

Natürlich könnte es ein dummer Witz sein, dachte sie. Ein Mitarbeiter vom Het Zout, der es lustig fand, Verwirrung zu stiften. Ein Scherzkeks aus dem Dorf, der sich gelangweilt hat. Jemand, der etwas in der Zeitung gelesen hatte. Man hörte doch auch oft, dass bei der Polizei sogenannte Tipps eingegangen wären, insbesondere wenn es sich um einen Fall handelte, der eine gewisse Medienaufmerksamkeit erregt hatte.

Aus irgendeinem Grund ließ ihr dieser Gedanke keine Ruhe. Es wäre verlockend, daran zu glauben und den Flyer wegzuwerfen. Ein schlechter Witz, dem man keine weitere Aufmerksamkeit schenken sollte. Aber das Problem war, dass sie sich dessen nicht sicher war. Dass sie es dann nie mit Sicherheit wissen würde. Und dass es nur einen Weg gab, um herauszufinden, was dies zu bedeuten hatte.

Mit den Fingerspitzen massierte sie ihre Schläfen. Es war ihr alles zu viel, zu schwierig. *Erzähle keinem etwas davon.* Das konnte sie nicht. Sie konnte dies nicht allein entscheiden. Und sie könnte die Sache sicherlich nicht alleine angehen, wenn es doch dazu kommen sollte.

Sie schloss noch einmal die Augen. Dann richtete sie sich auf, holte tief Luft und drehte sich um. Mit dem Flyer in der Hand ging sie schnellen Schrittes nach unten.

Es war sehr schwierig, eine Beschreibung für Lydias Gesichtsfarbe zu finden. Eline schaute sie an und dachte vage, dass sie einen solchen Teint noch nie gesehen hatte. Grau-Grün traf es am ehesten.

„Aber das ist…" Lydia hielt den Flyer hoch. Ihre Hand zitterte heftig. „Das ist…"

Eline nickte. „Vielleicht vom Täter."

Lydia starrte sie an. Sie begann ruckartig zu atmen. Dann

schloss sie die Augen und schüttelte den Kopf. „Was jetzt?", fragte sie flüsternd, fast unhörbar.

Eline zuckte kurz die Achseln. „Ich weiß es nicht."

„Gehst du darauf ein?"

Sie schüttelte automatisch den Kopf. „Viel zu gefährlich. Da steht drauf, dass die Polizei von nichts wissen darf. Ich möchte gerne wissen, was passiert ist, aber das..." Sie verzog dem Mund. „Ich muss wohl sowieso die Polizei informieren."

Lydia nickte. „Ich denke schon."

Es gab eine Schweigeminute. Eline strich sich mit der Hand durchs Haar. „Ich habe da so meine Zweifel", sagte sie ehrlich. „Ich denke aber auch, dass dies die einzige Chance ist."

„Chance auf was?"

„Chance auf die Wahrheit."

Lydia zuckte kurz die Achseln. „Das ist schon so." Sie schaute Eline an und kniff die Augen zusammen. Ihr Blick strahlte Tatkraft aus und sie hatte ihren normalen Teint wiedergewonnen. „Vielleicht können wir zusammen hingehen."

Einen Moment lang sah Eline überrascht drein. Sie ließ die Idee auf sich wirken. Sage es niemandem, hatte der Absender geschrieben, aber das wäre für sie keine Option gewesen. Sie würde niemals alleine in das Hotel gehen, da sie wusste, dass die Wahrscheinlichkeit groß ist, dass sie sich mit jemandem trifft, der gefährlich ist. Eigentlich wäre es eine fragwürdige Idee, die Polizei nicht einzuweihen, so wie der Absender es gefordert hatte.

Sie schaute Lydia an, die ihrerseits den Flyer in den Händen herumdrehte. In den letzten Tagen schien ihr Gesicht schmaler geworden zu sein, die Wangen ein wenig eingefallen. Ihre Wangenknochen ragten heraus. Sie hatte ein anhaltendes Stirnrunzeln und ihre Augen waren rot und geschwollen vor Schlafmangel und Kummer. Niemand konnte rückgängig machen, was geschehen war, was Gert getan hatte. Niemand konnte den Orkan der Emotionen in ihrer Freundin stoppen. Würde es ihr helfen, wenn sie genau wüsste, was passiert ist? Wenn sie wüsste, wer ihren Mann ermordet hat?

Die Antwort auf diese Fragen war so offensichtlich, dass sie sie sich nicht selbst geben musste. Wenn sie das täte, wenn sie auf das, was auf diesem Flyer geschrieben steht, eingehen würde, würde sie es für Lydia tun. Sie waren gemeinsam in diese bizarre Situation geraten, es wäre nicht mehr als normal, um alles in ihrer Macht Stehende zu tun, um Lydia zu helfen.

Vielleicht war es keine abwegige Idee, gemeinsam dorthin zu gehen. Während Eline ins Haus ginge, könnte Lydia Wache halten. Die Polizei rufen, wenn es zu lange dauert. Oder am Telefon mithören, das wäre vielleicht eine bessere Idee. Sobald etwas schief ging, könnte Lydia die Polizei rufen und ihr helfen.

Eline nickte sanft. „Lass es uns machen", sagte sie. Zuerst klang das etwas zögerlich, aber als sie die Worte wiederholte, war bereits mehr Kraft in ihrer Stimme.

Lydia schaute sie an. „Wirklich?"

„Ja, wirklich." „Du musst mir versprechen, dass du mir sofort zu Hilfe eilst und die Polizei rufst, falls etwas schiefläuft."

Lydia blickte unschlüssig drein. „Ich finde das wirklich sehr gefährlich. Ich meine, ich möchte wirklich wissen, was passiert ist, aber dich in eine solche Situation zu bringen…"

Sie atmete tief ein und schüttelte kurz den Kopf. „Ich würde es mir nie verzeihen, wenn dir etwas zustoßen würde."

Eline schluckte. Natürlich hatte Lydia Recht, es könnte gefährlich werden. Andererseits waren sie dann zu zweit. Und je länger sie darüber nachdachte, desto mehr wurde ihr klar, dass sie einfach nur wissen wollte, wer dahintersteckte. Schließlich schüttelte sie den Kopf. „Ich bin mir sicher, dass wir das gemeinsam hinkriegen werden."

Lydia starrte sie eine Sekunde lang an. Etwas hatte sich an ihrem Blick verändert, wofür Eline keine Erklärung hatte. Schließlich nickte ihre Freundin. „Okay", sagte sie leise. Und gleich darauf: „Vielleicht sollte ich eine Waffe mitnehmen."

Eline schaute sie beunruhigt an. „Eine Waffe? Hast du denn eine?"

„Nun, ja." Lydia blickte verunsichert zurück. „Ich meinte damit ein Messer, oder so. Etwas, mit dem wir uns verteidigen können."

„Ja." Eline nickte, fühlte sich aber weniger sicher, als sie schien. Sie stellte sich flüchtig vor, dass sie jemandem gegenüberstand, der ihr wehtun wollte und dass sie ein Messer in der Hand hätte. Würde sie es wagen, es zu benutzen?

Sie schüttelte den Kopf, als ob sie diesen Gedanken abschütteln wollte. Sie schluckte ein paar Mal, richtete den Rücken auf und schaute ihre Freundin an. „Ich denke, das ist eine gute Idee", sagte sie mit so viel Überzeugung, wie sie in ihrer Stimme zum Ausdruck bringen konnte.

Lydia erwiderte ihren Blick. Die Unsicherheit in ihrem Blick widerspiegelte diejenige Elines. Eline blickte flüchtig auf die Uhr. Noch genau vierundzwanzig Stunden. Sie hatte keine Ahnung, wie sie diese Zeit überstehen sollte.

13

DAS WETTER WAR UMGESCHLAGEN. SUZANNE MERKTE ES, als sie auf ihr Fahrrad stieg und automatisch den Reißverschluss ihrer Jacke zumachte. Es war Freitagnachmittag, kurz nach fünf und offiziell hatte ihr Wochenende begonnen. Sie hatte jedoch keine Pläne und auch nicht die Illusion, dass sie für zwei Tage frei sein würde. Es war zu viel los, sie wollte verfügbar bleiben, falls jemand sie brauchte. Morgen oder übermorgen würde Saschas Leiche freigegeben und Arend und sie wollten ihre Eltern besuchen. Suzanne hatte mit diesem Moment schon früher gerechnet, aber aufgrund der Entwicklungen in diesem Fall wurden weitere Untersuchungen am Körper durchgeführt. Das hatte zu keinen neuen Erkenntnissen geführt, hat sie bei Haanstras Briefing heute Nachmittag gehört. Ohne die Textnachrichten zwischen Gert und Sascha wäre der Fall sicherlich als Unfall eingestuft worden. Suzanne wusste noch nicht genau, zu welcher Schlussfolgerung man bei diesem Fall kommen würde. Vielleicht Mord, vielleicht Totschlag, man würde es nie mit Sicherheit wissen. Mit dem Tod des Mannes, der aber erst noch als mutmaßlicher Täter benannt werden musste – der Stempel „Täter" konnte erst nach der Verurteilung mit Sicherheit gegeben werden, und das war hier natürlich anders – wäre der Fall bald abgeschlossen. Als sie dies Saschas Eltern erzählt hatte, stellte sie eine gewisse Gelassenheit bei ihnen fest. Oder vielleicht hatten sie einfach noch keinen Denkraum, sich mit dem Fall auseinanderzusetzen, geschweige denn, um Gefühle zu haben, die über die Trauer hinausgingen, die sie völlig gelähmt hatten. Als Familienermittlerin war es wichtig, eine gewisse Distanz zu wahren und sich die Gefühle anderer nicht zu eigen zu machen. Mit Saschas Eltern – zwei der liebsten Menschen, die Suzanne je kennen gelernt hatte – war es nicht einfach. Vielleicht würde sie sie nicht nur anrufen, dachte sie. Vielleicht wäre es besser, morgen vorbeizuschauen. Arend sei das ganze Wochenende verfügbar, sagte er. Seine Frau Trijntje – Suzanne hatte sie einige Male getroffen – sei daran gewöhnt, hatte er mit einem kleinen Lächeln hinzugefügt.

Aber nicht heute Abend, dachte sie, als sie mit dem Fahrrad in ihre eigene Straße einbog. Heute Abend hatte sie sich einen freien Abend versprochen. Es war eine lange Woche gewesen und sie merkte, dass sie müde war. Sie dachte flüchtig daran, noch in den Supermarkt zu gehen, weil der Kühlschrank nur noch wenig essbare Lebensmittel enthielt. Unmittelbar danach beschloss sie aber, heute Abend Sushi zu bestellen. Sie dachte, sie hätte es nach einer solchen Woche verdient. Sushi, Netflix und ein Abend auf der Couch. Mit einem glücklichen Lächeln stellte sie ihr Fahrrad in den Schuppen und betrat durch die Hintertür ihr Haus.

**

„Könntest du dich bitte hinsetzen?", fragte Eline, nicht zum ersten Mal. „Du machst mich total nervös."

„Ich bin total nervös", antwortete Lydia, ohne der Bitte nachzukommen. Sie begann ihre x-te Runde durchs Büro und schaute Eline an, die auf einem Bürostuhl saß und wahrscheinlich viel entspannter aussah, als sie es in Wirklichkeit war. Eigentlich wusste sie nicht, wie sie sich fühlte. Alles in ihr raste: ihr Blut, ihr Puls, das Sausen in den Ohren.

„Haben wir jetzt alles gut aufeinander abgestimmt?", fragte sie Lydia, auch nicht zum ersten Mal.

Ihre Freundin nickte, schüttelte dann aber den Kopf. „Ich weiß es nicht. Ich glaube schon. Du rufst mich an, bevor du reingehst, damit ich mithören kann, was da vor sich geht. Dann gehst du durch den Haupteingang ins Hotel und zu diesem Zimmer, wie es auf dem Flyer steht. Ich komme durch den Hintereingang herein und höre mit. Wenn etwas schiefläuft, schlage ich Alarm."

Eline nickte kurz. Das war in der Tat der Plan, wie sie ihn sich ausgedacht hatten. Sie hatten lange nachgedacht, wie Lydia den Raum betreten könnte, aber alles, was sie sich ausgedacht hatten, war nicht wirklich umsetzbar. Sie konnten am Empfang nicht bereits im Voraus eine Schlüsselkarte holen, um die Tür offen zu lassen. Dies wäre eine Variante gewesen, die Eline versucht hätte, welche aber sehr wahr-scheinlich doch nicht funktioniert hätte. Am Ende hatten sie beschlossen, dass Lydia den Alarm auslösen und so schnell wie möglich zum Empfang laufen würde, falls etwas passiert. Das Messer, das sie mitnehmen wollte, blieb in der Küche des Beach Clubs zurück. Irgendwie war Eline deshalb erleichtert.

Obwohl sie letzte Nacht kaum geschlafen hatte, fühlte sie sich seltsam wach. Jede Faser in ihrem Körper war bis aufs Äußerste angespannt, sie hatte den ganzen Tag keinen Bissen hinunter bekommen. Sie war noch immer nicht davon überzeugt, dass es richtig war, heute Abend ins Hotel zu gehen. Sie hatte keine Ahnung, mit wem sie es zu tun hatte. Heute war der Kripobeamte wieder im Het Zout, um ein Update zu geben, ein Gespräch, aus dem sie nicht viel schlauer geworden waren. Die Untersuchung der Finanzen vom Het Zout war noch im Gange, hatte aber bisher nichts ergeben. Keine Schulden, keine verdächtigen Transaktionen im vergangenen Jahr, kein ungeklärtes Geld. Im Gegenteil, es sah alles bemerkenswert ordentlich aus, hatte einer der beiden Ermittler gesagt. Ein Vorbild für andere Restaurant. Trotz allem hatte Eline einen gewissen Stolz bei Lydia bemerkt. Lydia selbst war davon überzeugt, dass diese Ermittlungsrichtung in eine Sackgasse führen würde. Obwohl Gert die Buchhaltung erledigt hatte und in der Lage war, das zu tun, was er wollte und obwohl er sie in einem anderen Bereich enorm hintergangen hatte, war sie sich sicher, dass er in diesem Bereich zuverlässig gewesen war.

„Es scheint in diese Richtung zu gehen", hatte der männliche Ermittler gesagt, was die Sache schon annähernd auf den Punkt brachte, dachte Eline. Sie erwartete auch nicht, dass

Gerts Tod einen finanziellen Hintergrund haben würde. Hätte sie den Flyer nicht bekommen, wäre das eine Möglichkeit gewesen, die sie sicher nicht ausgeschlossen hätte. Vielleicht sogar sehr plausibel. Aber nicht jetzt, jetzt, wo sie auf diese Weise mit hineingezogen wurde. Sie schaute auf die Uhr. Halb neun. Sie konnte locker noch fünfzehn Minuten lang sitzenbleiben, beugte sich aber vor und band die Schnürsenkel ihrer Turnschuhe. Dann stand sie auf. Ein weiteres Mal schaute sie sich Lydia an.

Sie fuhren in zwei Autos, zuerst Lydia, einige Minuten später Eline. Wenn jemand Eline kommen sah, wusste er, dass sie allein war. Auf dem kurzen Weg vom Parkplatz zum Eingang rief Eline Lydia an. Lydia wusste genau, wo der Hintereingang war und auch, dass er nicht verschlossen sein würde. „Glaub mir", hatte sie gesagt, als Eline dazu ihr Zweifel äußerte. „Ich bin im Gastgewerbe in Zoutelande aufgewachsen, ich habe mit den Kindern des Hotelbesitzers gespielt." Sie zog eine Grimasse. „Geteilte Trauer der Kinder, für die die Eltern in der Hochsaison keine Zeit hatten. Als wir sechzehn Jahre alt waren, rauchten wir heimlich Zigaretten am Hintereingang dieses Hotels, der nie verschlossen war. Kürzlich sprach ich mit dem Besitzer, meinem ehemaligen Freund, der das Hotel von seinen Eltern übernommen hat. Er sagte mir, dass seine Mitarbeitenden das immer noch machen, das Rauchen." Sie lächelte. „Er belässt es so, es ist Tradition."

Eline befiel ein ungutes Gefühl. Was wäre, wenn der Eingang inzwischen verschlossen wäre? Im Hotel hatte sich inzwischen viel ereignet. Vielleicht ist das für den Besitzer Grund genug, die Tür gut abzuschließen. Es war immer noch unklar, wie der Mörder von Gert ins Hotel kam oder wie er wieder von dort verschwand. Auf den Kameraaufnahmen am Eingang waren keine verdächtigen Personen zu sehen. Oder vielleicht war es besser, keine auffälligen Personen, zu sagen. Denn solange der Täter nicht gefunden worden war, wurde jeder verdächtig.

Während der kurzen Fahrt ins Dorf dachte Eline darüber nach. Wie alle verdächtig waren und gleichzeitig keiner. Die Polizei tat was sie konnte, dessen war sie sich sicher. Graben, fragen, wühlen, in Gerts Leben. Seine vielen Flirts, sein Fremdgehen – war das verdächtig? Wurde nun jeder, mit dem er sich jemals eingelassen hatte, Teil der Untersuchung? Oder alle, die mit einer von Gerts Freundinnen verheiratet waren? Sie wusste nicht genau, wie umfangreich die Untersuchung sein würde, aber sie vermutete, dass die Polizei an diesem Fall die Hände voll zu tun hatte.

Das Einzige, was sie mit Sicherheit wusste, war, dass alles keinen Sinn machte. Natürlich war es schrecklich, betrogen zu werden, endlos schmerzhaft. Zorn, blinde Wut, Rachegefühle – alle möglichen Gefühle, die man sich bei der betrogenen Partei lebhaft vorstellen konnte. Aber Mord? Musste man dafür nicht noch viel, sehr viel weiter gehen, eine Grenze überschreiten? Wenn es so weit kommt, dann musste im Kopf des Täters doch ein gigantischer Kurzschluss stattgefunden haben? Man ermordet doch niemanden, weil er mit deiner Frau – oder deinem Mann – ein Techtelmechtel hatte? So etwas macht nur ein total durchgeknallter Verrückter.

Eline betätigte den Hebel für den Blinker und ließ ein Auto vorbeifahren, bevor sie nach links in Richtung Hotel abbog. Das ist genau das, was sie nicht losließ. Nur ein total durchgeknallter Verrückter...

War es nicht völlig unlogisch, dass der Täter ausgerechnet sie, nur Eline, auswählte, um alle möglichen Geheimnisse zu verraten? Und war es nicht tödlich naiv zu glauben, dass sie danach einfach wieder zur Tür hinaus und nicht schnurstracks zur Polizei gehen würde? Wer würde sich auf diese Weise stellen? Demnach musste er ein anderes Ziel verfolgen, ein höheres Ziel. Wenn der Täter etwas beichten wollte, konnte er genauso gut direkt ins Revier fahren. Dann wäre der Umweg über Eline nicht notwendig. Sie war viel zu wenig an der Sache beteiligt, um die angewiesene Person dafür zu sein. Gestern Abend, währenddem sie stundenlang darüber nachgrübelte, hatte sie genau dieser Punkt nicht mehr losgelassen. Es gab keinen Grund, warum ausgerechnet sie die Antwort auf diese Frage erhalten sollte. Sie hatte einen Haufen Fragen, das schon, aber genau betrachtet waren es nicht die ihrigen. Es waren ihre Fragen, die andere betrafen. Was war zwischen Gert und Sascha gewesen, was hatte Gert noch auf dem Kerbholz, wer hatte Gert schließlich den Garaus gemacht? Alles Dinge, die sie gerne wissen wollte, die aber für andere noch relevanter waren als für sie. Für Lydia, für Saschas Familie, für Hildes Ehemann.

Wer sich über diesen Flyer an sie gewandt hatte, hatte nicht nur Antworten zu geben. Einfach nur Antworten an eine beliebige Person. Er hatte es auf sie gemünzt. Und das sollte für sie ein Grund sein, umzukehren und zur Polizei zu gehen. Und vielleicht war es gerade das, was sie in diese Richtung getrieben hat. Da stimmte etwas nicht, also musste es einen Grund dafür geben. Einen Grund, den nur sie finden könnte.

Eline hielt den Wagen an der ersten freien Stelle an, die sie finden konnte. Mit Bewegungen, die viel ruhiger waren, als sie sich selbst fühlte, zog sie die Handbremse an und drehte den Schlüssel im Zündschloss. Sie blinzelte einige Male und lehnte sich für einen Moment zurück, um tief durchzuatmen. Dann schluckte sie, und als sie bemerkte, dass ihr Mund staubtrocken war, nahm sie einen Schluck aus einer Flasche Wasser, die sie im Seitenfach der Türe fand. Dann öffnete sie mit zittriger Hand die Autotür.

Sie musste dies in kleinen Schritten tun, sonst wurde es ihr zu viel. Eine kleine Handlung nach der anderen. Genau nach Plan, das war sehr wichtig. Jetzt bloß keine Fehler machen. Sie nahm ihr Handy aus der Tasche und rief Lydia an. Sie antwortete sofort. „Hey", sagte sie leise, und Eline wiederholte dieses Wort.

Eline fragte: „Bist du soweit?" und Lydia klang ruhig, als sie „Ja" sagte.

„Ich stecke das Telefon jetzt in meine Tasche", sagte Eline. Sie öffnete die Klappe ihrer kleinen Umhängetasche und ließ ihr Handy sanft hineingleiten. Sie überprüfte, ob die Verbindung nicht unterbrochen wurde, was nicht der Fall war. Ohne etwas zu sagen, ging sie auf den Eingang zu.

Nichts war so schwierig, als sich normal zu benehmen, wenn nur noch kaum etwas normal war. Sie musste über jede Bewegung nachdenken. War es normal, auf den Boden zu schauen? Oder musste sie Blickkontakt mit dem Rezeptionisten suchen? War es normal, zu grüßen, oder war dies gerade auffällig?

Schließlich ging sie einfach an der Rezeption vorbei, schaute flüchtig auf den Mann dahinter und nickte kurz, als sie seinen Blick auffing. Mit dem Eindruck, dass sie mit neonfarbener Kleidung weniger Aufmerksamkeit auf sich gezogen hätte, als dies jetzt der Fall war, ging sie weiter. Sie atmete tief durch und versuchte mit aller Kraft, sich nicht umzusehen. Sie wusste, wie man zu den Zimmern gelangte. Nicht suchen, sondern einfach ein Bein vor das andere stellen. Mit steifen Schritten begann sie sich in die richtige Richtung zu begeben. Die Tür zu den Zimmern war geschlossen. Sie streckte ihre Hand aus, die vom Griff abrutschte. Sie zwang sich, Ruhe zu bewahren und versuchte es erneut. Nun öffnete sich die Pendeltüre, in ihre Richtung. Rasch ging sie in den Korridor.

Während sich die Tür hinter ihr mit einem leisen Aufschlag schloss, blieb Eline keuchend stehen. Sie hatte das Gefühl, einen Marathon gelaufen zu sein. Der Korridor wurde nur spärlich alle paar Meter von Wandleuchten erhellt. Die Wände wurden zusätzlich mit Meeresbildern in allen möglichen Situationen geschmückt. An jeder Tür hing eine Muschel mit der Zimmernummer. Sie stand gegenüber Zimmer 1, hinter dem eine gedämpfte Männerstimme erklang. Schnell ging sie weiter, vorbei an Zimmer 2. Sie wollte nicht einmal zur Tür schauen. Würden die nächsten Zimmergäste wissen, was sich darin abgespielt hatte? Wahrscheinlich nicht und das ist vielleicht auch besser so. Von einem Hotelzimmer wollte man ohnehin nicht wissen, was sich darin vor einem abgespielt hatte, dachte sie.

Sie blieb gegenüber der Tür von Zimmer 4 stehen. Die Nummer wurde auf eine weiße, flache Muschel gemalt, bei der eine Ecke ab war. Da waren ein Spion und eine Glocke, was Eline zweifeln ließ. Klingeln oder anklopfen? War das wirklich wichtig? Sie öffnete ihre Tasche und überprüfte ihr Handy, das immer noch eine Verbindung zu Lydias Handy hatte. Sie zögerte, ob sie noch etwas sagen musste, aber tat es schließlich doch nicht. Lydia würde hören, dass sie an die

Tür klopfte. Eline hob ihre Faust. Sie wartete einen Moment. Sie sah wieder das Bild des Flyers vor sich. Sie atmete tief ein und richtete sich auf. Dann klopfte sie an die Tür.

14

ES DAUERTE ZU LANGE. ZU LANGE? SEKUNDEN TICKTEN WIE das Klopfen im Kopf. Ein Gedanke nach dem anderen flitze vorbei. War es vielleicht doch ein gemeiner Witz? Hatte der Absender seine Meinung geändert? War sie wohl im richtigen Zimmer?

Zimmer 4, dessen war sie sich ganz sicher. Sie hörte angestrengt, ob sich hinter der Tür etwas bewegte, schloss die Augen, um sich besser konzentrieren zu können. Anscheinend war niemand im Zimmer. Sie atmete leise aus.

Was nun? Obwohl sie diese Möglichkeit in Betracht gezogen hatte, wusste sie nicht, was sie tun sollte. Warten? Aber worauf?

Sie schaute sich im Flur um. Oben, im ersten Stock, hörte sie Schritte, eine Tür, die ins Schloss fiel. Sie blickte zur Decke, als gäbe es dort etwas zu sehen.

Die Bewegung kam unerwartet. Eline erschrak. Langsam

öffnete sich die Tür, nur einen Spalt. Das dahinterliegende Zimmer war dunkel. Etwas bewegte sich im Flur. Irgendwo im hinteren Teil des Zimmers wurde eine Dämmerlampe eingeschaltet. Es stand niemand in der Tür.

Eline kniff die Augen zusammen. Obwohl alles in ihr Widerstand leistete, drückte sie die Tür weiter auf. Bis auf das wenige Licht war es dunkel. Die Tür zum Badezimmer war geschlossen. Soweit sie sehen konnte, lagen keine Sachen herum. Kein Koffer, keine Kleidung, nichts von dem, was man in einem Hotelzimmer, das benutzt wurde, erwarten würde. Eline schluckte kurz und unterdrückte das Gefühl, in einem Déjà-vu gelandet zu sein. Die Dunkelheit, das Bett, das eine Licht – vor ihrem geistigen Auge erschienen die Bilder, die sie erst vor zwei Tagen noch gesehen hatte. Ein seltsames Ruhegefühl überkam sie, als hätte ihr Unterbewusstsein bereits akzeptiert, dass sie bald nochmals das gleiche sehen würde. Noch eine Leiche, noch mehr Blut.

Mit Beinen, die schwer waren wie Blei, ging sie in kleinen Schritten ins Zimmer.

***

Als die Klingel und ihr Handy gleichzeitig läuteten, hatte Suzanne Schwierigkeiten herauszufinden, was sie zuerst beantworten sollte. Sie ging in den Flur. Durch das Milchglas sah sie, beleuchtet vom Außenlicht, das an der Haustür immer an war, die Umrisse eines Mannes. In der Hand hielt sie ihr Arbeitstelefon mit einer unbekannten Nummer auf dem Bildschirm. Eine lokale Nummer.

Sie griff schnell nach der Türklinke. Der Mann entpuppte sich als ein etwa siebzehnjähriger Junge mit Mopedhelm und einer Tasche in der Hand. „Guten Appetit", sagte er und hob kurz die Hand. Während sie die Tasche ergriff und sich bedankte, nahm sie den Anruf mit der anderen Hand entgegen. „Suzanne de Nooijer", antwortete sie.

Am anderen Ende der Leitung begann ein Mann zu sprechen. Suzanne hörte zu, runzelte die Stirn und nickte einige Male. Als sie auflegte, schaute sie traurig auf die Tasche in ihrer Hand. Das musste nun leider warten.

***

Noch zwei Schritte. Und noch einer. Eline fuhr unbewusst mit den Fingern über die Wand, als würde diese sie bei dem unterstützen, was hier auf sie wartete. Sie unterdrückte die kindliche Neigung, die Augen zu schließen oder die Finger in die Ohren zu stecken. Sie war ungefähr so stark wie die Neigung, sich umzudrehen und wie der Blitz wegzurennen. Jetzt war das noch möglich.

Als sie hinter sich ein Geräusch hörte, drehte sie sich ruckartig um. Sie atmete scharf ein, es dauerte einige Sekunden, bis ihr klar wurde, dass das trockene Klicken, das jetzt in ihren Ohren nachklang, das Klicken war, mit dem die Tür ins Schloss gefallen war.

Sie stand stocksteif da, horchte, schloss die Augen. Es hatte keinen Sinn, hier stehenzubleiben, sie musste sich jetzt entscheiden. Wenn sie zurückgehen wollte, musste sie es augenblicklich tun. Das wäre eine Möglichkeit, dachte sie. Einfach zur Tür gehen und den Flur hinunter laufen. Weg, raus aus dem Hotel, vielleicht sogar gleich nach Hause fahren.

Aber das tat sie nicht. Sie blieb an Ort und Stelle stehen. Horchte.

Bildete sie sich ein, dass sie jemanden atmen hörte, oder war dem vielleicht wirklich so? Es gab kein Zurück mehr, sie konnte nicht mehr weggehen. Sie war schon zu weit in die Sache verstrickt. Da musste sie jetzt durch.

Als sie tief einatmete, schmerzten ihre Lungen. Sie legte die Hand auf ihre Tasche, die ihre einzige Sicherheit enthielt. Insofern man hier von Sicherheit sprechen konnte.

Noch einen Schritt weiter, dann konnte sie das Bett sehen. In Gedanken zählte sie ab, bei null musste sie sich bewegen. Drei, zwei, eins. Sie setzte ihren Fuß vor, starrte auf die weiße Bettdecke. Jedenfalls kein Blut, hatte sie unbewusst festgestellt. Der Funke der Erleichterung, den sie spürte, wurde sofort durch etwas anderes zunichte gemacht.

Sie saß auf der Bettkante, das Telefon in der Hand. Eline starrte sie an. Etwas in ihr fiel wie ein Kartenhaus zusammen. Etwas, das nicht wiederhergestellt werden konnte. Sie schaute auf das Handy in ihrer Hand. Zum Daumen, der zum roten Knopf glitt. Die Verbindung wurde getrennt. Eline senkte ihren Blick. Einen Moment lang atmete sie tief durch, dann schaute sie ihr direkt in die Augen.

Lydia starrte ungerührt zurück.

„Was tust du hier?", fragte Eline. Sie deutete vage hinter sich, in Richtung Tür. „Ich dachte, du würdest draußen auf mich warten."

Lydia sah sie regungslos an. Eline wusste nicht, ob sie sich setzen sollte. „Was hat das zu bedeuten?", fragte sie, jetzt noch nachdrücklicher. „Warum bist du hier?" In Lydias Gesicht verzog sich ein Muskel. Es sah jetzt aus wie eine Grimasse, die man auch als ein Lächeln deuten konnte. Ihre Augen, stahlgrau und hart, schienen dabei zu explodieren. „Weil du ein Treffen mit mir hast."

Das war zu viel für Eline. Sie versuchte, die ganze Situation in ihrem Kopf zu erfassen. Der Flyer, das Treffen, der Täter oder wer auch immer es war, den sie hier treffen sollte. War das alles nicht wahr? Hatte Lydia sich all diese Mühe gemacht, um sie hierher zu locken, während sie jederzeit mit ihr reden konnte? Eline verlagerte ihr Gewicht von einem Bein aufs andere.

„Warum hast du mich extra hierher kommen lassen?" Mit jeder Frage, die sie stellte, spürte sie, wie ihre Zweifel zunahmen. „Warum hast du dann diesen Flyer in mein Zimmer gelegt?"

Zum ersten Mal kam von Lydia eine Reaktion. Die Kälte in ihren Augen vertiefte sich. Sie kniff die Augen ein wenig zusammen. „Als ob du das nicht wüsstest", sagte sie mit einer Stimme, die der ihren nicht wirklich glich.

„Nein", sagte Eline. Sie selbst hörte die Verzweiflung in ihrer Stimme.

„Das weiß ich nicht."

Lydia lachte höhnisch, antwortete aber nicht. Eline wartete ein paar Sekunden, die tief von Schweigen erfüllt waren. „Warum?", fragte sie, gefolgt von: „Ich würde lieber nach Hause gehen, Lydia. Ich habe ein ungutes Gefühl."

„Nein, sicher nicht", sagte Lydia. Zum ersten Mal kam sie in Bewegung. Sie stand auf, langsam, mit kontrollierten Bewegungen.

„Du bleibst einfach hier."

Eline wusste zunächst nicht, was sie sah. Das Ding war schwarz und grau und Lydia hielt es mit den Fingern der rechten Hand so fest umklammert, dass ihre Knöchel weiß waren. Langsam hob sie die Hand. Eline kippte nach hinten. Die Klinge befand sich nun auf der Höhe ihres Bauches. Sie erkannte das Messer aus der Küche vom Het Zout wieder, wo alle Messer mit einem Magneten an der Wand hingen.

„Was hast du damit vor?", fragte sie Lydia und versuchte, die wachsende Angst aus ihrer Stimme zu verbannen. „Was willst du von mir?"

„Du weißt genau, warum du jetzt hier bist", sagte Lydia jetzt. Sie machte einen Schritt vorwärts, Eline einen zurück. Lydia versperrte ihr nun den Weg zur Tür. „Du kannst so tun, als wüsstest du von nichts, aber darauf falle ich nicht herein."

Es herrschte eine unheilschwangere Stille. Elines Gehirn versuchte mit aller Kraft, was hier vorfiel, zu verstehen, aber das gelang ihr nicht. Wenn Lydia diejenige war, die sie hierher gelockt hatte, dann war sie diejenige... Sie schloss kurz die Augen, schluckte und nickte fest.

Dann öffnete sie die Augen und sah Lydia direkt ins Gesicht.

„Warum hast du Gert umgebracht?"

Die Antwort kam sofort und sprudelte nur so aus ihr heraus. „Weil er eine Gefahr ist."

„Wegen Sascha? Und Hilde?" Eline schüttelte den Kopf. „Wusstest du davon?"

Sie versuchte, ihre Gedanken zu ordnen. Hatte Lydia Gert getötet, um ihn aufzuhalten? Das Bild seines verstümmelten Kopfes drängte sich ihr wieder auf.

„Natürlich wusste ich es", sagte Lydia. Wieder diese Grimasse, die unmöglich ein Lächeln sein konnte. „Er hat sich nicht besonders angestrengt, um seine Liebschaften vor mir zu verbergen. Aber ich bin nicht so dumm, wie er glaubte. Ich weiß sehr gut, worauf sie es abgesehen hatten."

„Worauf denn?"

„Alles." Lydia presste die Lippen zusammen, bevor sie weitersprach. „Auf alles, was ich habe. Alle wollen es mir wegnehmen. Alles kaputtmachen." Sie kniff die Augen zusammen. „Aber es wird ihnen nicht gelingen. Es wird nie jemandem gelingen."

Eline ignorierte diese letzte Bemerkung. „Und warum sollten sie das wollen? Warum sollten sie alles zerstören wollen, was du hast?"

„Weil sie neidisch sind. Aber ich habe so hart dafür gearbeitet. Am Anfang hatte ich nichts. Nichts!" Lydia machte einen Schritt vorwärts. Eline wich automatisch noch weiter zurück, aber sie traf auf die Wand. „Alles, was ich habe, habe ich mir selbst aufgebaut. Und ich lasse nicht zu, dass mir das jemand niederreißt, was ich mir erarbeitet habe."

Eline schüttelte den Kopf. „Niemand will dir das, was du dir aufgebaut hast, niederreißen, wirklich nicht."

In Lydias Ton schwang so viel Verachtung mit, dass Eline Gänsehaut bekam. Oder vielleicht sogar Hass. „Alle wollen das, was ich habe, niederreißen."

„Ich verstehe nicht. Warum?" Eline neigte den Kopf. „Erklär es mir doch."

Lydia seufzte tief, wie wenn sie es nicht fassen konnte, dass ihre Freundin so dämlich war. „Als mein Vater uns verlassen hatte, war nichts mehr da. Kein Geld, nichts. Meine Mutter war ganz auf sich alleine gestellt und das war ihr zu viel. Es war das Ende meiner Kindheit." Sie schüttelte den Kopf. „Und warum? Weil er mit einer anderen…" Sie spuckte die Worte aus und beendete den Satz nicht. „Ich habe mir geschworen, dass mir so etwas nie passieren wird. Meine Mutter war schwach, sie hatte nichts dagegen unternommen. Ich bin nicht schwach. Ich werde um jeden Preis schützen, was mir gehört."

Eline starrte ihre Freundin an, die nicht wie die Lydia aussah, die sie kannte. Weder Blick noch Worte passten zu ihr. Allmählich dämmerte es Eline. Sie hatte auf einmal eine Vorahnung, die ihr das Blut in den Adern gefrieren ließ. Die Übelkeit schwappte wie eine Flutwelle durch ihren Körper. Sie öffnete den Mund, wollte eine Frage stellen, aber es dauerte eine Weile, bis sie die passenden Worte fand.

„Hast du auch...", fing sie an, aber verstummte gleich wieder. Erst nach einigen Sekunden versuchte sie es erneut, während die Übelkeit zunahm. „Hast du Hilde und Sascha..."

In Lydias Augen leuchtete ein kleines Flackern auf. Dann kniff sie sie wieder zusammen. Eline konnte kaum schlucken, saure Galle brannte ihr im Rachen. Sie hatte die Antwort auf ihre Frage erhalten.

„Wie ist Gert dahintergekommen", fragte sie kaum hörbar. Lydia antwortete nicht. „Du auch." Ihre Stimme klang kühl. Eline erschauderte unbewusst.

„Was meinst du damit? Wie, ich auch?"

„Du bist genauso so ein Miststück wie die anderen. Ich habe euch zusammen gesehen, dich und Gert." Sie blinzelte einige Male, als wäre sie zu einer erstaunlichen Erkenntnis gelangt. „Du bist eine schlechte Schauspielerin. Eine lausige Lügnerin."

„Ich lüge nicht", sagte Eline und sie fühlte etwas von Kampfgeist aufflammen. Sie war immer ehrlich zu Lydia gewesen.

„Blödsinn." Lydia schaute auf. Die Kälte in ihren Augen war einem Feuer gewichen, das aus ihren Augen funkte. „Du bist genauso wie die anderen. Sascha, Hilde, weiß der Kuckuck wer sonst noch. Ihr wolltet alle das Gleiche."

„Gert ganz sicher", sagte Eline, und sie konnte nichts dafür, dass in ihrer Stimme Spott mitschwang. „Du denkst, ich wollte mit Gert ins Bett, weil du gesehen hattest, wie wir uns einmal unterhalten und umarmt haben. Weil Gert mich gebeten hat, in dieses Hotel zu kommen." Sie schüttelte kurz den Kopf. Nun begriff sie, was Gert ihr sagen wollte.

„Lydia ist immer dabei..."

Das hatte er gesagt. Damals hatte sie nicht gewusst, was sie damit anfangen sollte. Ja, Lydia war immer dabei, aber warum war das schlimm? Ihr Hauptgrund, zum Hotel zu kommen, war, weil Gert sie so nachdrücklich darum gebeten hatte. Dann musste es doch sehr wichtig sein. Über diesen Satz, den einen Satz über Lydia, hatte sie nicht lange genug nachgedacht. Oder vielleicht hatte sie es verdrängt, weil sie nicht wusste, was sie damit anfangen sollte.

Wenn Gert über Lydia Bescheid wusste, so wie Eline jetzt, warum ist er dann nicht gleich zur Polizei gegangen? Warum wollte er sich mit Eline in einem Hotel treffen? Hatte er sich nicht getraut, seine eigene Frau anzuzeigen? War er sich noch nicht ganz sicher?

Sie würde es nie erfahren.

„Wie ist er dahinter gekommen?", wiederholte sie. „Woher wusste er, dass du Hilde und Sascha ermordet hast?"

Lydia zuckte kurz die Achseln. Sie hatte sich nicht die Mühe gemacht, die Taten zu leugnen. Sie wirkte schon beinahe gelassen. „Er sagte, er habe mich jeweils früh am Morgen mit nassem Badeanzug gesehen. Viel früher als ich normalerweise im Meer schwimmen würde." Die Spannung schien sich bei ihr gelöst zu haben. „Als ob das etwas sagen würde."

Dass dies allessagend gewesen war, begriff Eline erst jetzt, äußerte sich jedoch nicht dazu.

„Er wollte, dass ich selbst zur Polizei gehe", fuhr Lydia gedankenverloren fort, „dass ich mich stellen würde. Das sei besser. Und sonst würde er sich um diese Sache kümmern." Sie zuckte kurz die Achseln.

„Aber das hast du nicht getan", sagte Eline.

„Nein." Von Lydia war ein kleiner Schnaufer zu hören. „Das habe ich nicht getan. Denn da wäre nie jemand dahinterkommen. Hätte er doch bloß seinen Mund gehalten ..." Sie runzelte einen Moment lang die Stirn und schüttelte dann den Kopf, als hätte sie ihre Meinung geändert. „Wenn er einfach nur treu gewesen wäre..."

Zwischen ihnen herrschte Schweigen. Eline suchte nach einer Möglichkeit, es zu durchbrechen, aber die Angst, etwas zu sagen, das Lydia falsch interpretieren könnte, war zu groß. Bei Lydia konnte alles schief gehen. Lydia konnte alles verkehrt auffassen.

„Wie hast du das gemacht?", fragte sie schließlich, um trotzdem etwas zu sagen.

Lydia schaute an ihr vorbei. Einen Moment lang war Eline sich nicht sicher, ob die Frage zu ihr durchgedrungen war, aber dann zuckte Lydia kurz die Schultern. „Es war überraschenderweise viel einfacher, als man es sich vorstellen kann. Ich habe gesehen, dass er dieser, dieser Hilde, einen Zettel gegeben hatte. Ich wusste nicht, was darin stand und es war mir eigentlich auch egal. Es war ihnen anzusehen: der Blick in seinen Augen, seine ganze Haltung. Er wollte sie." Sie schüttelte bei dem Gedanken an diesen Moment den Kopf. „Da wusste ich, was ich zu tun hatte."

Eline spürte, wie sich ihr der Magen umdrehte, als sie fragte: „Und was hast du dann getan?"

„Dem ein Ende bereitet." Lydia blickte drein, als wäre diese Antwort so logisch, dass es beinahe dumm von Eline war, so eine Frage zu stellen. Dann kicherte sie in sich selbst. „Ich musste das stoppen und ich hätte nie gedacht, dass es so einfach sein würde. Dass Hilde sofort glaubte, dass die Nachricht, die ich ihr mit Gerts Telefon schickte, tatsächlich von ihm kam. Und sie biss sogleich an."

Eline hob die Augenbrauen. „Was hast du ihr geschrieben?"

„Dass sie im Wasser auf mich, Gert, warten musste." Sie

schüttelte den Kopf, als ob sie nicht darüber hinwegkommen könnte, dass ihr damaliger kleiner Plan erfolgreich war. „Es war fast schon komisch, wie sie ohne Kleidung ins Wasser ging. Sie war zu allem bereit und war erschrocken, als sie mich kommen sah. Und dann dachte sie, es sei ein Zufall und versuchte, sich da herauszureden. Dass sie zu dieser Zeit einfach nackt dort schwimmen ging." Lydia war in diesem Moment in Gedanken weit weg. Sie blickte an Eline vorbei und aus ihrem Blick ging klar hervor, dass sich dieser Film erneut vor ihrem geistigen Auge abspielte. „Du hättest ihr Gesicht sehen sollen, als ich sagte, dass Gert nicht kommen würde, weil er nichts von diesem Rendez-vous wusste. Plötzlich tat es ihr natürlich leid. Aber dazu war es bereits zu spät. Dann hätte sie früher darüber nachdenken sollen." Plötzlich blickte sie Eline wieder unverblümt ins Gesicht. „Weißt du, wie einfach es ist, jemanden zu ertränken?"

Eline gab keine Antwort. Sie schluckte, aber etwas Saures brannte ihr in der Kehle.

„Alle waren sofort davon überzeugt, dass es ein Unfall war", fuhr Lydia fort, als würde sie eine geistreiche Anekdote erzählen. „Gert auch. Und so zu tun, als wüsste er kaum, wer diese Schlampe war. Als ob ich blöd wäre."

Sie schüttelte lange Zeit den Kopf. Das Schweigen zwischen ihnen war beladen und schien endlos. Schließlich ergriff Eline das Wort. „Aber warum Sascha? Warum deine eigene Freundin?"

„Freundin", höhnte Lydia und irgendwie musste Eline ihrem Zynismus zustimmen. Was Sascha getan hatte, durfte man nicht mit Freundinnen machen. Dies war sicherlich ein Grund für ein gutes Gespräch, vielleicht einen Streit oder sogar eine Trennung.

Aber nicht mehr als das. „Du hättest sie doch nicht gleich ermorden müssen, oder?"

Lydia runzelte die Stirn. „Doch, was denn sonst. Es war ihre eigene Entscheidung, sich auf Gert einzulassen, also muss sie auch die Konsequenzen tragen." Sie schüttelte den Kopf. „Sie stritt dazu auch noch alles ab, aber ich sagte, ich hätte alles gelesen. Und dass die Einladung zum Schwimmen nicht von Gert gekommen war. Dann bekam sie es mit der Angst zu tun." Sie zuckte kurz die Achseln. „Leider zu spät, Schicksal..."

Das war vielleicht noch das Schlimmste an der Sache, dachte Eline, als sie ihre Freundin musterte und sich die Wahrheit nach und nach für sie entfaltete. Die Gelassenheit, mit der Lydia das alles erzählte, als wären ihre Taten unvermeidlich gewesen und als hätte sie das selbst nicht gewollt. Sie übernahm keinerlei Verantwortung, geschweige denn, dass aus dem was sie sagte, Reue hervorging. Es ging ihr so viel schlechter, als Eline je vermutet hatte. Sie machte sich Vorwürfe, dies nicht bemerkt zu haben.

„Warum konntest du nicht einfach die Freundschaft mit ihr beenden? Ihr sagen, dass sie gehen musste und du sie nie mehr im Leben sehen möchtest?"

Lydia schaute verwundert drein, als ob diese an diese Möglichkeit noch nicht eher gedacht hatte. „Das Risiko war viel zu groß", sagte sie. „Sie würde es wieder und wieder tun. Ich wäre mir nie sicher gewesen." Sie schüttelte den Kopf. „Es war ihre eigene Entscheidung. Ich habe nur das getan, was ich tun musste." Nun schaute sie Eline geradewegs an. „Was mir gehört, gehört mir. Da kommt keiner ran. Keiner nimmt mir das weg."

Eline neigte den Kopf leicht zur Seite. Sie wollte die Augen senken, aber Lydias Blick war so durchdringend, dass sie den ihrigen nicht davon lösen konnte. Sie hatte etwas in ihrem

Blick, das Eline einen zusätzlichen Schauer über den Rücken laufen ließ. Diese letzten Worte waren nicht nur für die beiden Frauen bestimmt, die bereits tot waren. Diese Worte waren auch direkt für sie bestimmt.

Eline konnte ihr alles wegnehmen, sobald sie diesen Raum verließ. Denn natürlich würde sie alles der Polizei erzählen und natürlich hätte Lydia alles verloren. Eline konnte nun wohl beteuern, dass sie vor der Polizei den Mund halten würde, dass sie einfach nach Hause gehen und wie ein Grab schweigen würde. Aber Lydia würde ihr das niemals glauben. Und es wäre auch ein falsches Versprechen gewesen. Eline war sich sicher, dass sie mit der Sache an die Öffentlichkeit musste. Sie kniff die Augen zusammen und ihr Gehirn arbeitete auf Hochtouren. Lydia hielt die ganze Zeit das Messer hoch. Ihre Hand hatte sich keinen Moment entspannt und das war auch nicht ihre Absicht. Eline dachte daran, dass es vielleicht besser gewesen wäre, eine eigene Waffe mitzunehmen. Aber sie verscheuchte diesen Gedanken noch im gleichen Moment, der brachte nun eh nichts.

Unauffällig schaute sie sich im Raum nach etwas greifbar Schwerem um. Da war nichts. Ja, die Tischlampe in der Ecke wäre vielleicht groß und schwer genug, um sich damit zu verteidigen, aber sobald sie sich bewegen würde, wäre Lydia die schnellere.

Sie spitzte die Ohren. Im Korridor gab es Geräusche, aber die waren so leise, dass es sich dabei genauso gut um ein Klopfen im Heizungsrohr hätte handeln können. Oder nur um ihre eigene Fantasie. Sie könnte schreien und dann würde sie vielleicht jemand hören. Sie stellte sich vor, dass jemand den Korridor entlang geht, zum Empfang, und dort darauf wartet, dass der Rezeptionist Zeit hat... In der Zwischenzeit konnte

Lydia längstens das erledigen, wozu sie offenbar hierhergekommen war.

„Ich habe dir nichts getan", sagte Eline mit aller Kraft, die
sie in sich hatte. „Ich habe dich nicht angelogen und ich habe
nie etwas mit Gert im Sinn gehabt und das war auch nie meine
Absicht. Das ist die Wahrheit, das musst du mir glauben." Sie
schwieg einen Moment lang und schaute Lydia an, wobei sie
unbewusst den Kopf schüttelte. „Die einzige Person, die im
Moment etwas zerstört, bist du. Ich kann deine Angst wirklich verstehen. Ich weiß, dass du durch deine Kindheit trau-
matisiert bist, dass die Untreue deines Vaters alles zerstört
hat, was du hattest. Aber was du tust, ist keine Lösung. Du
kannst Hilfe bekommen. Es ist noch nicht zu spät. Ich möchte
dir dabei gerne beistehen. Alle wollen dir helfen." Sie kniff die
Lippen zusammen und nickte langsam. „Lass mich dir helfen", sagte sie dann leise, fast bettelnd.

Jedes einzelne Wort war ernst gemeint. Die Sätze kamen
ihr direkt aus dem Herzen, sie hätte nichts anderes sagen können. Aber sie merkte, dass alles keinen Sinn mehr hatte. Lydia
hörte zu, aber die Worte blieben nicht haften. Als würde sie
mit einem Stein sprechen, was auf eine seltsame Art und Weise
auch der Fall war. Denn das ist alles, was von ihrer Freundin
übrig geblieben war, dachte Eline. Nichts als ein harter Stein.

Weiterreden, das war alles, was sie tun konnte. In der Hoffnung, dass Lydia schließlich doch einsehen würde, dass sie
die Sache damit nur noch schlimmer machen würde. Drei
oder vier Todesfälle auf dem Gewissen, das würde eine Rolle
spielen, auch wenn Eline nicht wusste, um wie viele es sich
schlussendlich handelte. Und wenn Lydia ihre Meinung doch
nicht ändern sollte, würde sie so wenigstens Zeit gewinnen.
Sie hatte bloß keine Ahnung, ob es auch genügend Zeit war.

Wieder dieses Geräusch. Ein Schlag, kurz und trocken. Unbewusst sträubten sich ihr die Nackenhaare. Sie sah, dass Lydia es auch gehört hatte. Ein Kiefermuskel in Lydias Gesicht verschärfte sich. Ihr Blick schoss dabei zwischen Eline und der Tür hin und her. Eline schluckte mühsam und schaute auf das Messer. Lydias Hand umklammerte das Messer. Sie bewegte ihr Handgelenk und Eline atmete scharf ein. Lydias Stimme klang zurückhaltend, schwer vor Wut, die einen Ausweg suchte. „Halt die Klappe", sagte sie, währenddem sich ihr Blick in den von Eline bohrte. „Es ist ohnehin alles zu spät. Alles ist zu spät."

Im nächsten Moment geschah so viel auf einmal, dass es sich wie eine Explosion anfühlte. Lydias Hand mit dem Messer schoss in die Höhe. Die rasiermesserscharfe Stahlklinge schnitt in Elines linken Arm, als sie versuchte, sie abzuwehren. Sie schrie vor Angst und brennendem Schmerz, sie hatte das Gefühl, als wäre ihr Arm entzweit. Mit ihrer rechten Hand griff sie automatisch nach der Wunde, die sich etwas oberhalb des Ellenbogens befand. In einem Sekundenbruchteil sah sie das dunkelrote Blut an ihren Fingern. Dann packte Lydia sie an beiden Armen, drehte sie um und schmiss sie aufs Bett. Die Luft wurde aus Elines Lungen gequetscht und der erneute Schrei, der aus ihrer Kehle entwich, war völlig kraftlos. Das letzte, was sie sah, bevor sie die Augen schloss, war Lydias eiskaltes Gesicht und das funkelnde Metall des Messers über ihr.

Die Worte schienen aus einer anderen Welt zu kommen. Eine Männerstimme und dann noch eine weitere. Ihre Augen öffneten sich im nu. Wieder diese Stimmen.

„Polizei!" hörte sie, aber ihr Verstand sagte ihr, das könne nicht sein. Es musste ihr Unterbewusstsein sein, das nichts lieber hören wollte, als das.

„Polizei! Lassen Sie die Waffe fallen und halten Sie die Hände über dem Kopf!"

Eline fühlte die Reaktion ihres Körpers. Sie wehrte sich gegen das Gewicht, das auf ihr lag. Sie drückte, berührte etwas Hartes, drückte trotzdem weiter. Sie vergaß den schreienden Schmerz in ihrem Oberarm. Armgefuchtel – ihrer eigenen Arme? – und Lydias Gewicht, das plötzlich nicht mehr auf ihr lag.

„Waffe runter!", rief jemand erneut und mit offenem Mund sah Eline zu, wie Lydia die Arme hob. Das Messer fiel mit einem weichen Rums zu Boden. Zwei Männer hinter ihr griffen jeweils nach Lydias Handgelenk. Ein Klicken war hörbar, als man ihr die Handschellen anlegte. Zum letzten Mal traf Eline Lydias Blick. Die Kälte war daraus verschwunden, an deren Stelle war eine große Leere getreten. Diese Leere, diese Öde, ließ sie noch einmal erschaudern. Dann drehte sich Lydia um und wurde zwischen den beiden Polizisten aus dem Raum abgeführt.

Im nächsten Moment saß Suzanne de Nooijer neben ihr. „Alles in Ordnung?", fragte sie, mit der weichen Hand auf Elines Schulter. Und unmittelbar danach, als sie das Blut sah: „Wir werden hierfür einen Krankenwagen rufen."

Eline sah sie an und war von einem solchen Gefühl der Ratlosigkeit überwältigt, dass sie nichts anderes tun konnte, als den Kopf senken und weinen. Die ganze Zeit über blieb die Kommissarin neben ihr sitzen und sprach ihr tröstend zu, bis schließlich keine Tränen mehr flossen und ihr tief im Inneren bewusst wurde, dass sich ihr Leben für immer verändert hatte, aber dass sie wenigstens noch am Leben war.

15

DER HERBST ZEIGTE SICH VON SEINER SCHÖNSTEN SEITE.
Als Eline neben ihrer Mutter über die breite Treppe den
Deich hinaufging, fiel ihr ein tiefer Sonnenstrahl direkt
ins Gesicht. Der Wind war stark, aber die Brise war nicht
unangenehm. Sie blickte zurück zur Hauptstraße, wo Menschen in Winterjacken auf Terrassen Kaffee tranken, so wie
es ihre Mutter und sie gerade getan hatten. Seltsam, dass
die schlechten Erinnerungen keinen Einfluss auf das warme
Gefühl in ihrem Herzen hatten, wenn sie hier war.

„Natürlich komme ich mit", hatte ihre Mutter sofort
gesagt. Eline war erleichtert. Sie wollte unbedingt wieder
hierherkommen, zwei Tage über die Geschehnisse nachdenken, Bilanz ziehen. Aber eben, lieber nicht alleine.

Es war ein gutes Gefühl, wieder in Zoutelande zu sein.
Es waren seither zwar nur drei Monate vergangen, aber sie

bemerkte, dass der Alltag wieder Besitz von ihr ergriffen hatte, das Leben weiterging. Manchmal hatte sie sich gut im Griff, manchmal stürzten die Erinnerungen auf sie ein. Die letzten Wochen standen alle im Zeichen dieser einen unheilvollen Woche. Sie wollte nach Zoutelande zurückkehren, das Meer sehen, den Wind spüren. Den Kopf leeren, oder zumindest die Gedanken ordnen.

Sie erreichten den höchsten Punkt der Treppe. Oben auf dem Deich, wo der Wind um ihre Ohren pfiff, bliebe sie stehen. So viele Erinnerungen überfluteten Eline, dass sie das Gefühl hatte, sie würden ihr den Atem abschneiden. Als hätte die Mutter das gespürt, ergriff sie in diesem Moment die Hand ihrer Tochter und drückte sie sanft. „Komm, lass uns ein Stück gehen."

Sie gingen die Treppe hinunter zum Strand, zum Meer. Sie bogen links ab und gingen parallel zur Wasserlinie nebeneinander her. „Dein Vater war ein Meister im Strandwandern", sagte ihre Mutter. „Er konnte stundenlang dem Meer entlanglaufen. Dann kam er zur Ruhe."

Eline nickte und lächelte leise. Sie hatte dieses Gen geerbt. Sie richtete ihren Blick auf das Meer, auf die Wellen, die unentwegt anspülten. In denen, wenn man darüber nahdachte, eine Metapher für das Leben sehen könnte.

In der Ferne waren die Umrisse des Het Zout zu erkennen. Der Beach Club war geschlossen und sollte verkauft werden. Ein Experte war damit beauftragt, sich um alles zu kümmern. Vielleicht wird der Club in der nächsten Saison neueröffnet. Sie hoffte es, denn es war trotz allem ein wunderbarer Ort, und Zoutelande verdiente einen so schönen Beach Club. Dass sie selbst irgendwann noch einmal dorthin gehen würde, bezweifelte sie. Die Erinnerungen würden sich zwar langsam abschwächen, aber sie wollte sich zusätzliche Schmerzen in ihrem Herzen ersparen.

Lydia war nicht mehr in der Nähe. Sie war bis zu ihrer Verhandlung in einer Haftanstalt untergebracht. Eline wusste nicht, in welcher Stadt und es war ihr auch egal. Bald, wenn der Prozess beginnt, wird der Fall wieder in die Aufmerksamkeit der Öffentlichkeit rücken. Schließlich waren die Medien, vor allem die regionalen Medien, an der Sache interessiert. Dann würden die noch frischen Wunden unweigerlich wieder aufgerissen werden. Doch zunächst war es Elines Ziel, den Faden wieder aufzunehmen. Geschehenes vergessen, das würde sie nie können. Und das musste sie auch nicht, hatte die nette Dame von der Opferhilfe gesagt, mit der sie eine Reihe von Gesprächen geführt hatte. Bei der Verarbeitung des Traumas war wichtiger, dass sie alles, was geschehen war, als einen Teil ihres Lebens, den sie abgeschlossen hatte, akzeptieren und darauf zurückblicken konnte. Vielleicht – wahrscheinlich – mit Schmerz und Trauer, aber auch mit dem Wissen, dass sie Glück gehabt hatte. Unbeschreiblich viel Glück.

Es war nun drei Monate her und immer öfter begann dieses Glücksgefühl überhand zu nehmen. Die Erleichterung, das Wissen, dass ihr Leben in dieser Nacht hätte zu Ende sein können, aber dass es nicht so weit gekommen war und dass jeder Tag ein Geschenk war. Gleichzeitig plagten sie aber auch Schuldgefühle. Warum hat sie überlebt und Sascha – und Hilde – nicht?

Natürlich war das, was Sascha getan hatte, nicht in Ordnung, das gehört sich nicht in einer Freundschaft. Es war schwer, jemandem die Schuld in die Schuhe zu schieben, der nicht mehr lebte. Aber irgendwie wurde Eline diesbezüglich den Gedanken nicht ganz los. Der Preis, den Sascha dafür bezahlen musste, war jedoch unverhältnismäßig. Lydia hätte ihr niemals das Leben nehmen dürfen. Und das Schlimmste daran war noch, dass sie es in keiner Weise zu bereuen schien. Für Saschas Eltern war das, zusätzlich zu dem Albtraum, in dem sie bereits lebten, eine bittere Wahrheit.

Etwa einen Monat nach dem Vorfall hatte Eline sie noch einmal besucht. Sie hatten lange und intensiv über die Geschehnisse gesprochen, aber insbesondere über die Vergangenheit. Sie hatten miteinander gelacht, das tat gut. Danach war sie zu Lydias Mutter gefahren. Es war ein Besuch, der ihr auf dem Magen gelegen hatte, der jedoch zu einem angenehmen Gespräch führte. Lydias Mutter hatte es sehr geschätzt, dass Eline zu ihr gekommen war, das hatte sie gefühlte zehn Mal wiederholt. Für Eline war klar, dass sie dies tun musste. Sie kannte Lydias Mutter schon so lange und sie gab ihr in keiner Weise die Schuld. Das einzige, was sie empfand, war Mitleid, denn auch sie hatte in gewisser Hinsicht ihr Kind verloren.

Sie hatten stundenlang miteinander gesprochen, viel über die alten Zeiten, über das ruhige, wissbegierige, ernsthafte Mädchen, das Lydia einmal gewesen war. Über den Schmerz, den sie bei der Trennung ihrer Eltern empfunden hatte, aber auch über ihre innere Stärke, die sie scheinbar gezeigt hatte. Darüber, wo die Dinge schiefgelaufen waren, über die Signale, die es vielleicht gegeben hatte, die aber nie so deutlich waren, um daran den Ernst ihrer psychischen Probleme erkenne zu können. „Es klingt vielleicht verrückt", hatte Eline gesagt, „aber irgendwie bin ich erleichtert, dass sogar ihrem Psychologen nie etwas aufgefallen war." Lydias Mutter hatte dies nach einigem Zögern bestätigt. Sogar eine

Person, die sich mit der menschlichen Psyche auskannte, hätte nicht ahnen können, wie schlecht es um Lydia tatsächlich bestellt war. Nun lag es an den forensischen Psychiatern, ihren Zustand zu beurteilen.

Eline wusste, dass die endgültige Diagnose sie kalt lassen würde. Die Lydia, die sie gekannt und gemocht hatte, gab es nicht mehr. Die Frau, die nun irgendwo eingesperrt war und der zweifellos eine happige Gefängnisstrafe auferlegt wird, war dieselbe Frau wie die, die ihr im Hotelzimmer gegenübergestanden hatte: eine Fremde.

Sie war auch bei der Polizei gewesen. Suzanne de Nooijer hatte sich alle Zeit für sie genommen. Eline mochte sie, mit ihrer warmen und offenen Art. Die Kommissarin hatte ihr nochmals erzählt, wie alles gelaufen war, obwohl Eline die Geschichte bereits kannte. Wie sich herausstellte, hatte auch Walter von Lydia einen Flyer bekommen, auf dem der Name des Hotels, die Zimmernummer und die Uhrzeit, zu der Eline wahrscheinlich schon hätte tot sein sollen, vermerkt waren. Lydia wollte, dass er Eline auf dieselbe Art und Weise vorfinden sollte, wie Eline ihrerseits Gert. Warum sie das Hildes Mann antun wollte, war zunächst unklar, aber dann hatte Lydia ausgesagt, dass sie ihm zeigen wollte, was die Taten seiner Frau für Folgen hatten.

„Das verstehe ich nicht", sagte Eline.

Suzanne legte Eline einen Moment die Hand auf den Arm und sagte, dass man so etwas auch nicht verstehen könne. Dass es das menschliche Vorstellungsvermögen übersteige, genauso wie man sich nicht hätte vorstellen können, dass Lydia zu solchen taten fähig gewesen wäre. Diese Worte hatten Eline gutgetan. Sie hatten ihr einen Teil des Schuldgefühls genommen, das immer wieder in ihr aufgekommen war. Wenn sie nur besser aufgepasst hätte, wenn sie nur alles besser verstanden hätte, wenn sie nur gehandelt hätte... Wenn, wenn, wenn.

Walter hatte lange gezweifelt, nachdem er den Flyer bekommen hatte. Er würde Antworten bekommen, so stand es da geschrieben. Und Antworten, die wollte er. Bis zum letzten Moment hatte er gewartet, reiflich darüber nachgedacht und schließlich entschieden, dass es zu gefährlich sei. Er hatte Suzanne angerufen und so kam die Polizei gerade noch rechtzeitig, um Eline zu retten. Eline war sich sehr wohl bewusst, dass sie ihr Leben Walters Handeln verdankte.

Eine hohe Welle rollte soweit den Strand hinauf, dass das Wasser über Elines Füße lief. Sie stand einen Moment lang da, sah sich ihre nassen Sneakers an und ging dann weiter. Die Mutter hielt immer noch ihre Hand fest. Sie sahen sich einen Moment lang wortlos und tief in die Augen, mit einem allessagenden Blick. Danach gingen sie weiter, während der Wind ihr ins Gesicht blies und das Rauschen der Wellen Elines Ohren erfüllte. Sie ließ die Meeresluft in ihre Lungen strömen und fühlte sich dabei so lebendig, wie noch nie zuvor.

LINDA VAN RIJN

FERIEN AUF TEXEL

DEUTSCHE AUSGABE

€15

KRIMINALROMAN

M
marmer

Colofon

Die Originalausgabe erschien unter dem Titel *Zoutelande*
© 2019 Linda van Rijn en Uitgeverij Marmer BV

Für die deutsche Ausgabe
© 2020 Uitgeverij Marmer BV
© 2020 Übersetzung Andrea Meyer

Umschlag: Riesenkind, 's Hertogenbosch, unter Verwendung eines
Foto von Hollandse Hoogte
Satz: Mat-Zet bv, Huizen

1. Auflage April 2020
2. Auflage März 2023

ISBN: 978-94-6309-002-5
E-ISBN: 978-94-6039-997-4

Uitgeverij Marmer BV
Noorderstraat 55
3742 BB BAARN
T: +31 6 49 88 14 29
www.uitgeverijmarmer.nl
info@uitgeverijmarmer.nl